東京藝大　仏さま研究室

樹原アンミツ

集英社文庫

もくじ

東京藝大　仏さま研究室

プロローグ　それは掃除から始まった

　その部屋は冬の早朝でも暖房を入れないので、若者たちは真っ白な息を吐きながら、かじかむ指で仏像を彫っている、とか、いないとか。

　どうやって撮ったか国宝級の仏像の姿を四方からとらえた投影図が、壁のいたるところに貼られており、ときにそれらを凝視して涙する若者がいる、とか、いないとか。

　血塗られた歴史の地の、幽霊譚《ゆうれいたん》が絶えない建物の地下にありながら、訪れた霊視者が「この部屋だけは大きな力に守られ、邪気を払いのけている」と太鼓判を押した、とか、押さないとか。

　――お寺の話ではない。どこぞの工房でもない。あたし、川名《かわな》まひるが所属する大学院……研究室のことだ。

　東京藝術大学大学院美術研究科（ここからが長いのだが）文化財保存学専攻保存修復彫刻研究室。公的な略称は「保存彫刻」だが、あたしたちの活動を少しでも知る人たちは親しみをこめ……もしかしたらほんの少し「お疲れ様」ってな気持ちもこめて、ここを「仏さま研究室」と呼んでいる。仏像を修理したりつくってみたりの毎日だからだ。

東京藝大自体は有名だから、説明はそんなに要らないだろう。文明国をめざして明治時代なかばに創立された東京美術学校と東京音楽学校が、第二次世界大戦後に合体してできた日本で唯一の国立総合芸術大学。美術・音楽双方で、泣く子も黙る最高峰の教育機関とされている。

パンダと桜でにぎわう上野公園内にある理由は、江戸幕府の残党を撃滅した寛永寺《かんえいじ》の焼け跡を明治政府が（あえて、というか、むしろ？）近代日本出発の地と位置づけ、公園や博物館、美術館、学校等の文化施設を集めたせいだ。東京藝大の学生は令和の今日《こんにち》にいたるも、武蔵野《むさしの》のおもかげを残す広い公園をつっきって登校している。

もちろん入学は難しい。

音校《おんこう》（正しくは「音楽学部」だが、その歴史からこう呼ばれる）受験は「倍率はそうでもないけど、十歳になる前から専門の師匠についてその楽器を学んでないと論外」であり、美校《びこう》（美術学部）は藝大受験対策に特化した美術予備校で学ばない限り、まず合格できないといわれる狭き門だ。なかでも油画《ゆが》専攻と日本画専攻の入試は毎年十七倍を超えるというから、「芸術大学界の東大」という呼称もむべなるかな。

良家の子女の受験生が多い音校に比べて、自らの腕ひとつをたのむ美校の受験は、二浪三浪あたりまえ、十一浪なんて根気強い受験生も混じるケモノ道であり、現役で合格する者の割合は美校全体で三割弱、特に彫刻科や建築科になると、高校生が合格するのはその倍くらい厳しい(だって授業でやってないから!)。

——そう解説すると、どんな芸術家集団がキャンパスを闊歩《かっぽ》しているかと思われるけれど、実際の構内は意外なほど人影まばらである。特に美校側の敷地は原生林が多く、校門を入っても、森に奇抜な服装の学生が一人、二人と見え隠れ……みたいな感じだ。まれに集団がいると、その中央には必ず運搬中の大型作品が存在する。

つまり藝大は所帯が小さい。学部生が音校と美校合計で約二千人。修士・博士が千三百人弱。学生総数三千五百足らずという少数精鋭大学なのだ。彫刻科、邦楽科などの専攻に分かれたら各学年二十人前後という規模である。

そんな藝大の使命は、公式サイトによると「我が国の芸術文化の発展について指導的役割を果たす」「芸術家、芸術分野の教育者・研究者の養成」「伝統文化の継承と新しい芸術表現の創造」「芸術をもって社会に貢献する」のだという。……「指導的役割」である。これはすごい。難関を突破して日本中から集まった「芸術エリート」が、この崇高な理念のもとで何年も学ぶのだ。

するといったいどうなるか……。

「なんか、変わった人ばっかりなんだよねえ……」

声に出てしまったらしい。牛頭《ごず》先生に秒で怒られた。

「川名。手、止まってるぞ」

首をすくめ、手元の蓮弁《れんべん》に目を落とす。室青寺金堂《むろおじこんどう》にある釈迦如来像《しゃかにょらい》の台座をモデルにしたものだ。さっき塗った青い岩絵の具はすっかり乾いていた。

お釈迦様が立っている、パイナップルの葉を実から三センチくらいのところで切り落としたような形の台を「蓮華座《れんげざ》」と呼ぶことも、パイナップルの葉にあたる蓮華の花びらが一枚一枚手作りであることも、あたしは研究室に来て初めて知った。

こうして昔の彫刻や工芸品を、当時の技術どおりに、できるだけ同じ素材（樹《き》の種類も）でつくることを「模刻《もこく》」という（ちなみにこれも研究室で初めて知った言葉だ）。見本一枚を皆で覗《のぞ》きこみながらつくるわけだが、制作時の配色や模様は、正確にはわからない。原本《げんぽん》にうっすら残る模様と、奇跡的に顔料が残っている同年代の他の蓮弁を参考に、自分で配色と模様を決めて完成させなければならない。

彩色《さいしき》は苦手だ。細い筆の先が震える。そして岩絵の具は、失敗しても油絵の具のように重ね塗りでごまかすことができない。ううう。

横目で隣をうかがうと、アイリがいつもの無表情なまま、超絶クリアーな線を引いていた。なんてきれいな色。さすが学部出身は違う……のか？

去年、あたしが東京藝大の大学院に進むと言いだしたとき、母校・那古屋《なごや》美術大学、通称ナゴ美《び》の同級生たちは「おっ、いよいよアーティストめざすん？」とか「まひるが東京藝大、かあ……、まあ、うらやましいかも」と半笑いし、親は「あんた、まだ学校に通うのかい……」とため息をついた。

彫刻専攻じゃなくて、主に仏像の構造や修理法を学ぶ研究室だと言葉を足すと、みんなが「えっ、東京藝大で仏像？」と復唱なかばで絶句してしまうので、あたしは研究室について一生懸命、本やネットで得た知識をもとに説明しなければならなかった。

東京藝大の片方の前身である東京美術学校を創立した人たちには、熱い志《こころざし》があった。明治時代のはじめ、天皇制をプッシュしたい政府が「神仏判然令《しんぶつはんぜんれい》」を出すと、それまでお寺さんに頭が上がらなかった反動からか、庶民が仏像や道のお地蔵さんを壊してしまう流行が起きた。いわゆる廃仏毀釈《はいぶつきしやく》だ。

日本が国際社会で認められるため、なるほど西欧文明は取り入れなければならないが、こんなに性急に仏教文化を捨て去っていいものか。なにも日本古来の芸術や工芸品が劣っているわけではない。むしろ、行け行けドンドンの西欧近代主義よりも、日本の古美術には崇高な精神性があるのではないか——そう考えた創立者らは、近代的美術学校の教授陣に日本画や仏像彫刻、伝統工芸品の職人をあえて多く迎えた。

美校の創立者は同時に、ときの政府に対して日本の古美術の現状調査と保存を訴えた。廃仏毀釈に加えて、落魄《らくはく》した元武士や寺社の財産がどんどん海外に流出していたからだ。やがて創立者らの働きかけで法律ができ、西洋化に驀進《ばくしん》していた日本は史上初めて、美術品の保護へと向かう。当時にそんな言葉はないが、「文化財保護」のルーツも、つまりはこの東京藝大にあるわけだ。

――このあたりの詳しい話は、研究室に入ってから牛頭先生の講義で教わった。あ、そうか、自分は文化財保護に関係してるんだ、と気づいたのはそのときだ（遅い）。

手を動かしながら、あたしはまた周りをうかがう。牛頭先生はソウスケにぶつぶつ言い、ソウスケは口をとがらせてうなずいている。アイリは、やっぱり背すじを伸ばして作業中だ。蓮弁におおいかぶさっているシゲの表情は、こちらから見えない。

ここが「仏さま研究室」としてけっこう知られる存在になったのは今から十数年前、彫刻家の一条匠道《いちじょうたくみ》氏が教授に就任してからだろう。

一条先生は、当時の学長である日本画の大家に招かれてこの小さな研究室の担当教授に就任した。十七年ぶりの帰還だったという。その昔、一条青年は藝大彫刻科から大学院に進んだものの食うに困り、「仏像の修理でも学ぶか」と、仏さま研究室（当時は

「保存修復技術研究室」）に入り直した。この研究室で十年ほどすごしてから独立し、教授としてもどってきたときの先生は、仏像にも似た無垢《むく》な童子像等の作品群で一世《いっせい》を風靡《ふうび》する、気鋭の彫刻家に成長していた。

一条教授が赴任したとき修士生だった牛頭先生は、今でも酔うと同期の馬頭《めず》先生と当時を振り返り、遠い目をする。

「先生が就任してさ、俺たちいきなり叱られたんだよな。『実習室が汚すぎる』って」

「ああ、初日からだったね」

「怖かったよなーっ」

今も当時も、東京藝大ではいつでもどこででも誰かが作品を制作している。各専攻のアトリエ棟はもちろん、音校の練習ホール館だって不夜城だ。

仏さま研究室は大学事務室などがある本部棟の地下にあるのだが、アトリエというこ とでやはり治外法権状態だった。模刻や修復で何日も泊まりこむ者、飲んでいて終電を逃し寝にくる者。いまでは想像もできないけれど、彼らが出すカップ麺やスナック菓子の袋などのゴミも散らかり放題で、実習室は足の踏み場もない惨状だったそうだ。

就任の朝、一条教授は実習室の中央に仁王立《におうだ》ちし、居並ぶ学生や助手らに清掃を申しつけた。互いの挨拶はそのあとだ、と。高そうな黒革のコートに痩身を包んだ教授は氷のような無表情で、「それはそれは怖かった」と言い伝えられている。

実習室の床が見えてくると教授はようやく皆を集合させ、車座になってから言った。

「これから、ここを使っていいのは夜八時までな」

ええっ、と動揺する学生にニヤリと笑うと、

「だらだら続けとっても、ええもんがつくれるわけやない。『自分、頑張ってるわー』って思えるだけや。それな、作品の質と関係ないんや」

教授はコテコテの大阪弁で言ったのだそうだ。学長にともなわれた最初の挨拶では、標準語だったというのに。

「学生は作業を終えたら研究助手に退出を告げ、助手か講師が施錠する。その代わり朝は五時半から作業してもよし。その場合は守衛室に名前を告げて鍵を借りること。春・夏・冬期休暇は原則として学生の実習室使用を禁ずる」

学生だけじゃなく研究助手や非常勤講師の面々も、この通達にはパニクったそうだ。ほぼ全員が藝大育ちなのだから無理はない。

その日の夕方、教授は青ざめる彼ら指導者陣を教官室に集め、今度は静かに、こんこんと語りかけたという。

この研究室が行なっている仏像修復は、趣味でもなければ奉仕活動でもない。社会に貢献できる、立派な経済活動なんだ。頭を上げろ、自信を持て、発信するんだ。

「まず君たちがそれを始めなあかん」

いくらも経たないうちに、「ついていけない」と去った講師もいた。矢継ぎ早に研究室のホームページを立ち上げ、広報誌の刊行も指示した教授に、「こんな、パソコンに向かってばかりの仕事がしたいわけじゃない」と、食ってかかった助手も。

急に足りなくなった人手を補ったのは右も左もわからない、若き牛頭・馬頭コンビだ。

「なんか、朝きちんと来て書類作成して、でしょう？　会社員ってこんななのかなー、って牛頭とよく話したもんだよ」

馬頭先生は端整な顔をくしゃっとさせ、懐かしそうに笑う。

そう。このコンビのように、教授の言葉に勇気づけられたスタッフも少なくなかった。

文化財保存学の一環として彫刻の保存修復を研究する、といっても、実際の国宝級の文化財は、京都に本部がある専門の財団法人が修復を引き受けていた（これは現在もそうだが）。研究室の助手や講師たちは学生を技術指導するかたわら、個人が紹介で持ちこむ仏像や祭具をほそぼそと修理していた。どこへつながる、誰に役立つ技術なのか、自分でもよく説明できないままに。

そこへ、「君たちの仕事には価値がある」と言ってもらえたのだ。誰あろう、彫刻家として世間の荒波にもまれてきた、一条匠道から。

結局はそうして、一条先生のスパルタについていった人たちが今の研究室をつくった。教授の赴任後、十年足らずで仏さま研究室は「仏像修理が学べる国内唯一の大学組織」として有名になり、多くのお寺や市町村から修理や研究を依頼されるようになった。

他大学にいたあたしがこの研究室を知ったのも、テレビで紹介されたからだ。多くの修復技術者や仏師がここから旅立った。牛頭・馬頭コンビは非常勤講師に「出世」して、あたしたちを指導してくれている。

いちばん肝心なのは、あたしが今、ここにいて楽しいことだ。

仏像は「人に弗《あら》ず」――どこまでも人間に似たかたちをしながら、まったく別の存在だ。どこから見ても目が合ったり、知り合いに似ていたり、日によって笑って見えたり怒って見えたりと、ミステリアスなうえに優美。この、世界で類を見ない造形に一日中触れていられるのは楽しい。こんなことができる研究室は他にないのだ。

……あとは「仏像模刻」さえなければなあ。

あたしはまたもや手を止め、視線を宙に浮かせた。

修士生は二年に進むと、修了制作として自分が決めた仏像を一体、模刻しなければならない。まる一年をかけた制作だ。ほんの一年、仏像について学んだだけで、もう国宝級の仏像を一体、そっくりつくるのである。ひとりで。自分の手だけで。この、蓮弁一枚で四苦八苦しているあたしが。

……怖すぎる。

でもびびっているのは、まさかあたし、川名まひるだけではあるまい。修士一年の同級生である、アイリ、シゲ、ソウスケだって不安は同じはずだ——。

第1章

三月

まひるは仏を探す

振動がやんだかと思うと冷たい空気が頬を撫《な》で、あたしは目覚めた。

「まひるちゃん起きた？　トイレ休憩だって」

キヨミさんが振り返る。目をしばたたかせて外を見た。サービスエリアだ。露店はまだ営業していないが、作業着姿のおじさんやサラリーマンが建物に向かってぶらぶらと歩いていた。

隣に座っていたはずのアイリはもう駐車場に降りて、朝日に向かって大きく伸びをしていた。逆光で、白い息がほっそりした彼女のシルエットを描いた。

弓削《ゆげ》愛凛《あいり》。あたしの「同級生」その一。

あたしの左隣、助手席のうしろでは「その二」のソウスケこと斎藤壮介《さいとうそうすけ》が大きな身体《からだ》をすくめるようにして眠っていた。ドレッドヘアが鳥の巣のように乱れ、彫りの深い顔をなかば隠している。

朝五時、まだ夜明け前の大学に集合したときは、「うー、俺クルマに酔ったらどうしよ」とおおげさに震えてみせたくせに、出発すると高速を乗る前にオチてしまった。

運転手のアミダ先生は、ずっと今日の手順について助手席のキヨミさんと打ち合わせしていたから、あたしはしかたなくアイリに話しかけた。

「今日、天気よくてよかったね」

「……うん」

「あ、キヨミさん助手席なんだー、おもしろーい。研究助手だけに！」

「………」

……いや確かに、おもしろいこと言ったとはあたしも思ってない。でもアイリ、そこまで冷たい目をしなくっても……。

それっきり、後部座席はソウスケのすこやかな寝息が響くばかりだったが、車内が温まってすぐあたしもオチていたらしい。ぎくしゃくとクルマから出ながらスマホを見ると、もう八時近くになっていた。

故郷の北海道に比べれば楽勝だが、放射冷却というのだろうか、二月なかばの北関東の朝はキン！と冷えていた。足腰を伸ばしながら見回すと、牛頭・馬頭コンビが軽トラから降りるところだった。巨体と長身の男二人から解放されたトラックが、ほっとしたように大きくバウンドする。

ちなみに、牛頭も馬頭ももちろん本名ではない。それぞれ佐藤さん、田中さんというまっとうすぎる名字があるのだが、研究室の同期にして容赦なく学生を指導する講師コンビ、というところから、いつしか地獄の門番になぞらえて牛頭先生、馬頭先生と呼ばれるようになった。顔が四角い牛頭先生は沸点が低くて声が大きく、ハンサムなロンゲの馬頭先生は神経質でシニカル。あたしたちには怖ろしい存在だけど、木彫《もくちょう》の素材や技術に詳しい「木の牛頭」と、漆の扱いで右に出る者がいない「漆の馬頭」の組み合わせは最強だ。仏像のつくり方を短期間に学ぶうえで、これほど頼りになる存在もない。

トラックに少し遅れて教授の4WDが駐車場に入ってきた。と思うとまだエンジンも切れないうちにドアが乱暴に開き、シゲこと波多野繁《はたのしげる》が口を押さえて飛び出した。トイレに向かってダッシュ。声をかける暇もない。

同級生その三の姿が建物に消えると、一条教授が運転席から降りてきた。トイレに目をやって苦笑し、牛頭先生やアミダ先生を手招く。

近くを歩いていたニッカボッカにパンチパーマのお兄ちゃんが、ちらっと教授を見た。短く刈りこんだ半白の頭に、引き締まった日焼け顔。サングラスはティアドロップ型のミラー。黒いタートルネックに黒いパンツ、黒い革ジャン――ここまでは、まあ都内でたまに見るチョイ悪オヤジふう、と見積もったらしい。ニッカボッカは頰に冷笑を浮かべかけて、教授のヒョウ柄のストールに目をとめ、ぎくりと足を止めた。

まさにそのとき。早春の突風にふわりと浮いたストールを、教授はスナイパーか猛禽《もうきん》類《るい》の素早さでつかんだ。固まるニッカボッカ。なにごともなかったように身づくろいし、教授は目の前の勤労青年に笑顔を向けた。……金剛夜叉《こんごうやしゃ》が改心しない悪者を見つけたときの表情を「笑顔」と呼べるのであれば。

ニッカボッカは金剛杵《こんごうしょ》でも入ったように背すじを伸ばすと、ぎくしゃくと回れ右し、小股になって自分のクルマに走っていった。

……ある種の「勝負」がついたのを知ってか知らずか気にしないのか、教授はアミダ先生たちとなにやら相談してから、あたしたち学生を目で招いた。

いつのまにか起きてきたソウスケとあたし、向こうからアイリ、よろよろとシゲが先生たちに合流する。

「えっと、まだ少し早いんで、八時半まで各自ここで休憩とします！」

アミダ先生がさわやかな笑顔で言った。教授がサングラスを外す。いたずらっぽい目の横で、そこだけは六十歳という年齢相応の笑いじわが深く刻まれた。

「御霊《みたま》抜《ぬ》きの法要は十時からや。あんまり早《は》よ着いてもお寺さんに気をつかわすから、ここでちょっと休も。……波多野くん、大丈夫か？」

シゲが黙ってうなずく。顔色はまだ少し白い。

「よしっ、朝メシ朝メシ」

ソウスケがあたしの肩を叩《たた》いた。痛いっつの。

ドライブの目的は、修復を依頼された仏像の受け取りである。

茨城県桜山《さくらやま》市《し》にある愉則寺《ゆそくじ》というお寺から、「仁王門の金剛力士像一対がひどく傷んでしまったので修理してもらえないか」と教授に連絡が来たのだ。日本で最初に仏像がつくられたのは六世紀、蘇我馬子《そがのうまこ》や厩戸《うまやど》王《おう》（聖徳太子《しょうとくたいし》）の時代だから、もう千四百年以上前になる。

以下は、あたしが研究室に入ってから学んだ話。

あたしたちが博物館で見るのは何時代の作でもキレイな仏像が多いので、つい「仏像って丈夫ー」と誤解してしまいそうになるが、石でできている西洋彫刻と違って、日本の仏像は九割が木製である。実はとても壊れやすい。

仏像が壊れる原因はいくつもある。

まず温度や湿度、太陽光など。気温が急に上がったり湿度が急に下がったりすると、仏像の体幹部がひび割れたり折れたり、漆や彩色が剝がれ落ちたりしてしまう。

次に生物。ネズミやタヌキはお供《そな》えをねらって仏像をかじったり糞尿《ふんにょう》で木を腐らせる。虫は木を食べ、像の身体にもぐって巣をつくる。カビ、細菌、バクテリアも大敵だ。

さらに天災。地震、風水害、落雷――。先の東日本大震災では多くのお寺で仏像が倒れ、壊れた。

そして人災。昔は平清盛《たいらのきよもり》や織田信長《おだのぶなが》のように「言うことを聞かないから」と寺社を焼いたり壊したりする権力者がたくさんいた。下っ端の足軽や農民も、どさくさまぎれに寺の財産を盗んだりした。近現代になっても、漏電で法隆寺《ほうりゅうじ》金堂の壁画が、放火で金閣寺《きんかくじ》が焼失してしまった。一九六〇年には、広隆寺《こうりゅうじ》の弥勒菩薩半跏思惟像《みろくぼさつはんかしいぞう》（あの優美なお姿の！）が、シャレで抱きついた大学生によって右手の指を折られるという事件もあった。

研究室に入ったばかりのとき、講義でこの事件について教えてくれた馬頭先生は、

「――はい。君たちもこれから何度か古美術研究の旅に行くわけだけど、『映《ば》え～』とか言ってバカやらないようにね。……殺すよ？」

さらっと言ってにっこり笑った。講義室の気温が零下になった。

とにかくそれらの原因によって、仏像は日々、劣化していくわけである。

全国のお寺は檀家《だんか》さんの減少に耐えながらなんとかご本尊を護持するわけだが、文化財保護や管理のノウハウがあるわけではない。見た目がもうボロボロになって「こらあかん」となったり、ガタついて倒れそうになった時点であたしたちの研究室や、全国に点在する修理工房などに依頼するのだという。

修復に出す仏像は、お坊さんの法要によって「御霊抜き」をしてから職人の手にわたる。今日はあたしたち一年生がこれに立ち会えるよう、教授たちは愉則寺さんと日程を

組んでくれたのだろう。二月だから大学は春休みだ。

とはいえ、あたしたち修士一年生には今日お迎えする仏像を修復する義務はない。これから一年間、修了制作の仏像模刻にほとんどかかりきりになるからだ。実際に調査、修復を担当するのは牛頭先生たち非常勤講師や、助っ人で入ってくれるOBである。愉則寺の金剛力士像は桜山市の指定文化財になっているので、経費一式の何割かは市の予算から出るらしい。

愉則寺はそれこそ白鳳《はくほう》時代に始まる古いお寺らしいが、お寺と檀家さんが出せるお金だけでは、一般的にはたとえご本尊であっても応急的な修理がやっとだ。それが、調査と全体的な修復をセットとした市のプロジェクトに「昇格」できた背景には、きっと一条教授の入れ知恵……いやいや、アドバイスがあったにちがいない。

「一年生は『調査心得《こころえ》』、もういちど読んで、身だしなみとか気をつけてねー」

朝メシへ突進しようとするあたしたちの背中に、アミダ先生の注意が飛んだ。

三十歳そこそこ、非常勤講師としては最も若手だが、柔和《にゆうわ》でクレバーなところを買われ、教授の秘書的な仕事をよく振られている。お寺へのセールストークや申請書類作成の技術は、すでに教授と肩を並べるらしい。もちろん「アミダ先生」は衆生《しゆじよう》を救う阿《あ》弥陀如来《みだによらい》からきたあだ名である。誰からなにを頼まれてもイヤな顔をしない人だ。

「『心得』、忘れた人はプリントあるよ」

研究助手のキヨミさんが修士一年生だったときアミダ先生は博士課程の一年で、二人はそのころから研究室全体の世話役のような存在だったらしい。いつもニコニコしているアミダ先生に対し、キヨミさんは基本、仏頂面でたんたんと仕事をこなすタイプ。怒らせると怖いともっぱらの評判で、教授もキヨミさんになにか頼むときは、心なしか言葉がていねいである。

「文化財調査心得」――。研究室に入って最初の講義「文化財保護概論」で、あたしたちはプリントをもらってこれを教わる。少し長くなるけど、貴重な文章だと思うから紹介しよう。

わが国の彫刻文化財の多くは仏像であり、寺院では信仰の対象として大切に敬われている。そして文化財調査は、寺院のご好意で行なわせていただいていることを念頭に入れて行動しなければならない。

文化財に接する前に

1. 寺院では、基本的な礼節をわきまえ、寺院の方や参拝者の迷惑にならないよう行動すること。

2. 信仰の有無にかかわらず、仏像に対し合掌《がっしょう》、礼拝などの礼法を遵守《じゅんしゅ》すること。

3. お寺の建物は、古く脆弱《ぜいじゃく》になっている場合が多いので、みだりにもたれたり触ったりしないこと。

4. 寺院が信仰や修行の場であることを忘れないようにし、声高《こわだか》な私語や足音をたてないように気をつけること。

5. 文化財周辺での喫煙や火器の使用は、厳に慎むこと。

6. 服装は、華美なものや露出の多いものは避け、帽子類は取って動きやすく簡素なものを心がけること。また持ちこむ手荷物は最小限にとどめ、乱雑にならないようまとめること。

7. 腕時計、装身具など、文化財に傷をつけるおそれのあるものは、調査の前に必ず外すこと。携帯電話も電源を切るか、マナーモードに設定すること。

8. 靴を脱ぐ場合、乱雑にならないように整頓し、靴箱があれば整然と収納すること。

9. 冬場は、足下から大変冷えるので、足回りの防寒を忘れないこと。

10. 夏場は、虫除《むしよ》けの準備をすること。

11. 調査終了後は、移動した什物《じゅうもつ》などを元にもどし、清掃に努めること。

最初にプリントが配られたとき、隣のアイリがふっと鼻を鳴らして、「修学旅行のしおりかよ……」と、小さくつぶやくのが聞こえた。

でもあたしは、人知れず背すじが伸びるような思いだった。

自由と創造を至上とする芸術大学において、学生はたいがいフリーダム、というか、やりたい放題である。思いつきで意味不明な行動をするヤツほど一目《いちもく》置かれたりする。しかし、ここには厳格な規律があった。それは仏像に象徴される歴史――人の営為の積み重ね――への畏敬の念が自然に生んだルールだ。

木彫をもっと学ぶのに、東京藝大なら間違いあるまいと安易に入学したあたしに、この文章は「自分がこれからどんな現場に入るのか」を教えてくれた。ちゃんとおぼえよう、と思った。そう。今日だって装備は完璧……、

「やべ。マスク忘れた」

サンドイッチをわしづかみしてマスク売り場を探す。シゲたちがクルマにもどっていくのが見えて、あたしはレジに走った。

三台のクルマがお寺の駐車場に入り、あたしたちは装備を点検してから降車した。

厚手のヒートテックの上にぴったりめの黒いタートル。黒い袖なしのダウン。パンツは防風&防寒イージーパンツ。大きなポケットやボタンがついているようなパンツは、

堂内のどこへひっかけてしまうかわからないからダメ。スマホは電源を切ってリュックに入れっぱなしだから、そもそもポケットは必要ない。

靴は紐《ひも》もジッパーもないスリッポン。足元を見ないままでも安全に履ける。

アイリは黒いストレートヘアを、あたしは染めをなまけてプリン状態になってしまった髪を、黒いヘアゴムでまとめる。ソウスケはドレッドヘアをコットンのワッチキャップに収めた。先生たちやシゲなど短髪男子は頭にタオルを巻く。ピアスやネックレス、ミサンガのたぐいもNG。牛頭先生が結婚指輪を大事そうに外して財布に入れた。

山門から杖《つえ》をついたおばあちゃんがよちよちと歩いてきて、あたしたちに気づいてギクリと足を止めた。目をしばたたかせて一人ひとりを凝視する。

日はだいぶ高くなって、森のほうからシジュウカラのさえずりが聞こえる。こんな山奥のお寺に、同じような服装の若い者（一名は初老だが）がとつぜん十人も現れたのだ。おばあちゃんの驚きは想像にあまりある。

アミダ先生とキヨミさんがすかさず近寄って小腰をかがめた。

「おはようございますっ、東京藝大保存彫刻研究室です。愉則寺の檀家さんですか？今日はよろしくお願いいたします」

「……あ、ああ。大学の人かね。にしたって……」

黒ずくめの集団は見るからに異様であろう。でも、仏像の実地調査や搬出入には、黒が結局いちばん適している。仏さまの持物《じもつ》や装身具などから欠け落ちてしまう、ほんの小さな木片でも見逃さずに済むからだ。以前、教授と学生が京都の名刹《めいさつ》に調査に行ったときは、ニンジャだニンジャだと外国人観光客に囲まれたという。

道具や梱包材《こんぽうざい》などを降ろして台車や手作りの担架に載せ、ぞろぞろと仁王門に向かう。門を抜けると往来の邪魔にならないところに荷物をまとめ、本堂に向かって整列し、ご本尊の観音《かんのん》さまに合掌する。隣の御供所《ごくうしょ》からお坊さんと数人の老人が出てきた。

「いやあ、これはご苦労さまです」

黒い袈裟《けさ》に金のあれ……あの帯みたいな布を首から下げた中年のお坊さんは、教授に歩み寄って破顔した。この人が住職らしい。顔見知りのアミダ先生が進み出る。

「河村《かわむら》住職、今日はよろしくお願いいたします」

住職は柔和な笑顔でうなずくと、腕を伸ばして皆に楼門《ろうもん》を指し示した。

「ではさっそく御霊抜きの法要を行ないますか」

今日、研究室に連れ帰るのは、門の、向かって左側に鎮座する吽形《うんぎょう》像である。その前に集合して数脚のパイプ椅子を並べ、高齢の檀家さんや教授に座ってもらう。うしろにあたしたちが整列するのを待って、住職は静かに読経《どきょう》を始めた。

正直に言おう。あたしには信仰心がない。

もちろん仏像は好きだし、格好いいと思う。研究室に入るための勉強で、白鳳《はくほう》仏から奈良、平安、鎌倉と、時代ごとで形や表情が変わるなんてことがわかってくると、今度はポケモンを集めるのに似たマニアックな喜びも湧く。でも、仏像を見て「ありがたい」とか「すがりたい」と思ったことは、ない。

仏壇も神棚もない札幌《さっぽろ》のマンションで育った。会社員の父は酪農家の次男坊で、あたしも子どものころはよく祖父母の家に遊びにいったが、墓参りなどした記憶はない。市内にある母の実家も似たようなものだった。

あたしが鮮明におぼえているのは、父の実家で遊んだ牛や馬、羊たちだ。

大きくて温かくて、近づくといろいろな匂いがした。牛の、大きな身体と細い脚の絶妙なバランス、馬が走るときに光って浮かぶ筋肉、羊のミステリアスな横長の瞳――魅《み》せられたあたしは何枚も絵を描いた。小学校の高学年になって、紙粘土で馬をつくると先生に褒められた。授業で褒められるのが初めてだったあたしは、有頂天になった。

馬の脚の形、走り方。くつろいでいる牛の背の丸み。動いている動物を立体に写すのはすごく、すごくおもしろかった。リアルにできると、自分で「いのち」をつくりだしたような錯覚すらおぼえた。

中学で美術部に入り、高校では進路アンケートに「彫刻ができるところ」と書いた。

学費が安くて、あたしの実力で入れそうな美大をネットで調べ、放課後は市内の美術予備校に通い始めた。ギャル系の、普通の女子高生だったあたしは、初めて「その他大勢」から「美大志望の川名まひる」に昇格したのだ。

なんとか現役で入学できたのが中部にある那古屋美術大学、通称ナゴ美だ。大学生活は楽しかった。オシャレな同級生の女子とつるんでウィークデイを郊外の大学で学び、週末を繁華街で遊ぶ。授業では、粘土で作る塑像《そぞう》から始まって金属、石、樹脂など、さまざまな素材の扱い方を教わった。テラコッタでつくった馬が焼きあがったときは感激した。この作品が、兵馬俑《へいばよう》のように永遠に残る可能性はゼロではないのだと思って。

大学四年の夏、同級生の半分はとっくに就職を決めていたのに、あたしは帰省して「大学院に行きたい」と親に頭を下げた。木彫をもっと学びたかったのだ。

動物ならいろいろな像がつくれるようになったし、時間をかければギャラリーに出せる作品もできたが、人間がまるでダメだった。動物みたいに丸いフォルムじゃないし、表情も複雑すぎる。

彫刻家で食べていくなんて無理だろうけど、積み残しがあるまま社会に出てしまうのはイヤだった。やりたい仕事もないのに漫然と社会人になったのでは、偏差値でなんとなく大学を選んだ学生と結果的に変わらない。高校時代、あたしはそんな同級生たちを内心でバカにしていたわけで……。

とにかく修士課程の二年間だけ、猶予がほしい。

西洋彫刻が石を素材に人を神格化したのなら、日本には仏像があるじゃないか。そう思って飛びついたのが東京藝大の仏さま研究室だ。仏像修復の理論と実践を学べる唯一の研究室、という肩書もいい。唯一無二の存在なら、他と比べられるおそれもない。

――だから仏さま、あなたのことは尊敬してます。美しいとも思ってます。南無《なむ》。

内心でつぶやいて薄目を開け、あたしはすぐさま前言を撤回したくなった。

楼門の両翼は、それぞれ金網で仕切られて鳥やいたずら者の侵入を防いでいる。金網自体はご住職が前もって埃《ほこり》を払ってくれたのだろう、奥に鎮座する吽形像が細部まではっきりと見えた。

……き、汚い。

筋骨たくましい体に長い腰巻をまとった吽形像は、体が朱赤に、腰巻が深緑色に彩色されていた。

それはいいとして地の質感が変だ。よく見ると、木の上に赤や緑の布が貼られている。その布のかなりの部分が色あせ、また肩口など曲線部が何カ所か破れて垂れ下がっていた。赤はそれでなくても褪色《たいしょく》しやすいから、腰のどぎつい緑とまだらに赤い上半身がチグハグで落ち着かない。

　おいおい、と思わずつっこみたくなるのは顔だ。

　同じく赤い布をぴったりと貼ったうえに歯と白目はペンキのような白、瞳と眉はべったりとした墨で、ほぼつながった太い怒り眉が悪目立ちしてほとんど「ハゲた星一徹《ほしいってつ》」みたいになっていた（星一徹は「重いコンダラ」や「空を舞うちゃぶ台」で有名な昭和アニメのキャラだ。あたしは父のＤＶＤで知った。わが父ながら変わった趣味である）。

「飛雄馬《ひゅうま》……！」

　とっさに星明子《あきこ》の声で主人公の名をつぶやくと、ソウスケがブホッと噴き出して、あたしの足を思いっきり踏んできた。

「おまえ、ボソっとああいうこと言うなよー。俺が怒られたじゃねえかよ」

　アーチ形の天衣《てんね》をそうっとプチプチに包みながら、ソウスケが文句を言った。

「いやしかし、あの顔を見たら誰だってさあ……」

　幸い、牛頭・馬頭コンビは吽形像本体の移動に集中している。アイリとシゲは実習室でつくってきた担架を組み立てて毛布を敷き、像を運び出す下準備に余念がない。

　金剛力士像は力強さを示すために、天衣（天女の羽衣みたいなやつ）や腰巻を風になびかせていることが多い。本体から大きく離れた造形なので、これは通常、取り外し可能だ。平べったい材に布の襞《ひだ》を写実的に彫りだす技術には感心したが、虫食い穴だらけの表面にはびっしりと埃がたまり、よく見るとその半分くらいは虫のフンだった。

「うえぇ……」

思わずホースで水をぶっかけて洗いたくなる。が、まずは絶対に「現状そのまま」で研究室に持ちこまなければならない。ほんの小さな破片から、仏像の来歴や修復のヒントが見つかるかもしれないからだ。目をそらしたい気持ちを必死におさえてていねいに梱包し、平らなところに置いて本隊に合流した。次のご用聞きに備えねばならない。

一条教授は仁王門の前で、河村住職と話しながら作業を見守っていた。

「来歴は、わからないんですか」

「ええ……鎌倉時代につくられたようですが、確たる記録が残ってないんです。江戸時代にいちど修繕したという記録はあるのですが」

「今回はゆるんだ部材を外して内部も調査しますから、なにか参考になるものが出てくるかもしれませんね」

「そう期待しています。わかったら、なんでも教えてください」

目礼しておじさん二人の横を過ぎ、吽形像に近づく。

仏敵退散が仕事の金剛力士像は、だいたい大きい。愉則寺の阿形《あぎょう》・吽形像も三メートル近くあるだろうか。すでに全身を白い薄葉紙《うすようし》にくるまれた像の周りでは、脚立に乗った。牛頭先生たちが像の腰をおさえていた馬頭先生が慎重に頭部から「布団」を巻き、牛頭先生たちが像の腰をおさえていた。

薄葉紙とは繊維が長くあたりの柔らかい和紙で、ひねれば紙縒《こよ》りに、丸めれば緩衝材になるすぐれモノだ。仏像が壊れないように巻きつける「布団」は、綿を薄葉紙で包んでつくる。市販品も利用する一方、代々の研究先生が工夫を重ねて手づくりした仏像運搬グッズは少なくない。

先生たちはきびきびと作業しながら、「この、上腕部が変色してるのは太陽光のせいだな。ほら、この角度」など、気づいた点をときおり口にする。それをシゲが、少し離れたところでノートにとっていた。

キヨミさんは腕部分を厚手の包帯でぐるぐる巻きにしていた。アイリがそれを手伝っている。肘を張った左腕を包み終えたのを見て、あたしは手伝おうと近づいた。叶形像の右腕は、侵入者に「STOP！」と言うように前へつき出しているので、いかにも包みにくそうだ。

……と思ったとたん。

「キャー！」

魂消《たまぎ》る悲鳴があがってあたしは凍りついた。アイリだ。いつも無表情な彼女が、顔面を蒼白《そうはく》にしてつかんでいるものを見て……あたしも叫びそうになった。

腕が！　叶形像の右腕が、もげてる！

「ああそれ大丈夫や」

一条教授がのんびりした声をかけながら近づいてきた。

「もともと寄木《よせぎ》した別材やからね。枘《ほぞ》がゆるんで、つないでた布も、もろくなってたんでしょう。気をつけなあかんけど、外れたら外れたでしかたない。別個に運んで」

……そうだ。そうだった。

実習で薬師如来坐像《やくしにょらいざぞう》の二分の一縮尺模刻をしたとき、頭も腕も別の木でつくって枘ではめ、接着した。それが「寄木造り」であることも、理解はしている。

そうはいっても本物の現役の仏像が、しかもこんな大きな腕が、いきなりもげたらそれは驚く。ましてや自分のところにゴロンと転がってきたら。

アイリを見ると、頬を真っ赤にして唇を噛《か》んでいたので、そっと視線をそらしてやった。キヨミさんも武士の情けで、なにも聞こえなかったように「そうそう。だから、かけらとか見落とさないように。あとでまとめて包んでね」と、あたしたちに指示した。

御霊抜きから荷造りが完了するまで、結局二時間ほどかかっただろうか。

金剛力士像は巨大な本体と、右腕、天衣、台座など各パーツを収めたいくつかの荷物に分かれた。本体は白いミイラのようになって担架に横たわり、毛布をかけられた上から、さらし布で要所を固定された。大けがをした人間みたいだ。ずっと見守っていた檀家のおばあちゃんが、思わずといった様子で手を合わせる。

万が一にも落とさないよう、大勢で吊《つ》り持ちしながら駐車場に運ぶ。住職とお年寄りたちが続いた。研究室が依頼した運送会社の人が、二トントラックの横で待機している。

「せえ、のっ」

タイミングを合わせて荷台に収め、ドアを閉める。他の包みは木箱に収めた。あらかじめ各部の寸法を測って、手の空いた者がつくっておいた箱である。

すべての箱を軽トラックの荷台に載せ、フックにゴムで厳重に固定し、荷台全体をモスグリーンのシートでおおう。

太陽はもう真上に来ていた。冬だというのに、みな大汗をかいている。

あたしたちがトラックの前に整列すると、一条教授が前に進み出て、お寺の皆さんに一礼した。

「——それではお預かりいたします。しばらくはお寂しいかと存じますが、必ず仏さまを造立《ぞうりゅう》当時の雄々しいお姿にしてお返しするよう、力を尽くします。どうかお待ちください」

そう言って、また深々と頭を下げた。一同もそれにならう。

住職の、心細さを押し隠した笑顔。おじいちゃんおばあちゃんのすがるような瞳。

なんだろう？　少しだけこみあげてくるものがあった。

行きにも休憩したサービスエリアで昼食をとると（もちろん軽トラには人を残す。学生四人でジャンケンした結果、案の定シゲが居残りと決まった）、メンバーは研究室に仏さまを運ぶ組と帰宅組に分かれた。教授が夕方から人に会う用事があるというので、同じく東京の西南部に住むキヨミさんとあたしは、教授の４ＷＤに同乗させてもらうことになった。

ちなみにあたしたち学生は、今日の搬出作業に対するバイト代がもらえる。仏像の修復は研究室が受託する「事業」なので、学生の手伝いもアルバイト扱いになるのである。時給は東京二十三区のコンビニ（昼勤）程度だが、「少しでも仏像に触れていたい、ってやつには最適だぞ。勉強になるしな」、とは牛頭先生お薦めの言葉である。

あたしは子ども向け絵画教室でバイトをしていたため、この一年、修復は横目で見るだけだった。修復でバイト代をもらえるのは今回が初めてで、もしかしたら最後になるかもしれない。

「どや、疲れたか」

とつぜん話しかけられた。あわてて右を向いたが、教授は前方を見たままだ。イメージに似合わぬ安全運転である（とはいえこの御仁にあおり運転など仕掛ける粗忽者《そこつもの》がいたら、必ずや天罰を受けるであろうが）。あたしは首をすくめた。

「あ、いやあ。……たいへんな作業ですね」

「今日は吽形像だけやったけどな。めどがついたら、阿形像もお迎えせなあかん」

「三年がかりでしたっけ」

キヨミさんがうしろから声をかける。クルマに乗る際、「私、うしろで寝たいのよ」とささやき、あたしを助手席にドンと突き飛ばしたのだ。

「おお、そうや。愉則寺は由緒あるお寺やからな、きちんと調べたら意外な発見があるかもしれん」

「……へー」

お愛想程度にあいづちを打つ。あたしには関係ない。

「ときに川名くん」

いつもは皆と同じく「まひるー」と呼ぶ教授である。とっさに背すじをただす。

「はいっ！」

「自分、模刻制作の対象は決まったんか？」

ぐっ。

「……は、十一面観音《じゆういちめん》を」

教授がついと眉を上げた。

「奈良の聖村寺《せいそんじ》か？　滋賀の光源寺《こうげんじ》？　どっちもなかなかの難関やが……」

「あ、許可がおりないですか？　なら近場で探します」

「いや、難関ゆうても方法がないわけではないが……」

「いやいや、先生方のお手をわずらわせてもアレですんで」

食いぎみに言葉をかぶせるあたしにちらっと目をやると、

「ほんまのところは、なーんも考えてなかったんとちがうか？」

鋭く指摘してきた。あたしの目がふわふわと立ち泳ぎする。


十一面観音像とは、そのひたいを小さなお顔がぐるりと取り巻く観音さまだ。

中学の修学旅行で岩手の中尊寺《ちゅうそんじ》に行ったときも、大学院の受験勉強で仏像の図鑑を見まくったときも、昨年五月に古美術研究旅行で奈良・京都の神社仏閣をめぐったときも、あたしは気がつくと、きらびやかで女性的なフォルムの仏像の前で足を止めていた。

観音や弥勒などの「菩薩」像である。

「真理に目覚めた者」、つまり如来に属する釈迦、阿弥陀、大日《だいにち》など「大物」の皆さんよりも、「覚《さと》りを求める者」である菩薩のほうが衣装（天衣とか）や装身具（宝冠や耳璫《じ》《とう》、腕釧《わんせん》など）や持ち物（持物）のバリエーションは豊かだ。見ていて飽きないためにファンも多い。お顔がたくさんあれば十一面観音、背後から腕がたくさん出ていれば千《せん》手《じゅ》観音、宝珠と法輪があれば如意輪《にょいりん》観音、と、持物から名前が類推しやすいのも初学者にはありがたいところだ。わかれば嬉しいし、もっと学ぼうと思える。

「……当たり前やけどな、十一面観音はたいへんやで」

「はい。でも、あたしにはどれも同じですから」

なにか気にさわったのだろうか、教授は黙りこんでしまった。とりなすようにキヨミさんが身を乗り出す。

「どこか、具体的なあてはあるの？」

「え、いやあ、これから候補リストをつくって、有名どころや近いお寺に聞いてみようかと」

「のんきねえ！　他の子はもうとっくに交渉を始めてるよ」

「え？　そうなんですか？」

「話、聞いてない？　教授はご存じですよね？」

「ああ。弓削くんが鎌倉の不動明王《ふどうみようおう》やろ？　波多野は大日如来。お寺はどこやった？」

「京都の杏林寺《きようりんじ》です」

「ああ、あそこは協力してくださるからな。斎藤は八部衆《はちぶしゆう》にチャレンジするんやて？」

キヨミさんがふっと息を吐く。

「3D《スリーディー》撮らせてもらえないよ、って言ったんですけどね……」

「人気やなあ、八部衆！」

カカカ、と教授は笑った。

あたしはショックを受けていた。みんな、もう決まってるんだ……。

優秀なアイリが不動明王という大作に挑むのは納得として、シゲが大日如来みたいな難しい仏像に決めたのは意外だった。ソウスケにいたっては国宝中の国宝、奈良の名刹・興運寺（こううんじ）の八部衆にするなんて。あの、世間に一大仏像ブームを巻き起こした阿修羅（あしゅら）像の仲間じゃないか。ヘンに注目されたうえ、みんなからコテンパに比較されるに決まってるのに……。

一体の仏像を模刻するには、はたから想像する以上に手順と時間が要る。

最初に「モデル」となる仏像を調査し、かたちを理解するためにまずは粘土で試作。納得いく出来になって初めて、木や漆など本番の素材に手をつけられる。

先生たちからは、ゴールデンウィークに入る前にそこまで進めておくようにと言われた。五月頭から修了作品展が行なわれる一月末まで「八カ月もある」と思われるかもしれないが、木取り（きどり）（木材からどのように仏像の各部を切り出すか決めること。ちなみにここからは木彫の手順だ。漆像はまた少し違う）、粗彫りに始まって、彫るべきアイテムは本体（頭体幹部）の工作、手足や台座の作製、衣装や持物に肝心なお顔……と、彫るべきアイテムは数限りなくあり、またどんどん技術を必要とする工程になっていく。また、あたしたち新米仏師はその全ダンジョンで「あたーっ、失敗。やり直し！」となるリスクも見こまなければいけない。

「まひるは入試面接のとき、『人が彫れるようになりたい』って言うてたもんな。これから一年、イヤ！　っちゅうほど彫れるで」

――そうなのだ。以前に模刻した小さな仏さまとはわけが違う。修了制作にふさわしい仏像のサイズは等身大か、小さくても人間の半分程度（自信のある学生は三メートル以上の大物にも挑む）。あたしに完成させられるのか。考えたら怖くなって、今まで具体的に動けないでいたのだ。

「……手伝えることがあったら、なんでも言ってね」

口をつぐんだあたしに、キヨミさんが優しく声をかけてくれた。

翌日、あたしはバイト先の絵画教室に「今月で辞めさせてもらいたい」と告げた。もともと三月いっぱいと言っていたのを早めるお願いだ。オーナーにはだいぶ渋い顔をされたけど（指導はちゃらんぽらんなのに、あたしは子どもに人気がある。精神年齢が近いのかもしれない）、三月はシフトを半分にしてもらう条件でなんとか折り合った。

大学は三月末まで春休みで、研究室には原則、入れない。あたしはラインでキヨミさんにいろいろと尋ね、図鑑やネットで調べながら、十一面観音像を所有しているお寺のリストをつくった。

なかには、模刻を許可しないと最初からわかっているお寺もある。過去、数々の先輩たちが模刻のお願いをして断られ、「もう当寺にはお声がけくださるな」と、やんわり出禁《デキン》を食らった寺もある。無駄足を踏んでる時間はないので、そこはリストから外す。

練りに練った結果、リストのいちばん上は横浜市にあるお寺の観音さまになった。さっそく今週末、祐一《ゆういち》を誘って下見に行ってみよう。

「観世音《かんぜおん》。『観察することに自在な者』の意。『妙法蓮華経《みょうほうれんげきょう》』普門品《ふもんぼん》（観音経）などに説かれる菩薩。大慈大悲で衆生を済度《さいど》することを本願とし、勢至《せいし》菩薩と共に阿弥陀如来の脇侍《わきじ》。衆生の求めに応じて種々に姿を変えるとされ、三十三身が最も有名。また、六観音、三十三観音など、多くの変化《へんげ》観音が現れた。その住所は」

「……うるさいッ」

弘法寺《ぐほうじ》に向かう坂道をのぼりながら、あたしは振り返って叫んだ。

祐一はスマホから目を上げた。見ていたのはいつもの、モバイル版『広辞苑』だろう。

「なんだよ。おまえのために調べてやってるのに」

「……知ってる、つーの。そのくらい」

「おや珍しい。じゃあさじゃあさ、『弘法寺《ぐほう》。今から千三百年近く前。元正《げんしょう》天皇の

「だからうるさい！　お寺のホームページなんかとっくに読んどるわ！　ほら、もう着くよっ」

「……』」

祐一とは、東京に来てから知り合った。

初夏に近い金曜の夜、研究室の飲み会の帰り、上野公園で「ねえキミ藝大？　藝大でしょ？　藝大って感じだよね」としつこくからんでくる男がいた。それが祐一だ。

ナンパかと思って無視していると、かなり酔った様子のその男は急に黙って、あたしの顔を見たまま嗚咽《おえつ》し始めた。驚いて立ち止まり、思わずまじまじと観察してしまった。

同い年……くらいか。白いドレスシャツにネイビーのジャケット、清潔なコッパンという、意外にきちんとした服装。

しかし目つきは気に入らない。泣きながらあたしをちらりと見てはしゃくりあげ、さらに激しく泣くのだ。昔、保育園であたしにいじめられた子がこんな目をしていた。

……でもあたし、あなた知らないんですけど？

結局その日は男をほうって駅に逃げた。

翌週の火曜日、実習を終えたあたしは校門で呼び止められた。先週の男が気をつけの姿勢で立ち、あたしと目が合ったとたんに最敬礼する。

「先週の……あなたですよね？　すみませんでした！　ご迷惑おかけして」

お詫《わ》びにお茶でも、と、つっかえつっかえ言う彼に、あたしはうなずいた。明るいところで見ると、案外、嫌いな顔ではなかったからだ。

手水舎《ちょうずや》で手と口を清めて弘法寺の本堂へ向かう。地域では有名なお寺なのだろう、境内は子ども連れや老夫婦などでにぎわっていた。

木製の階段をのぼり、一礼してお賽銭《さいせん》を投げ、鰐口《わにぐち》から下がる紐を揺らす。

合掌――。

信仰心の有無とは関係ない。これは礼儀である。仏さまへの挨拶だ。すばらしい作品ができて大学に買取りしてもらったり、どこかの賞を取ったり……こちらの観音の模刻を通じて、あたしの人生が変わらないとも限らない。

深く頭を下げてから身を乗り出し、奥の暗がりに目を凝らした。

弘法寺の十一面観音は、ネットで見たよりずっと優美だった。蓮《はす》の花をかたどった蓮華座に立ち、左手には咲きかけの蓮華をさした水瓶《すいびょう》。わずかにほほ笑む高貴なお顔の上に、さまざまな表情の十の頭部が乗っている。

正面のふたつは慈悲の顔、向かって左の三面は民衆を戒める忿怒《ふんぬ》の顔。右の三面は「狗牙上出面《くげじょうしゅつめん》」といって、行ないの清らかな民を見つけ、菩薩が歯を見せて喜ぶ顔だという。真ん中の、一段高いところに配されているのは仏の功徳《くどく》を示す阿弥陀如来の顔で、まうしろには「暴悪大笑面《ぼうあくたいしょうめん》」といって、大笑いしている観音の顔があるはずだ。どうしても煩悩にまみれてしまう衆生の救いようのなさに思わず笑ってしまっている、という怖いお顔である（滋賀県渡岸寺《どうがんじ》の観音さまの暴悪大笑面なんて、夜中にモバイルノートで見て「ひっ！」と声をあげてしまったくらいだ）。十一面観音はそうした趣《おもむき》深いギミックに加えて装身具もきらびやかにまとった、装飾的な仏さまである。

「……やっぱ、いいわあ……」

「じゃあすぐに寺務所に行って頼めばいいじゃん、『模刻させてください』って」

祐一が言う。打てば響く、というより、バドミントンのスマッシュのように直線的で遊びのない言い方だ。

付き合ってみてあらびっくり、祐一は天下の東大生だった。工学部建築専攻の三年だが、二浪しているので、思ったとおり同い年。そして、偏差値の高い彼を二年も浪人させたのが東京藝大だった。美術学部デザイン科をめざし、現役と一浪で受験して不合格。二浪目には「親に泣かれて」しかたなく東大を受けて入学した。しかしその後も仮面浪人としてこっそり藝大受験し、やっぱり玉砕したというから闇が深い。

「あの日は学部のコンパのあとでさあ。一人になったら、むしょうに藝大が見たくなって」

そこで、原色系の古着で身を固めたあたしと出会い、「こんなアホそうな女が」と思ったら泣けてきた、そうだ。あたしが他の大学から藝大の院に編入した組だと知ると「やっぱりなあ」と嬉しそうな顔をした。失礼なやつである。

すぐにでもあたしを寺務所にひっぱっていきかねない祐一を、急いで制した。

「そういうわけにいかないよ。手続きってもんがあるんだから」

今日もあたしは古着の重ね着である。この格好のまま「ちーす、藝大です☆」なんて住職に挨拶しようものなら、大学と研究室に泥を塗ったといって教授たちに怒られかねない。

模刻制作にあたっては、まずお寺に手書きの手紙を出すのが原則である。これはアミダ先生が修士生のころに書いたとされる手紙が、雛型《ひながた》として何年も流通していた。

日付から前文にいたる定型文に続き、「私どもは、大学の研究室として、御仏像を中心とした日本の彫刻文化財に関する保護や研究を行なっている者です。当研究室では、『文化財修復』と『模刻制作』のふたつの研究を行なうことで、彫刻文化財の時代的特性や造像技法の解明に取り組み、また日本の御仏像を修復する技術者の養成を行なっております」と自己紹介する。続けて、そのお寺のどの仏さまを、どんな理由で選んだのかを伝え、模刻にあたってどんな事前調査をさせてもらいたいかを詳細に記す。特に「3D」こと三次元計測は、まだ一般には知られていない技術のため、きちんと説明しなければならない。

――こんな手紙、自分で考えて書いたら何日かかることか。

宛先と仏像名などを万が一にも間違えないよう、気をつけて丸写しすべし。あたしはそう心に決め、再会を約して山門から本堂に一礼した。

「どうぞ、よろしくお願いします！」

弘法寺から電話が来たのは、手紙を投函《とうかん》した一週間後だった。広報を担当する副住職が会ってくれるという。あたしは久しぶりにスーツとパンプスで武装し、髪を結わえて横浜にいさんだ。

ウィークデイなので、境内は先日よりも閑散としていた。春先の風がクスノキの葉を揺らす。気持ちのいい天気だ。

寺務所を訪ねて声をかけると、応接室に通された。資料や手製の名刺などをごそごそとカバンから出しているうちに引き戸が開き、四十歳くらいのお坊さんが入ってきた。

あわてて椅子から立ち上がる。

「ああ、どうぞお楽に」

「あの、今日はお時間をいただきまして」

あのあの、と口ごもりながら名刺交換した。やはりこの人が、電話で話した副住職だった。中肉中背、丸いメタルフレーム越しに目を細めて椅子をすすめる。一緒に入ってきた銀髪のご婦人がお茶を出してくれた。

副住職は、テーブルに載せたあたしの手紙に視線を投げていたかと思うと、小さく咳《せき》払《ばら》いしてこちらを見た。

「さっそくですが、川名さんのお手紙、拝見いたしました」

「……はい」

「東京藝術大学に仏像の修復をする研究室があることは、人づてに聞いておりました。『模刻制作』という実習までは存じませんでしたが」

黙ってうなずくと、副住職は不審げに眉をひそめた。

「あれですか、完全コピーということですか？」

「……は？」

「なんですか、今は3Dプリンタなんてものがあるから、人間なんかでもフィギュアみたいにすぐ立体像がつくれるっていいますが」

「ちょ、ちょっと待ってください」

なにか誤解があるようなので一生懸命説明した。模刻はあくまで、あたしという一人の人間が手で、木を彫ってつくること。その過程が学習であり、美術史上の蓄積となること――対面相手の、眉間のしわが少しずつ薄くなった。

話し終えたあたしに副住職はうんうんとうなずき、動きを止めてから顔を上げた。

「はい。お話はよーく、わかりました。しかし残念ですが、ご希望にはお応えいたしかねます」

「えっ」

副住職は言い直した。

「当山の観音さまの模刻は、お断りさせていただきます」

意味はわかる。意味はわかるけど……。冷たい汗がどっと出た。

「ど、どうしてでしょうか」

「理由はいろいろございますが……まず、当山の者ですら、特別な理由でもない限り、ご本尊に触れたり動かしたりはしておりません。年代ものでございますから。まして三次元計測、ですか？　いくら弱いとはいえ、レーザー光線なんかをご本尊に当てるなど……」

「お像にはぜんぜん影響ありません。現在、最も安全な測定方法でして、他の寺院さまでもたくさん調査し……させていただいて」

「他は存じません」

副住職がさえぎった。

「何年か先にその影響が出ないと、あなたは断言できますか？　そのとき、あなたは当山の檀家さまや本山に釈明してくれますか？」

「……それは」

「ご覧のとおり、毎日多くの方にご参拝いただいている仏さまでもあります。どこかへ運び出すというわけにも」

「あの、お像は動かさなくても撮影できますし、三時間程度でけっこうです。時間だって貴院の都合のいいときで、あの、夜中でも」

「申し訳ありません」

副住職はかぶせるように言って、深々と頭を下げた。坊主頭でも白髪《しらが》ってわかるんだな、と関係ないことに気づく。

「われわれ、仏教に仕える者として、仏像の修復に携わる学生さんに協力したいのはやまやまです。川名さんのご修行も、たいへん意義あることと思います。しかし当山にも当山の事情がございます」

「……じゃあ、たとえば」

「申し訳ございません」

副住職は、今度はさえぎるように言った。もう頭を下げてもいなかった。

「かーわーなーっ！　おまえ、そんなの当たり前なんだよ」

牛頭先生はガハハと笑ってあたしの肩をばんばん叩いた。……痛いッス。

馬頭先生も、上品にほほ笑んでうなずく。

「……そうだね、最初の一件ですぐ許可がおりるほど、甘くはないな」

翌日の昼下がり、あたしは大学の教官室で先生たちに囲まれていた。

昨日はどこをどう通ってアパートに帰ったのだろう。もう日は暮れていたが、電気もつけないままベッドに倒れ、キヨミさんに報告のラインを打った。すぐ振動音がして、スマホを見る。

わんわん泣いているウサギのスタンプ。ややあって、メッセージが来た。

「たいへんだったね。相談に乗るから、明日、研究室に来たら？　午後なら講師の先生たちもいるし」

とぼとぼと研究室にたどり着くと牛頭・馬頭コンビがいた。キヨミさんから話を聞いたらしく、「ま、そこへ座れ」と言われ、こうしていい肴《さかな》にされている。

先日、茨城県からお連れした金剛力士像は、木にもぐりこんだ虫を殺すためのガス燻《くん》蒸《じょう》を終えたところだそうで、二人からは薬品のような香りがかすかに漂っていた。

「そうねえ……特にレーザースキャニング、って言うと、警戒されちゃうよね」

人数分のコーヒーをいれてくれて、キヨミさんも話に加わる。

三次元調査、すなわち3Dレーザースキャニングは、測定器から微弱なレーザー光を仏像に当てて跳ね返った光を演算し、形状を三次元データで記録する方法である……と言っているあたし自身も完全には理解していない。が、この撮影によって仏像の、前から、横から、上からの原寸大プリントができる。これがあると模刻のしやすさがまるで違う。

「じゃあスキャニングはあきらめます、って言ったとしても、どのみち全方向からのデジタル撮影は、させてもらわないといけないしな」

「むかーしは、それこそお寺に泊まりこませてもらって、目で見て彫ってたらしいが」

「今じゃそっちのほうがよっぽどリスクが高いだろ。大事な仏さまの隣に芸大生を置いておくなんて」

3Dデータを取るのは、もちろん学生に便宜をはかるため（だけ）ではない。多くの文化財を、3Dデータというかさばらない形で半永久的に保存できるデータベースとしての利用目的が第一である。たとえばロンドンの博物館で日本の国宝をホログラム展示するなど、人類が文化財を共有するために有効なツールでもある。

ちなみに、仏さま研究室ではこの3D撮影を、准教授のドクター佐藤が一手に引き受けている。教授、講師、研究助手、技術スタッフと学生ら三十人弱で成る研究室のうち、ほぼ唯一の「鑿《のみ》を握らない」メンバーだ。藝大で建築を学んだのちCG制作の会社に就職し、その道を極めたころ、一条教授によって研究室にスカウトされた。文化財のデジタルアーカイブ化において、国内で右に出る者がいないスペシャリストである。

「どうするまひるちゃん、３Ｄ撮影なしでよければ、協力してくれるお寺はあるけど」

「無理無理無理。絶対、無理っす」

「じゃあ、大学の美術館にある十一面観音は？」

「……何年か前に模刻されてるじゃないですか」

「十一面観音じゃなくてもよければ、教授と親しいお寺を何カ所か紹介できるけど」

正直、揺れた。けど口が勝手に返事する。

「……いいです。自分で探します」

「川名、おまえ妙ーっ、なとこで頑固だな」

牛頭先生がまた大声を出し、皆が笑ったその瞬間、教官室のドアが開いた。

「なんや、もりあがっとるな」

教授だ。ちらりと室内を見わたして、足早にデスクに向かう。牛頭馬頭がしゃっと背すじを伸ばした。

「まひる、模刻する仏像は決まったんか？」

革コートに身を包んだ教授は立ってなにかを探しながら、背中越しに言った。

「今その話をしていたんです」

キヨミさんが簡潔に弘法寺の件を報告し、牛頭・馬頭コンビが話を盛った。教授は聞き終えると振り返り、あたしを見てにやりとした。

「そうか。苦労は買ってでもせえ。いざとなったらナンとかなる」

「……そんなあ」

「ほんまやて。これまで何十人と学生を見てきたけどなあ。強く願っていれば、必ず仏像のほうからやって来てくれるんや。みんなそうやった」

また適当な、と思って隣を見ると、先生たちはなぜか神妙な顔でうなずいていた。思い当たるフシがあるみたいに。

「お、ついでや。キヨミ、他の連中はどんな？」

教授はキヨミさんのことも呼び捨てにする。助手とはいえ、つい最近まであたしと同じ、ここの学生だったからかもしれない。キヨミさんはバインダーを手に、きびきびと教授に歩み寄った。思わず耳を澄ます。

シゲとアイリはお寺さんの許可がおりて、アイリは近々ドクターと一緒に現地調査に入るらしい。ソウスケは相手方の寺院と条件を交渉中。研究助手であるキヨミさんは研究室の「大人代表」としてこれらの交渉に伴走し、出張の日程を詰めたり必要な機材を揃《そろ》えたりしてくれる。

教授は報告を聞いてうなずくと、今度は自分の手帳を見てなにごとかキヨミさんに指示し、来たときと同様、風のように去っていった。忙しい人である。

あたしも潮時だ。

調査の手配で早くお世話になれるよう頑張るっす、と頭を下げて教官室を出た。図書館が開いているうちに、十一面観音を所蔵しているお寺をもっとリストアップしなければならない。

しかし二週間後。あたしは新宿の居酒屋で、祐一を相手に愚痴り倒していた。

「あーっ！　決まんない。ぜーんぜんっ、決まんない」

ビールジョッキをドンと置き、テーブルにつっぷす。

あれから、関東を中心に六つのお寺を回って十一面観音を下見した。長距離バスと在来線を乗り継ぎ、ときには県庁所在地のネットカフェに泊まって。

そして「ここは」と思ったお寺には、旅先からでも即、依頼状を出した。

「で、現在の戦況は？」

にやにやしながら祐一が聞く。

「……全敗。ひとつは、昨日までアディショナルタイムだったんだけど」

「なんだそれ」

「檀家総代……檀家さんの代表者ね。その人に聞いてみるって。住職さん自身は乗り気だと思ったんだけどなあ」

「代表者がダメって？」

「『仏像のコピーなんて不謹慎だ』って、断固反対。ここに来る前に住職さんから電話もらった」

今度は木のテーブルに頭をぶつけた。

「ああー、あそこは行けると思ったのに！」

「今、全国の寺の四割以上が年収三百万円以下なんだって」

「……え？」

思いがけない方向のボールに顔を上げた。祐一は真顔でつんと眼鏡をなおす。

「全国で檀家が減ってるからな。宗教法人だから所得税や固定資産税はかからないけど、ここから諸経費を払った残りが、代表役員である住職の給料になる。これには所得税がかかる」

「……じゃあ、住職の年収は二百万、くらい？」

「もっともっと低いだろうね。とても専業では暮らしていけない」

「……そうなんだ」

隙さえあれば蘊蓄《うんちく》を語りたがる男ではあるが、祐一の博識ぶりに助けられたことは、これまでも少なくなかった。

なにかに怒ったり行き詰まったりしたとき、別の見方もあることを知ると、気持ちを切り替えられることがある。人間関係に波風を立てることを恐れず自分の意見を述べる彼を、あたしはあきれる一方で少し評価していた。

「ましてや寺院には大きな本堂や墓地など金がかかる不動産が多い。ほぼ唯一のスポンサーである檀家の意見は『絶対』になってしまうよ」

「……そっかぁ……」

最近、祐一は仏教関係の本もよく読んでいるらしい。あたしとつきあうための努力と思えば、嬉しくない、こともない。

祐一はあたしの視線に気づき、頬を赤らめて鼻を鳴らした。

「その程度は常識だよ。まったく、仏像を研究しているというわりに勉強が足らん！」

むっとした。が、そのドヤ顔が嫌いなのよ！　という言葉は飲みこんだ。今日は喧嘩《けんか》する体力もない。

「結局、『模刻制作は寺側のメリットになる』という論拠が必要なんだよ。なんかないのかよ、ＯＢとかの例で。模刻に協力したら寺の経営にプラスになった、みたいな」

「………………」

聞いたこともない。耳にするのは、わずかなツテを頼りに日参してお願いしたり、修復の手伝いでお寺と顔見知りになって了承を得たりといった、アナログな縁がつなぐ逸話ばかりだ。

「そういうウィンウィンのモデルをシステム化して広く提案するのが課題なんじゃない

のかなあ」

「………」

だんだん腹が立ってきた。研究室のことなんて、なにも知らないくせに。

あたしが黙りこんでしまったので落ち着かなくなったらしい。「すみません！」と大声で店員を呼ぶと、祐一はハイボールのお代わりを注文し、コホンと咳払いした。

「……そもそもさ、なんで十一面観音にこだわるわけ？」

「え？」

「だって、顔を十一個も彫るんだろ？　まひるには荷が重いって先生にも言われてるんだろ？　それ以外の仏像なら、簡単に頼めるお寺もあるんだろ？」

「簡単に、ってことはないけど……」

「……おまえ、同級生のみんなに負けたくない、って思ってない？」

思わず祐一を見た。真剣な顔だった。

「……学年でおまえだけなんだろ？　他の大学から来たやつ。だから大物に挑戦して……」

祐一の瞳に揺れる光を見て、あたしは黙って席を立った。

そこにあったのは、いたましさ。

「ああ、ごめん！　ごめん、まひる！」

あわてたように伸ばされた祐一の手をすり抜け、あたしは店の外へ飛び出した。

――やだやだやだやだ。もう、ぜんぶ嫌だ！

誰にも泣き顔を見られないよう、うつむいてアパートへの夜道を歩く。スマホが何度も震えたが、リュックのポケットから出しもしなかった。

ナゴ美のころはこんなとき、泣きつける友達がいた。悔しいよう！　と吼《ほ》えれば、寄り添ってくれて、そうだね、悔しいよねと肩を貸してくれる友達が。

東京藝大の大学院へ進んで、同級生となった三人に感じたのは肌合いの違いだ。群れない、媚《こ》びない、仲間のふりをしない。飲めば話をするけれど、有名なアーティストや作品への批評がほとんどで、自己紹介のたぐいは最小限。せいいっぱい愛想よく接したけど、返事も、あたしへの質問もほとんどなかった。

無関心。あるいは軽侮《けいぶ》――？

臆したあたしは能天気でマイペースなキャラに徹した。反応がなくても他の三人に話しかけて、冗談を言って、笑った。芸術エリートである彼らとあたしのあいだにはなんの違いもないのだと、あるとしてもあたしは気にしていないんだと、そう見えるよう振る舞ってきた。……一年間一緒に学んだ今は、もともと外向的なソウスケをはじめ、他の二人とも友達のように仲良くやれていると思う。

誰にも迷惑はかけてない。なぜわざわざ指摘するの？　どうして憐《あわ》れむの？

しかし、涙が流れるまま部屋の天井を見ているうちに、おなかのあたりがシンとして、祐一に対する罵りの言葉は心の中で尽きてしまった。

代わりに訪れたのは静かな自覚だ。

図星を指された。かたくなだったのはあたしのほうだ——。

翌朝、起きてすぐパソコンを起動した。暗いモニターへ、アンパンマンみたいにむくんだ顔が映っている。

十一面観音をあきらめるとしたら、他にどんな仏像を模刻するか。

ヒントを探すためにブラウザを立ち上げようとして、メールが来ていることに気づいた。祐一からだ。「十一面観音の件」とある。早朝に発信されていた。

迷いながらメールを開く。ここでまたお説教なら、もう彼とつきあえる自信がない。

〈まひるへ。

昨日はすみませんでした。思いつきみたいに言っていいことじゃなかった。

これまであまり話したことはないけれど、僕の故郷です。

今はただの田舎《いなか》だけれど、いろいろなお寺に古い仏像があります。〉

短い文章に続いて、十近いＵＲＬが貼られていた。クリックする。

福井県若狭《わかさ》地方にある寺院や自治体の文化財紹介サイトと、仏像ファンによる地域の探訪記が次々と出てきた。どれも十一面観音に関するページで、なかには初めて見る仏像もあった。

熱心な仏像ファンのサイトを読む。若狭は「海のある奈良」と呼ばれるほど、古い仏像が遺されている地域なのだという。中心部の小浜市《おばまし》は人口三万足らずの港町にもかかわらず、今も百三十もの寺院が残っており、特に十一面観音を信仰する天台宗《てんだいしゅう》、真言宗《しんごんしゅう》のお寺が多いそうだ。息もつかずにリンクをたどる。

やがてあたしはある写真を見つけ、クリックする手を止めた。

写真が暗いので細部はわからないが、優しいお顔の十一面観音さまがいた。金箔《きんぱく》がほとんど失われ、ところどころ干割《ひわ》れも起こしているものの、平安時代後半につくられた仏像に独特の、柔らかで神秘的なフォルムはそのまま保たれている。

――よし。

あたしはノートを広げ、猛然とメモを取りながら資料をひっくり返し始めた。

曹洞宗慶徳寺《そうとうしゅうけいとくじ》は、小浜市矢祭《やまつり》という海沿いの集落にある。

ネットに落ちているさまざまな情報を総合すると、十数年前に跡継ぎが絶えて無住《むじゅう》、つまりご住職のいないお寺になったようだ。建物や仏像は檀家総代が管理しており、拝観は受け付けていない。数少ない仏像の写真は、年にいちど、地元のお祭りで開帳する際に観光客が撮ったものらしい。

だから今まで気づかなかったのか……。

総代のお名前は石田さんというようだ。住所と名字で電話番号検索をすると、お寺の近くに「石田建設」という事業所があった。代表は石田和義《かずよし》氏。ダメもとで電話してみる。ここがお寺と無関係でも、なにかヒントをもらえるかもしれない。

「――はい。石田建設でございます」

中年の女性が出た。落ち着けあたし。

「あの、お忙しいところを恐れ入ります。わたくし、東京の東京藝術大学で仏像の保存修復の勉強をしております、川名と申します」

「……はい？」

「あっ、あの、そちらさまは慶徳寺さんの檀家総代さんではあられませんかっ？」

噛み噛みのうえ、妙な日本語になってしまった。

電話の女性は一瞬沈黙すると、「……そうですが、それがなにか……？」と聞き返した。自分が学生であること、仏像を模刻する課題で、石田氏の協力を得られる見こみはあるか知りたいこと、などをなんとか説明する。

「……なんやあ、ようわからんけど総代はいま外出しとるんですよ」

「あっじゃあ……、ではかけ直して」

あわてて言うと、女性は明るい声で笑った。

「あん人は今の話、もっとわからんと思うわ。あんな、川名さんいうたか、メールくれはる？」

そう言うと、自分は和義氏の妻だと名乗り、メールアドレスを教えてくれた。研究室のホームページや制作の様子がわかるサイトも教えてもらえば、自分が確認して夫に説明しておくから、夕方に再度、電話するようにと告げられた。

電話を切って、ひたいの汗をぬぐう。少なくとも門前払いではなかった。

あたしは「伝統の雛型」をベースに、「模刻を前提としてまずはお像を見せてほしい、そのうえでお話をさせてほしい」とメールを書いた。もう、何度も現地を行き来している余裕はない。見にいって、写真の印象どおりの像だと確認できたら、その場で手順を説明して、正式にオファーしたいと思った。

夜行バスをネットで予約し、手早く荷造りする。慶徳寺に見学を断られても、若狭にいくつかある十一面観音は見てみたい。祐一の好意に乗ってもう少し、十一面観音に執着してみようと思った。つまらない意地かもしれないけれど。

十八時になるのを待ち、石田建設に再び電話する。今度は野太い声の男性が出た。

「あの、お忙しいところを何度も申し訳ありません。わたくし東京藝大、文化財保存学保存しゅうふ」

「おお、タミヨから聞いたで。わいらあのご本尊さんを描きたいてか」

「いえ、描くんじゃなくて、彫りたいんです。そっくり、そのままに。あ、でもまだ本当に彫らせてもらうか決めてなくて……」

「まあようわからんけど、いっぺん来《こ》んな。遠くて気の毒やけどのお」

「いいんですか!? 見せていただけますか?」

「見なわからんじゃろ? うらも詳しい話を聞きたいで」

ありがたいことに、明日は比較的、時間の都合がつけられるという。小浜駅で待ち合わせることにして、電話を切った。


京都まで高速バスに乗り、JRに乗り換えた。

小浜駅の改札を出て、広々としたロータリーに立つ。石田氏と約束した時間までまだ少しあるので、コンビニを探して商店街とおぼしき方向に歩いた。シャッターをおろした商店ばかりなのは、時間が早いせいばかりでもなさそうだ。

コンビニのイートインで、おむすびをお茶で流しこんだ。実家から最低限の仕送りをもらっているものの、「模刻活動」の資金まで親には頼れない。細々と貯《た》めていたバイト代はもう心もとなくなっていた。

ぶらぶらとロータリーにもどる。幸いよく晴れて、なだらかな山をしたがえた小浜駅の駅舎が、清潔な空にくっきりと映えていた。

いいことありそう――背をそらして深呼吸したとたん、

「川名さんな？」

野太い声で呼ばれた。五十代くらいだろうか、オフホワイトの作業着姿の男性が、まぶしそうに目を細めてこちらを見ている。あわてて頭を下げ、駆け寄った。

「おはようございます。川名です。わざわざすみません――」

「ああ、ええてええて。クルマ乗って」

三列シートの白いバンをあごで指した。「石田建設」と大きくロゴが入り、ところどころ凹《へこ》んだり泥で汚れたりしている。さっさと乗りこんだ石田氏に続いて助手席によじのぼった。中は少し埃臭いが、矢祭は駅から十数キロ離れた集落である。バスの本数も少なそうなので、迎えにきてもらえて本当にありがたかった。改めて礼を言うと、

「いやあ、うらはようわからんのやけど、タミヨが協力せえ、助けてやれえ言《ゆ》うて、うるさいんよ」

嬉しそうに笑った。半白の頭に日焼けした顔。電話よりも気さくな人でほっとする。

奥さんは民代さんというそうだ。夫婦には息子が二人いるが、進学のため他県で暮らしている。「ウチを継ごうなんて、どっちもちいとも考えとりゃせん」と、石田氏は苦

笑しながら教えてくれた。

市街地を抜けると前方に海が見えた。群青色《ぐんじょういろ》の波が春の日をきらきらと反射させている。思わず見つめてしまう。長旅でこわばった心身がほどけていく。

「……やで」

「えっ？」

石田氏がなにごとか話していた。あわてて向き直る。

「ご本尊さんは本堂においでやで、好きなだけ見たらええわ、言うたんや」

無住の寺院の場合、盗難や破損を恐れて蔵に仏像をしまっていることも多い。しかし慶徳寺では、別の寺から僧侶を呼んで檀家の法事などを行なうことが「たまーに」あるため、本尊はそのまま「いていただいている」そうだ。扉の鍵は石田夫婦が管理し、希望者があれば拝観にも応じているのだという。

「うららの仏さんなんやで、会えんかったらお互いに気の毒じゃ」、石田氏はつぶやくと、「まあ、残っとる檀家はうらら夫婦以外、みーんなえらい年寄りやで、どっちが仏かわからんけどの！」と続け、カラカラと笑った。か、からみづらい。

クルマは海沿いの道を右折して矢祭に入った。

慶徳寺の山門をいったん通り過ぎ、すぐ隣の石田氏宅へ向かう。県道に面したプレハブの事務所のうしろに、立派な日本家屋が建っている。前庭を兼ねた広い駐車場にバンが停まると、エプロン姿に作業着のジャンパーをはおった中年女性がプレハブから出てきた。

「まああ。よう来たわね。昨日の今日で」

　ふっくらとした頰に暖かな笑みを浮かべている、この人が民代さんにちがいない。あたしは深々とお辞儀した。

「ほんなら、お寺は民代が案内しますわ。うらはちょっこし、近所のばあさんとこ行かなあかんで」

「ああ、鍛冶屋《かじや》の庭なあ」

　民代さんが応じた。鍛冶屋？　けげんそうな顔をしていたのだろう、民代さんはあたしに笑いかけると、「屋号ですわ。知らん？」と首をかしげ、「もう冬囲いを外さなあかん時期やろう？」と続けた。大丈夫です、屋号も冬囲いもわかります……かろうじて。

　石田氏宅の玄関先に荷物を置かせてもらうと、民代さんについて慶徳寺に向かった。細く、長い石段を民代さんは快調にのぼっていく。息があがりかけたところで境内に到着した。幼稚園のグラウンドほどの境内は掃除が行き届き、小さな本堂も、春先の日ざしの下できよらかにたたずんでいた。

「わあ……」

立ち止まったあたしの横で、民代さんが誰かを見つけて会釈した。

つられてそちらを向くと、強烈な紫のカーディガンを着た、小柄なおばあちゃんがいた。なんだか不機嫌そうだ。境内の隅の古びたベンチに腰かけ、あたしたちをねめつけながら煙草《タバコ》を吸っている。

「レイコさん、毎日お疲れ様ですなあ」

民代さんがほがらかに呼びかけても返事せず、おばあちゃんは左手に持った携帯灰皿に吸い殻をぐいとねじり入れて目をそむけた。

あたしを振り返った民代さんは、気にするそぶりも見せず、手を上げて本堂を示した。

「ほら、いま鍵を開けるでな」

本堂の階段を二人でのぼると、民代さんは南京錠《ナンキンじょう》を開け、木の扉を開いた。よく手入れされているのだろう、扉は音もなく開いて、中の様子がはっきりと見える。

「すごい……」

温容、枯淡、幽玄――。かつて読んだ仏像関係の随筆にあった、いくつもの単語を思い出した。優しいお顔というより、仏の慈悲を表す、ミステリアスにも見えるほほ笑み。古いというより、上手に年を重ねた古び。ここではないどこかへ連れていってしまわれそうな奥深さ。一二〇センチほどの、決して大きくない像なのに、あたしの視界は観音さまで一杯になった。鼓動が高まる。

「もっと近くで見たらええよ」

民代さんの言葉に甘え、ぎりぎりまで近づく。頭部を囲む十のお顔は、これまで見たどの十一面観音のものより、滋味深いように思えた。外連《けれん》がまるで感じられない。

「──千年以上も前の言い伝えじゃけど」

お燈明《とうみよう》をあげながら、民代さんが観音さまの由来を教えてくれた。嵐のあと、海の中に光るものがある。漁師が総出で引き上げると、どこかから流されてきたらしいヒノキの大木が光を発していたのだった。矢祭の人々はそれを仏のお告げと考え、京の都から招いた仏師に観音さまを彫ってもらったのだという。

「仏師、ゆうても、名前も伝わっとらんのじゃけどの」

ころころと笑った。

「……せてください」

言葉が喉でからんでしまった。ごくりと唾をのみ、民代さんに頭を下げる。

「この観音さまを彫らせてください、お願いします」

お昼を石田家でごちそうになり（もちろん強烈に遠慮したが、もっと強烈に勧められたのだ）、帰りの高速バスが出る時間まで本堂で観音さまを見てすごすことにした。

今度はひとりで石段をのぼる。

さっきのおばあちゃんがいた。レイコさんといったか。目が合った。

「……こんにちは」

「あんた、どっから来たの」

しゃがれた声だった。白い眉を疑《うたぐ》り深げにしかめている。反射的につくり笑いした。

「東京からです。こちらの観音さまを模刻したくて」

「もごく？」

「も・こ・く、です。仏像を写す……同じ仏像を彫らせてもらうんです」

「なんで」

「大学の課題で」

レイコさんは顔全体をぎゅっとしかめた。顔のパーツが全部しわに埋まる。

「なーん、不良学生のお遊びにわいらあの仏さんを使わんでほし」

そう言うと、あたしのつま先から頭までをじろりとにらみ、吐き捨てた。

「ほんな、プリンみたいな頭しとるくせに」

「なっ……」

反論しようと一歩踏み出したとき、石段の下から「まひるちゃーん」と声をかけられた。振り返ると、民代さんが魔法瓶をかかげている。

「本堂は冷えるで、熱いお茶、持ってきたんよ」

そう言うとレイコさんに会釈し、本堂に向かった。あたしが近寄ったら、民代さんはレイコさんのほうをちらりと見て声をひそめた。

「ごめんね、気にせんで」

そして大きな声で「さあさあ、ゆっくり見んさい。旦那が帰ってきたら夕飯にしよ」と言って魔法瓶をあたしに押しつけた。

「いやっ、夕方には帰りますから。バスの時間があるし」

首をぶんぶん振るあたしをいなすように笑う。

「旦那が、『あの姉ちゃん帰したらあかん』言うて、電話してきたんよ。芸大たらどんなとこか、話を聞きたいて。帰るのは明日の朝でいいが」

隠居所として建てた離れが空いているから泊まるところは気にしなくていい、とまで言われて、ありがたく申し出を受けることにした。

民代さんのうしろ姿を見送って振り向くと、いつの間にかレイコさんは消えていた。

「――だから、話を聞いてうらは『そら、新手《あらて》の詐欺ど』、言うたんよ。ほしたら民代が怒りよって。『このホームページ見たらわかるが』、てえ」

顔を真っ赤にてからせた石田氏が言うと、民代さんは恥ずかしそうに、しかしけっこうな力で夫の肩をどついた。

五時を過ぎて寒さに音を上げ石田氏宅にもどったあたしを、民代さんは温かいお風呂で迎えてくれた。ふかふかのタオルと民代さんのパジャマをお借りして風呂からあがると、石田氏が栓抜き片手にちゃぶ台で待ち構えていた。見るからに新鮮そうな刺身に焼き鯖寿司《さばずし》。民代さんが海の幸をどんどんと運んでくれる。

三十分としないうちにビールは日本酒に代わり、石田氏のトークは絶好調を迎えていた。あたしもだいぶ酔っぱらって、気のおけない親戚と話しているみたいな気になった。

「それで、模刻はお願いできるんですか？」

「そりゃ、うらの一存ではあかん。檀家総会で相談せな」

「えーマジですかぁ、でも大丈夫なんですよね？　ねっ」

石田氏はふと酔眼を宙に据えた。

「……まあ、いけるやろ。総会、ゆうても参加するんはいつも十人足らずじゃからの。他の者《もん》はめんどうがってお任せにしよる。毎回出てくるんは山田のじいちゃんと酒井の後家さん、レイコさん……」

聞きおぼえのある名前が出て、あたしは話に割りこんだ。

「レイコさんっておばあちゃん、あれ、なんなんですか。ずいぶんなことを言われたんですけども？」

これに民代さんが答えた。

「礼子さんはね、ご主人と死に別れて街から矢祭に帰ってきなった人なの。ちょっと偏《へん》屈《こ》でね」

数年前、無人になった実家を改築して一人住まいを始めたが、あまり近所づきあいもせず、日がな慶徳寺のベンチに座っているという。八十代なかばで、かつての幼なじみが誘っても、老人会の集まりなどに顔を出すことはない。なのに慶徳寺の檀家総会だけは皆勤賞なので、なんと変わったばあさんだと近所の人は遠巻きに見ているらしい。

ほどなくして沈没した石田氏を寝室に運びこむお手伝いをすると、あたしは民代さんに挨拶して離れに引き取った。ぶあつい布団に腰を落とし、スマホを手に取る。

東京への帰り方を検索してからラインを覗くと、数時間おきにぽつぽつと、祐一からメッセージが届いていた。

〈元気?〉

〈どこ?〉

〈会える?〉

あの強気な男がびびってる。あたしはおかしくなってメッセージを返した。

〈いま福井。いい観音さまに出会えた〉

瞬時に返信が来た。〈だろ?　どこの?　僕のアドバイスに間違いはないでしょう?〉

——やはり人はそう簡単に変わらない。苦笑がもれた。

〈よかったね、って共感してくれればいい。それだけ。今はアドバイスも情報も無用。あしからず〉

そう打つとスマホの電源を落とし、ぐっすりと眠った。

鶏の声で目が覚めた。田舎か。あ田舎だ。

離れの小さな洗面所で顔を洗い、スニーカーをつっかけて庭に出る。母屋《おもや》ではまだ誰も起きていないようだ。まだ六時前で、あたりには薄青い闇が残っていた。

思いついて、慶徳寺の石段をのぼる。息が白い。

境内に出ると、本堂の前にぬかずいている人影が見えた。その場で立ち止まったが、気配に気づいたらしい人影は飛び上がってこちらを向いた。

礼子さんだった。ぎょっとした顔であたしを凝視して、ふぅと息をもらした。

「……まだいたのかい」

それだけ言うとつかつかとベンチに向かい、あたしにあごをしゃくる。座れ、ってこと？　あたしはおずおずとベンチに近づき、礼子さんの隣に腰かけた。かすかに線香の匂いがする。

「見い」

声に頭を上げて、あたしは息をのんだ。木の間《こま》から海が見える。朝日が水面《みなも》を赤く照らし始めて、えもいわれぬ美しさだ。

「まるで極楽だろ」

「……ええ」

「漁師をしていたうらの父さんは、この海で死んだ。初恋の人は、もっともっと南の海で死んだよ」

「………」

礼子さんはたんたんと続けた。

「怖くて、憎い海やけど、なんや知らん、ここで海を見てると、嬉しゅうになってくるんで。仏さまのおかげやと思うんよ」

礼子さんの横顔は、別人のようにおだやかだった。

「うらにはここに、帰る場所がある、て。いつ死んでも大丈夫やって」

ちょうどそのとき太陽が昇って、海を黄金色《こがねいろ》に染めた。錦の帯のように輝く水面は、まるで人ならぬ者が通る道のように見えた。息が浅くなった。胸が苦しい。

「……なんでえ。なんであんたが泣く？」

礼子さんが、たじろいだように聞いた。

「……あたし、仏さまのことなんてわからなくて……なのに生意気に……」

しゃくりあげるせいで、言葉がうまくつながらない。丸めた肩に、いつのまにか温かな手が置かれた。

「……ええんよ、若い人はそれが当たり前やがな。うらも、うちの人を見送ってから初めて気づいたんじゃもの」

仏さまと在る暮らし、仏さまが寄る辺《よるべ》である暮らしを、あたしはこれまで想像したことがなかった。仏像がどんな思いでつくられ、どんな願いとともに守られてきたのか、考えることもなく、ただ課題のために仏像を探してきた。誰にも負けない模刻をしたい、自分の存在を知らしめたい、というつまらないエゴのために。

今はそれがただ恥ずかしかった。

「ええんよええんよ、あんたが真面目な子ぉやゆうのはわかったからの」

骨張った手で、礼子さんはいつまでもあたしの背中をさすってくれた。

帰り道は、お尻が二つに割れるかと思うほど長時間電車に乗った。

敦賀《つるが》、近江塩津《おうみしおつ》、米原《まいばら》、大垣《おおがき》、蒲郡《がまごおり》、浜松、熱海《あたみ》。駅まで送ってくれた民代さんと別れたのは朝十時前だったのに、小田急線の快速急行に乗りついだのは十九時半ごろだ。

道中、退屈のあまりスマホを見ていると、祐一からメッセージが来ていた。

〈僕はまひるに嫉妬していた。共感してやれるほど大きな男じゃなかった〉

号泣する男のスタンプ。思わず噴き出して、現在地とルートを返信してやった。

が、まさか祐一が小田急線に乗りこんでくるとは思わなかった。やつは目の前の吊り革につかまってニヤニヤすると、目を丸くしているあたしの隣に移動して、「だろ？ まひるのことだから、ネットで検索していちばん上に出てくる、いちばん安直なルートで来ると思ったんだよ」と自慢げに種明かしした。

あたしはきっと、まだしばらくはこのウザい男と付き合うのだろう。今回の件はグーパンチ一発で許してやることにした。


数日して、石田氏から電話が来た。檀家総会で、ぶじ模刻制作の許可がおりたという。氏の予想に反し、反対意見はけっこう出たそうだ。「よそ者がうちの仏さまをコピーするとは」とか、「商売目的と違うんか」とか。

「さすがのうららも押されぎみだったんやけど、なんと礼子さんがじいさまらに反論してくれての。『うららの仏さまのよさを、みんなに知ってもらわんでどうするッ』言うて、皆を説得したんじゃ。あん人があんなに話すとこを、みんな初めて見たわ」

そう笑う石田氏にていねいに礼を言い、あらためて調査にうかがう旨をお願いした。

「おう、待っとるで。礼子さんも『あの不良娘が来るときは教えろ』やと」

「……はい。ぜひ」

電話を切って、深呼吸して、研究室の電話番号を呼び出す。

調査の打ち合わせをお願いしなければいけない。もうすぐ新学期が始まる。仏さま研究室に行って、もし教授がいたらひとこと言おう。

本当に、仏像のほうからやって来てくれました、と——。

第2章

五月

シゲ、木に煩悶する

しゃく、しゅうっ。

ざくっ、ざしゅうっ――。

木を削る感触と音が好きだ。心がしぃんとする。

彫刻刀を置いて木のかけらを持ち上げ、形を確かめた。インク面を内側にしたカーボン紙で包み、横たわっている金剛力士像に歩み寄る。焦らず、急がず。貴重な仏像や刃物でいっぱいの実習室では、なにより安全第一だ。

力士像の太いふくらはぎに空いた穴に、木片をそっと詰めてみる。カーボン紙がつっかえる手ごたえがした。穴の形に合わせ、上側をもう少し削らなければならない。

牛頭先生は、像の腰あたりに残る布を慎重に剝がしている。アミダ先生は少し離れたデスクでCAD《キャド》を操作中。台座に使う木の容量を計算しているのだ。

「いけそう？」

手を動かしながら牛頭先生が聞く。

「はい……たぶん」

豪快にみえて、僕たち初心者が修復作業を手伝うとき、先生はかなり厳密にその動きを見守っている。川名まひるは「いちいちウルサイ」といやがるが、僕にとってはありがたい。ヘタに任されて、肝心の仏像にダメージを与えてしまったりしたら。――想像しただけで身がすくむ。

「ようし、昼にしようか。まだ先は長い」

タオルで手をぬぐいながら、牛頭先生が立ち上がる。

二カ月ほど前に茨城県の愉則寺から運んできた叶形像の、修復課題はふたつある。まずは虫食いや腐朽《ふきゅう》でぼろぼろになった部分の補修、強化。それと、後世《こうせい》に加えられた修復の跡（「後補《こうほ》」と呼ぶ）を上手に取り除いて、鎌倉時代に造立された当初の姿を取りもどすこと。一年がかりの作業だが、大型の仏像修復においては、それでも異例のスピード勝負なのだという。

地上に出ると、キャンパスは新入生でにぎやかだった。

とはいえ何年も浪人して入学を果たす学生がほとんどだから、初々しい雰囲気はあまりない。むしろ「われこそがアートを切り開くのだ」と気負いきった顔つきや、自信のなさ丸出しのこれ見よがしな驕慢《きょうまん》さが鼻についた。それはそのまま、五年前の僕の姿だったから。

「……いくら昔の修復とはいえ、あれでいいのか!?」

牛頭先生が箸を食いちぎらんばかりに歯ぎしりした。小ぶりな重箱ほどある弁当箱も、先生の手に収まると小さく見える。

「江戸時代の修復、でしたよね」

アミダ先生がおだやかにあいづちを打った。僕はバタ丼をかかえたまま耳を澄ます。マーガリンと醤油《しょうゆ》で炒《いた》めたモヤシと豆腐が実に香ばしい、東京藝大・学生食堂の名物メニューである。

時を経て傷んだ仏像はそのつど、その時代の仏師によって修復を受ける。牛頭先生が嘆くのは、その修復レベルだ。室町以降、特に江戸時代になされた修復が、おうおうにして非常に雑なのである。

仏教が伝来して以来、仏像をつくる動機やスポンサーは時代とともに変化してきた。最初は国の鎮護を祈って国家権力が大きな仏像をつくり、平安時代に入ると藤原《ふじわら》氏ら貴族が、鎌倉時代には武士階級がスポンサーとなって寺を建立《こんりゅう》、仏像をつくらせた。その動機は一族の繁栄や争いに敗れた者の鎮魂だ。

これが室町時代に入ると、中央政権が力を失い、大規模な仏像造立は目に見えて減る。日本を代表する仏師といえば鎌倉時代の運慶《うんけい》だが、彼が鎌倉時代に率いたような仏師集団は、このころを境に縮小を余儀なくされる。一方で、鉋《かんな》や鋸《のこぎり》などの道具類が進化したのも室町時代だったから、仏師は一匹狼《いっぴきおおかみ》の職人として細々と仏像や仏具、仏壇の製作や修理を請け負うようになっていった。

「が、そもそも個人がその寺に泊まりこんでできる修復には限りがあるわけだ」

江戸時代に存在したのは、いわゆる「渡り仏師」だ。文献史料には残っていないが、近接する複数の寺から同時期・同手法で修復された仏像がよく見つかるため、そう推定されているそうだ。仏さまの修理となると、地元の大工には頼めなかったのだろう。だが、その「専門性」を逆手にとって、例えば取れてしまった腕は乱暴に釘《くぎ》を打ちこんでつなぎ、虫食い穴には適当に木くずや土を詰めて、上から紙や布を貼って形だけきれいに整える、といった「修復」を行なう仏師が江戸時代にはとても多かった。

いま僕たちが修復中の吽形像はまさにその典型で、初めて見たときはそのお手軽さに目を丸くしてしまった。全身を木綿の布でおおい、肌を赤く、腰布部分を緑に塗ってある。眉や目玉までも墨で布の上にそれらしく描いたその修復は、それまで実習で習ったり、研究室で目にしてきた「造形を最大限に活《い》かす方法」とはあまりに違っていた。

「せっかくのいい材料がかわいそうでよお……」

牛頭先生は悲しそうに眉を下げる。

愉則寺の金剛力士像は「一木割矧造《いちぼくわりはぎづくり》」といって、頭と胴体を一本の木から彫り、軽量化のために途中で腹と背に割って中を刳《く》り抜く工法でつくられている。高さ三メートル弱、肩幅一メートル弱もある巨像だから、少なく見積もっても千年以上を経たヒノキを使っているはずだ、と先生はにらんでいる。

そんな樹齢のヒノキは、もう日本の山には生えていない。

木と木彫り像をこよなく愛する牛頭先生にとって、そんな貴重な材を「糊《のり》と布で窒息させた」江戸時代の仏師の仕事はがまんならないのだろう。実習室で作業中、メスやピンセットを使って布をそっと剝がしながら「くっそう……」などと突然つぶやいて、周囲をピリっとさせている。

ひょうひょうと作業する馬頭先生やアミダ先生とは対照的だが、ときに僕には、そんな牛頭先生のひたむきさがうらやましい。先生だって最初から修復者を志して東京藝大に入学したわけではないだろうに、いつ、どうやって、そんなに純粋にこの道を進めるようになったのだろうか、と。

「それはそうと。波多野」

気がつくと、牛頭先生がけげんそうに僕を覗きこんでいた。

「おまえ、本当に材木の調達、今週末で大丈夫だったのか?」

返事に困ってアミダ先生に目をやると、にっこりと牛頭先生にうなずいてくれた。

「塑像《そぞう》までは完璧にできているから、大丈夫でしょう。シゲは真面目だから」

研究室では、模刻や修復に使う木材のほとんどを都内の山手《やまて》材木店から購入している。木曽《き》檜《そひのき》の天然木を探すなら都内一、と、一条教授の信頼も篤い老舗《しにせ》である。

運慶作の不動明王に挑戦するアイリも、先日やっと模刻する十一面観音像が決まったまひるも、すでに山手さんからヒノキ材が納品されていた。脱活乾漆像《だつかつかんしつぞう》という、制作上の一工程でしか木材を使わない像を選んだソウスケですらも、先日、「ほれほれ、木曽檜。いい香り、するっしょ？」と自慢していた。

一方で僕は山手さんに頼まず、週末、群馬の材木店へ行くという牛頭先生に同行させてもらい、そこで木材を調達することにしていた。先生はそんなペースで動く僕の、制作スケジュールを心配してくれているのだ。

「よく言いますねえ。『とっておきの材木店に連れてってやるから、修復をもっと手伝え』って、牛頭先輩がシゲに命じたんじゃないですか」

アミダ先生がまぜっかえすと、牛頭先生はもごもごと口の中でなにやら言い訳した。言動が乱暴な一面はあるが、基本的にいい人なのだ。

「いいんです。よろしくお願いします」

勢いよく頭を下げる。

午前中に削った木片をさらに微調整して、吽形像のふくらはぎにできた穴に埋めると、虫食い穴に樹脂を充填《じゅうてん》する作業に移った。

布でおおわれている部分も含め、この仏像の全身には無数の小さな穴が空いている。注射器とピンセットを並べ、像の木肌に顔を近づけた。

虫による食害が深刻だった今回の修復では、搬入後の調査・撮影を終えた仏像はすぐ燻蒸《くんじょう》消毒された。その後、横たえて修理しやすいように腕や衣、踏み出しているほうの脚などを外し、こうして別個に作業にとりかかっている。

文化財修理には三つのルールがある。「当初部最優先」「現状維持」「可逆性」だ。

たとえば古い女神像がギリシアで発掘されたとする。古代につくられた「それ」を文化財として修復・保存する際に、制作当初の状態をできるだけ維持、再現するのが「当初部最優先」。後世の人が（おそらくは気を利かせて）塗った色や新しく取りつけた羽などを、ていねいに取り除く。

また、失われた部分を無理に補わないのが「現状維持」。このままでは自然分解してしまうような場合のみ最低限の補強や接着処理が認められるが、その場合「どんな処理を」「どこに施したのか」が未来人にもひと目で把握できる手法が好ましい。未来にはもっと優れた、見た目も自然な修理方法が開発されているかもしれないから、そのとき古い修理をいったんナシにできるよう、わざと目につく補修を施すのだ。これが「可逆性」。

しかし同じ文化財でも、仏像の修復の場合は少し事情が異なる。僕らが相手にしているのは、現役で信仰の対象となっている「仏さま」だからだ。

お顔に大きなひび割れがあったり、手首から先がぽっきりと折れていたりすれば当然「いたましい」という感情が湧く。まして毎日接しているお寺の人や檀家さんにしてみれば、少しでも健《すこ》やかで尊い姿にもどってほしいと思うのが人情である。

さらに高温多湿の日本で、普通に本堂に安置するための仏像であれば、虫食い穴は樹脂でふさがないことには始まらない。現在はアルコールで除去できるタイプの樹脂が開発されたからいいものの、つい最近までの樹脂だったら、後世に取り除くのはかなり難しい。それでも、使わないとその仏像は時をおかずに自壊してしまうのだ。

「当初部最優先」「現状維持」「可逆性」の三大ルールを尊重しながら、住職ら依頼者の意見も尊重して、バランスを取りながら修理する――これが仏像修復の現実なのである。

僕は、小さな穴にちまちまと注射器をあてる作業に没頭した。とても小さな一歩だが、鎌倉時代の金剛力士像を次の世代につなぐために必要な一歩、そう思って。

「……江戸時代の仏師だって、よかれと思ってやってたんじゃないですかね」

首をぐるぐる回しながら、ふと声がもれた。細かい作業が多いせいか、この研究室に来て僕は初めて肩こりという現象を知った。

「に、してもセンスってもんがあるだろうが」

毒々しい色の布と格闘しながら、牛頭先生が吼《ほ》える。布の下には造立当初に施された金箔や細い金を貼った模様が残っている場合が多いので、これも本当に気が張る作業だ。

どのくらい古さを残し、どのくらい仏さまとしてのありがたさを「演出」するかは結局、各仏師の感覚にゆだねられる。「ご本尊の修理をお願いしたら、キンピカになってもどられて驚いた」だの、「妙に小顔のイケメンになられた」だの、全国のご住職を困惑させる「修復」は、現在もあとを絶たないらしい。

仏像修理者には、国家資格も規制する法律もない。そもそも施工例が少ないから、カタログや口コミサイトもない。

「時間をかけて、良心的でセンスのある仏師に仕事が集まる流れをつくらなあかん」とは、一条教授が折にふれて口にする言葉だ。特に、仏像修理・制作の工房を始めるというOBに対しては「ええか、『良貨が悪貨を駆逐する』んやで！」と、肩を叩かんばかりである。

……が、そんなやり取りを耳にするたび、僕は少しばかり憂鬱になってしまう。

こんな静かな世界にも競争があるなんて。

牛頭先生がなおもぶつくさ言い始めたので、僕はうつむいて作業に熱中するふりをした。口論は苦手だ。大声も嫌いだ。

少し重くなってしまった空気を変えるように、アミダ先生が大きく伸びをした。はあっ、と大きく息をつぎ、思い出したように僕を向く。

「シゲは実家、千葉だっけ？　春休みは帰ってたの？」

「……いえ」

肩をすぼめた僕に気づいたのか、アミダ先生はますますのんびりした声を出した。

「ふうーん……まあ、いっか」

「ビールを飲むのだ！」と宣言してアメ横方面へ向かう先生たちと公園口で別れると、山手線《やまのてせん》の内回りに乗った。

おだやかな夕焼けに染まる商店街を抜け、コンビニで夕飯と明日の朝食を買って家路をたどる。三年前に学生寮から越してきたアパートは、古くて駅からも少し遠いが、家賃が安いのと学生が住んでいないので気に入っていた。

郵便受けを覗くと見慣れたロゴの洋型封筒が入っていた。また個展の招待状だろう。ショルダーバッグにつっこんで鍵を開ける。電気をつけ、手を洗ってうがいし、スマホを充電スタンドに置いてジャージに着替えた。

「ふう……」

思わず声がもれる。

バッグから鑿と小刀、彫刻刀を取り出してタイル敷きの風呂場に運んだ。三種類の砥《と》石《いし》を棚から降ろして水に濡《ぬ》らし、そっと刃を研ぎ始める。

ぞりぞり、しょりしょり。

この時間も好きだ。今日一日をともに働いてくれた道具たちが、僕の手の中で輝きを取りもどす。最近ようやく、見るよりも指先に伝わる感触で研ぎの完成度がわかるようになってきた。

ブブブ、と振動音が聞こえたのはそのときだ。

思わず手を止めてしまい、それが悔しくて、小刀をつかむ手に再び力をこめた。

——研ぐときは集中。他に気を取られたら、いったん手を止めろ。

仏さま研究室に入ってすぐに教わる鉄則だ。僕は上体を起こして両手を空にし、深呼吸してから、あらためてスマホを無視することにした。安普請《やすぶしん》の床に置いたカラーボックスがスマホと一緒に振動して、思いのほか大きな音をたてる。

一年ほど前に喧嘩をして以来、父も僕もメールでのやり取りを極力避けている。今日だって、電話にさえ出なければ心を乱されることはない。

一浪で東京藝術大学の彫刻科に合格したとき、父は満面の笑みで僕をハグした。

「繁、よくやったな。さすが」

──俺の子だ、と続けようとしているのだと、今なら気づいたと思う。でも十九の僕はそのとき夢心地で、藝大に入学できる、そのことだけで舞い上がっていた。

父は南房総の中学校で美術の教師をしている。

子どものころから絵が好きで、中学、高校と地域の絵画展で常連受賞者だったが、家が貧しかったために「手に職をつけられる、国公立の大学でなければ進学は許さない。浪人も許さない。落ちれば就職」と親に言われ、猛勉強のすえ北関東の旧師範系トップ校の芸術学部に現役合格した。教職課程をこなすかたわらで油絵を描き続け、実家がある千葉県で中学教師の職を得た──何度も何度も聞かされた話だ。

職場結婚した母とのあいだに僕が生まれると、父は南房総に小さな家を建てた。暖かな気候に母が、海の景色に父が惚《ほ》れこんだのだという。まだおしめをしているころだろうか、北向きのアトリエで真剣に僕を描く父の姿と、油絵の具の匂いをおぼえている。

──繁。いいぞ、もっと描け。

──ほら、色を見ろ。水は「みず色」か？　母さんの肌は「はだ色」か？

保育園にあがってすぐ、壁にクレヨンで絵を描こうとすると保母さんが大声をあげ、僕は驚いて泣いた。家では壁であろうと家具であろうと、どこになにを描いても叱られなかったからだ。

小学生になると、週末ごとに父は僕を写生に連れ出した。雨の日はアトリエで石膏像《せっこうぞう》を描いた。果物や花、石膏像を囲んで二人、黙って絵を描く時間が僕は好きだった。あれは小学四年のときだったか、父のアトリエで画集を見て、自分の名前「繁」の由来を悟った。父が描く油絵の色や人物は明らかに、明治時代に早世《そうせい》したその画家の影響を受けていることも知った。

だからといって、特に感想はない。以前、友人にその話をして、「ふうん、そりゃプレッシャーだね」と返されて以来、人に話をしたこともない。

地元でまあまあの公立高校に進み、美術部に所属すると、僕と父のあいだには小さなさざなみが立つようになった。厳密には、僕が顧問の勧めで抽象画を描き始めてからだ。

父はI会という、日本で最も大きな美術団体の展覧会に作品を出し続け、早いうちから会友《かいゆう》になっていた。常連受賞者であることを示す肩書である。I会は決して抽象画に門戸を閉ざしているわけではないが、受賞する作品は不思議に具象画ばかりだった。

「おまえに抽象画はまだ早いんじゃないか」

絵を批評するのでなく、父が「描く行為」それ自体を否定するのは初めてだった。

「いや、父さんも抽象画の良さはわかるよ。学校では生徒たちに、その成り立ちと魅力を教えてもいる。しかし大人になる前に、具象を極める前に抽象画に手を出さんでも……」

父はなだめるように笑うと、一転して顧問の悪口を言った。生徒の素質と向きあっていない、自分の欲で本来の才能をねじ曲げようとしているんじゃないか、云々云々《うんぬん》――。僕はすっかり閉口して絵筆を置いた。父がなにかと意見を言いたがるので、油絵を続けるのが嫌になったのだ。

顧問にそれとなく決意を告げると、彼は僕に彫刻への道を示してくれた。石膏デッサンを見る限り、波多野は空間と質量を把握する能力に優れているから、と。

顧問は東京藝大の彫刻科出身だった。美大に進みたいなら協力する、という彼の言葉を家に帰って報告すると、父はすぐに「その先生についていけ」と言い出した。

いやもおうもない。語学や数学などの学科も嫌いではなかったが、美大をめざすのが僕にとってはいちばん自然だった。高校一年生にして結局、僕は目標を美大の彫刻科に定めた。デッサンと水粘土による塑像づくり、石膏の扱いを学ぶ。特に西洋彫刻の形をそのまま立体でつくる、つまり模刻を学校と家で繰り返した。

高校三年になると、顧問から美術予備校の現役生向けコースの受講を勧められた。

「すまないが、美大の受験対策は、普通高校の教師には荷が重いんだ。最近の出題傾向なんかは、やっぱり専門の予備校に情報が集まるからね」

東京藝大をねらうならここ、と、評判が高い予備校だった。

夏季・冬季講習と通信教育を組み合わせたコースはともかく、「ニュウチョク」と呼ばれる受験直前の集中講座に僕は圧倒された。今年の彫刻科入試にはこのテーマが出る、と、かなり絞りこんだ予想のもと、全員が一糸乱れぬような動きでデッサンと模刻に集中するのだ。

結果。

僕は私立のM美大に合格し、東京藝大は不合格だった。

実技一次試験の素描は通ったが、二次の彫刻課題その一、「紙を自由に折り、持っている手を含めてデッサンしなさい」がネックになったと思う。受験生全員が朝九時からいっせいに取り組み、十五時に「やめ」と言われたそのとき、周りを見わたして僕は「落ちた」と確信した。年上とおぼしき周りの受験生は、モチーフになった自作の折り紙自体が斬新でおもしろかったり、本当にそこに手と紙くずがあるように見える正確なデッサンだったりしたのだ。僕が採点者なら彼らを合格させる。

だから不合格は僕にとってさほど意外ではなかった。むしろ、顧問から「変なヤツがいっぱいいて、おもしろい大学生活になるかも」と聞いていたM美大に興味津々で、親にはお金の点で迷惑をかけるけれど、内心ではM美への入学を楽しみにしていた。

しかし。

「当然、浪人するよな?」

そう聞いてきたのは父である。

不合格の結果が出た次の日、朝食のテーブルだった。父は真顔だった。

――ヴーッ、ヴーッ、ヴーッ。

また突然カラーボックスが揺れ始め、鑿を持つ手によけいな力が入った。荒砥《あらと》の上で刃が跳ね、小さな金属片が飛んで小指をかすめる。

「つうっ……」

にじんだ血をなめながら鑿の刃先を確認する。二ミリ四方くらい欠けてしまっていた。これで、刃先全体を三ミリは研ぎ落とさなければいけない。一万円近くした叩き鑿なのにと思うと、しつこく電話をかけてくる父に腹が立った。

……いや、違う。

頭《かぶり》を振る。

僕はあのとき、納得して浪人し、東京藝大をめざしたのだ。

傾向と対策。試験会場で見た他の受験生の作品は確かに衝撃だったが、彼らの多くは二浪、三浪と何度か藝大にチャレンジし、試験官にどうアピールするかを研究しつくしていたはずだ。だったら僕だってもう一年間、失敗したところを集中的に対策して勉強すれば、チャンスはあるのではないか。父も顧問も「おまえなら大丈夫」と言ってくれたその力を、僕はまだ出し切っていないのではないか――そう考えたのは、確かに僕のはずだった。

研ぎ終えた道具類をウェスでていねいにぬぐう。

弁当を食べたら、持ち帰ったヒノキを少し彫ってみよう。


土曜日、朝七時。北千住《きたせんじゆ》駅前で牛頭先生を待つ。先生のスイートホームがある街だ。

まぶしい朝日のなか、駅前通りを軽トラックが近づいてきた。ナンバーを確認して挨拶する。クルマが目の前に停まったので、ドアを開けた。

「おはようございま……うわっ」

運転席の牛頭先生の手前、真ん中の狭い席にちんまりと座る人影があった。

「だれ!?」

その人物は上半身をこちらに向けると、深々と頭を下げた。

二十歳《はたち》……には届かない。高校生に見えるが、それは、小柄なうえに甲子園球児みたいなイガグリ頭をしているせいかもしれない。彼は顔を上げるとにっこりとほほ笑んだ。

丸い輪郭とつぶらな瞳が、ヤマネやモモンガみたいな小動物を思い出させる。

「おう、今年の新入生。山内《やまうち》……ゲンジョウ、だっけ?」

牛頭先生が代わりに答えた。僕がシートベルトを締めるのを待って、クルマを発進させる。

「ゲンチョウ、です。巌《いわお》に澄むと書きます」

かすかに関西のイントネーションがある。僕も目礼を返した。

「波多野繁先輩ですね。シゲ先輩とお呼びしていいでしょうか？」

「……いいですけど……、先輩ってほど偉くないから、シゲルさん、でどうかな」

山内くんは上半身をしかと僕に向け、うんうんとうなずくとおもむろに口を開いた。

「で、シゲルさんは修了制作に大日如来を模刻されるとか」

目がきらきらしている。

「う、うん。まだ始めたばかりだけど」

「お寺はどこですかな？」

「かな」？　いつの人!?　思わず運転席を見たが、牛頭先生はニヤニヤしながら黙って運転している。

「……杏林寺」

「おおっ、京都の名刹！　平安末期作と伝わる例の秘仏ですな」

前のめりに近づいてきた。思わず身を引く。なにこいつ。

「釈迦、阿弥陀、薬師、毘盧遮那《びるしゃな》と数ある如来のなかで大日如来を選ばれた理由は」

「……いや、お寺が研究室にご縁があったのと」

真言密教でいう「宇宙」を体現している大日如来がかっこいいと思ったのだ。気宇壮《きうそう》大《だい》すぎてご利益がわかりづらく、特定の時代にしか仏像がつくられていない、そんな謎めいたところにも惹《ひ》かれた。語りつくすことができない茫洋《ぼうよう》さが、かえって仏教の本質を衝《つ》いているように感じられたのだ。あくまで個人の感想だが。

……が、それを口にする前に、山内くんは「わかったわかったなんにも言うな」という顔でうんうんと首を振った。

「すると当然、定朝《じょうちょう》様式にしたがって寄木造り」

「あ、頭部は割矧《わりはぎ》だけど」

「ふむふむ、腰、脚部と腕は寄木で用材は……ヒノキ！」

ここで牛頭先生がたまりかねたように爆笑した。

「おいおい珍念《ちんねん》、シゲがドン引きしてるじゃないか。おまえが仏像に詳しいのはわかったから、少しテンション落とせ」

「お言葉ですが私は『珍念』ではありません」

山内くんがつんとして言い返すと、牛頭先生はますます楽しそうに笑った。

「山内は去年末の、研究室の入試説明会のころから『ヘンなのが来た』って話題だったんだよ。奈良のお寺の子なんだけど、面接で『寺は嫌いだ』ってわざわざ断言して。でも、すごい仏教に詳しいんだ」

「……寺は兄が継ぎます。私はただ、門前の小僧が習わぬ経をおぼえたというやつで」

山内くんは一転して頬をふくらませた。修士一年生なら少なくとも二十二歳にはなっているはずだけれど、童顔のせいか、そうしていると昔話に出てくる小坊主のように見える。なるほど、だから珍念か。

話してみれば珍念は聞き上手でもあって、気がつくと僕は自分の修了制作について、いつになく饒舌《じょうぜつ》に説明していた。

一年生のころから、模刻するなら大日如来がいいと思っていたこと。ちょうど、研究室が以前に杏林寺の大日如来を調査、修復していたことを知り、一条教授に打診してもらったところ、模刻を快諾してもらえたこと。3Dデータ等、詳細な資料が研究室に揃っているから安心だ、云々《うんぬん》。

話すほどに自嘲の念がふくらむのを感じた。

――僕の修了制作は、実のところ順調とはいえない。だからこそ山で木を見たいと思ったんだ。

仏像は木でできている――それが常識だと思っていた僕は、仏さま研究室を志したあとに、それが日本限定の「常識」だと知って驚いたものだ。

仏像は、釈迦が仏教を始めたころ（紀元前五世紀）からあったわけではない。当初は偶像崇拝を禁じ、釈尊の遺骨である「舎利」や仏塔をあがめたのだ。初めて仏像がつくられたのは紀元前一世紀ころ、シルクロードを通じてギリシア彫刻の影響を受けたインド北部の石材産地、ガンダーラやマトゥラーだった。石の仏像はその後、中国の石窟寺院に現れる。インドの一哲学集団の教理にすぎなかった仏教が世界宗教へと発展する過程で、どの民族にもひと目で伝わるシンボルを必要としていったのだろう。

以下は一年半ほど前、保存彫刻研究室を受験するため詰めこんだ「仏像の歴史」だ。

日本では古墳時代の末期に朝鮮の王から仏教と仏像を贈られ、飛鳥《あすか》文化が始まった。このときの仏像は金銅像《こんどうぞう》（鋳造した銅の像に金めっきを施す）もので、蘇我馬子が建てた飛鳥寺や厩戸王建立の法隆寺にも金銅像が残っている。

白鳳文化期を経て天皇の政権が安定してくると、権力の象徴として東大寺《とうだいじ》などの国営大寺院や像高一六メートルにおよぶ金銅の盧遮那仏がつくられた。一方で輸入文化である仏教をより「本物」にするため、高僧・鑑真《がんじん》を唐《とう》からヘッドハンティングした。彼は故郷から多彩な技術者や知識人を連れてきたので、わが国の仏教文化、特に仏像の技術はいきなり長足の進歩をとげる。「木で仏像をつくる」ようになったのだ。

彫刻の技術は「モデリング」と「カービング」のふたつに分かれる。粘土や漆など柔らかい素材を積み重ね、盛りあげたり凹ませてかたち（model＝型式）をつくるのがモデリング。石や木など固い素材を削る（carve＝刻む）のがカービングだ。それまで、芯に銅や粘土、漆を盛りあげる塑像がほとんどだった日本の仏像界に、鑑真と彼が連れてきた仏師たちは彫造の技術を導入した。これは鑑真の出身地である揚子江《ようすこう》南部が、当時の大和《やまと》地方と同じく温暖湿潤の地だったことが大きいといわれている。

まず、一本の木で仏の全身をつくる一木造りが日本に定着した。「干割《ひわ》れ」といって、胴体などに使った木材があとで大きく割れてしまう木彫特有のトラブルは、最初から背中部分を大きく刳り抜くことによって解決した（干割れは木の乾燥具合の差によって起きるから、あとで問題になりそうな芯の部分をあらかじめ除くわけだ。頭いい）。ここで「胎内が空洞」という、日本の仏像の大きな特徴が生まれる。

そして、材に穴を開けて中をほじり出すより、仏像の胴体をつくってから前後で割り、中を刳り抜いてからまたくっつけたほうが、より緻密に材の収縮を管理できるんじゃないか？という発想から生まれた技術が「一木割矧ぎ」だ。いま牛頭先生たちが修復している金剛力士像も、僕が模刻する杏林寺の大日如来像もこの技術を使っている。

輸入した技術を洗練させるのは、日本人が得意とするところ。平安時代には空海《くうかい》と最澄《さいちょう》によって密教が広まり、仏さまの種類も需要も一気に増えて、開発されたのが「寄木造り」だ。一木にこだわらず、何本かの角材をそれぞれ、「ここは胴体の前、右側」「こっちは膝の上、左側」とプラモデルのパーツのごとく粗めに完成させ、枘《ほぞ》（凸）と枘穴（凹）などで組み合わせる方法である。

ヒノキという優れた素材を「発見」できたのもラッキーだった。古代から神殿建築などに使われた材であるだけに、目が詰まっているのに柔らかく、板にする際も繊維がほどけずにすっと割れる（「割裂性《かつれつせい》がいい」ともいう）。

寄木造りは平安時代中期から末期にかけて完成し、日本の仏像づくりを大きく変えた。材木の太さに関係なく大きな仏像が制作できるようになったのに加え、パーツごとで制作できるために集団で一つの仏像がつくれるようになったのだ。

おりしも藤原氏などの有力貴族がどんどん仏像に出資したから、ヒノキの扱いにたけた大工なども仏師集団に加わり、次々に国宝級の力作が完成した。いま日本に残る国宝や重要文化財の仏像、その九割が木でできている。

「楽しみですねえ」

ぼんやり外を見ていると珍念が話しかけてきた。

「僕、ヒノキの生えてるところを見るのは初めてですわ」

彼の視線の先に赤城山《あかぎやま》が見えている。群馬は面積の三分の二が森林だから、一見するといかにも良材だらけの山々に思える。

しかし牛頭先生は答えた。

「ま、あんまり期待はしないことだ。高橋さんの知り合いの、小さな山だから」

これから行く高橋材木店は、工務店などの注文に応じて全国から木材を競り落とし、販売する一方で、地元の材を集荷、製材する製材所も兼ねている。

牛頭先生は「ちょっと変わった彫り味の木」を求めていて、山手材木店に群馬の高橋さんを紹介された。先生が初めて訪ねたのは一年前のこと。太いカツラの材に一目惚れし、その場で購入して、今まで預かってもらっているのだという。

「木は、製材してからどれだけ上手に乾燥させるかで、彫りやすさや完成度がぜんぜん違ってくるんだ」

先生は鼻の穴を膨らませた。

「彫刻用材専門に商ってはるわけやないんですか？」

珍念が聞く。

「いや、地方でそれじゃやっていけないよ。建築用材がメインだけど、社長が趣味で仏像を彫るみたいで、彫刻に使う木にも詳しいんだ。少量ながら地元に産する多くの樹を扱っているから、勉強になるぜ」

高速を降りて、クルマはのどかな集落のなかを縫うように走る。

研究室に入ってすぐ、牛頭先生が教えてくれたことがある。

戦後すぐ、政府は建築用材のためスギやヒノキの植林を奨励し、すぐ手のひらを返したように外国の建材を輸入解禁した。山々は雑木林の自然林から人工林に変えられたうえ、カネにならなくなり、手入れする人もいなくなって全国で荒廃しているのだ、と。

声に頭を上げると、国道の先に「高橋材木店」という看板が見えた。小さな二階建てビルの横に巨大な駐車場があって、その奥に大きな倉庫が建っている。

「着いたぞ」

「いささか壮大ですな……」

珍念が天井を見上げ、じいさんのような口調でつぶやいた。

間口二〇メートル、奥行五〇メートルほどもありそうな倉庫の中は材木がひしめいていた。真ん中に小型トラックが通れるくらいのスペースを空け、左側は何千本という角材が立てかけられて梁《はり》につながれ、右側には板材が整然と積まれている。

大きく息を吸って、むせかえる木の匂いを満喫する。

「製材場は他にあるんだが、客から預かったり、出荷前の商品はここに置いてるんだ」

ゲートの鎖を巻き取りながら高橋社長が言う。日に焼けていて声が大きい。五十歳くらいだろうが、がっしりと引き締まった身体つきだ。いそいそと奥へ進む牛頭先生を見送って、社長は倉庫の、おおよその配置を僕らに説明してくれた。

手前が構造材や床材など、入荷と出荷を繰り返す主要な商材。奥には取引単位が小さい銘木《めいぼく》類。牛頭先生が預けているカツラは当然、奥に置いてある。他にも床柱や、外食店舗のカウンターとして予約されている大きな材を乾燥中だそうだ。

「ヒノキもね、一本一本状態を見て、柔らかいのは彫刻用、固いのは構造材に使うんだ」

社長について奥へと向かう。珍念は、目新しい木や珍しい形の木片を見つけるたびに駆け寄って、つついたり匂いをかいだりしている。

「ちょ、ちょっと落ち着こうよ」

「ええですやんええですやん、ちょっとだけですやーん」

社長はそんな僕らを快活に笑い、壁ぎわにしつらえた大きなスチル棚に歩み寄った。長くても二メートルには満たない、細い角材が段ごとに数十本ずつ並んでいる。

「このへんは彫刻用。ホームページを見た、個人のお客さんからも注文がある」

喜色満面で手を伸ばそうとする珍念を軽く手で制すると、社長はポケットから軍手を出した。僕たちにくれて、自分の両手にもはめる。

「なかにはめったに入ってこない、貴重な木もあるけ……ほら、これ」

最上段から小さな角材を取り出した。大きさは五〇〇ミリのペットボトルほどで、目が詰まっているために持ち重りがする。珍念がひゅっと息をのんだ。

「これは……白檀《びゃくだん》!?」

「ああ、台湾産だけど」

珍念は受け取ってそっと鼻を近づけた。僕も思わず鼻をうごめかす。高級な線香みたいな香りがする。

白檀、紫檀《したん》、栴檀《せんだん》など、「檀」の名がつく香木でつくった像を「檀像《だんぞう》」という。中国では隋《ずい》や唐の時代に一木造りの仏像がさかんにつくられた。日本では法隆寺の九面観音《くめ》が有名だ。ほぼほぼ、日本最古の仏檀像である。

「父の数珠《じゅず》が白檀製です。昔イタズラしようとしてぶっ飛ばされましたわ」

社長に白檀を返しながら珍念が言う。

「そりゃそうだ。ちなみにこれ、これだけで二十万するから」

「ひゃっ」。驚いた珍念が木を落としそうになる。あわてて手を添えた。

白檀は日本で育たないため、すべてインドや東南アジア、中国などから輸入している。最大産地のインドも輸出規制を始めているから、いまや貴重も貴重な素材の代表格だ。よしんば法隆寺の九面観音を模刻したいと思っても、とても修業中の貧乏学生に手が出せる素材ではない。

うやうやしく社長へお返しすると、別の木を持たされた。白檀よりも軽い感じでやや色が濃い。乾燥しているのに強い木の香りがする。

「これがクスノキ。英語でカンファートゥリー。カンフル剤が採れる木だ」

樟脳《しょうのう》の原料にもなるこの木は、飛鳥時代の仏像に多く用いられた。法隆寺にあるクスノキ製の百済観音立像《くだらかんのんりゅうぞう》、四天王像、救世《くせ》観音立像などはほっそりした曲線美が魅力だ。

「『臭《く》すし木』ですね。僕も学部生のとき、木彫実習で彫りましたわ。まだ太い樹も手に入りやすいから、ゆうて」

カヤノキ、ケヤキ、スギ、マツなど、彫刻用に保存している材を次々と見せてもらっているうちに、牛頭先生がもどってきた。無事、預けた材木との再会を果たしたらしい。

「お、どうだった？」

社長が親しげに声をかける。

「だいぶいい感じに乾いてますね。いやあ、やっぱり自然乾燥に限るわ」

「加熱して乾燥させるところもあるけど、どうしても反りがなあ」

顔を見合わせ、満足そうにうなずいた。

牛頭先生は、大学の仕事のあいまにオリジナル作品を彫っている。いちどグループ展を覗いてみたら、先生は愛嬌《あいきょう》にあふれた地獄の邏卒《らそつ》みたいな像を出展していた。らしいというか、らしくないというべきか。

先生と話しこみかけた高橋社長が、ふと気づいたように僕らを振り返る。

「あれ、模刻用の材が要るんだろ？」

前に出てうなずいた。すると社長は僕を先頭に、彫刻用ヒノキがまとめられている一角に連れていってくれた。

「ここはもう十分乾いているから、どれでも大丈夫だよ」

「うん、なかなかの品揃えだなあ」

嬉しそうに覗きこむ牛頭先生の肩越しに、大小さまざまな角材を見おろす。

模刻に必要な材木の大きさはメモしてきた。杏林寺の大日如来は座高七〇センチほどの小さな仏さまではあるが、一木割矧ぎ造りの胴体部分には太い材が必要だ。幅四〇センチ、奥行三〇センチ、高さ一メートルほどの材を見比べる。

「シゲ、これがいいぞ。ほとんど赤身だ」

「赤身？」

うしろで見ていた珍念が声を出す。仏像には詳しくても、木材についてはあまり知らないらしい。僕は小声で説明した。

「木の中心部、いわゆる心材《しんざい》だよ。生長が止まっていて緻密だから、赤身が多い材は彫りやすくて、時間を経ても割れにくいんだ」

候補を選んで牛頭先生のチェックを受け、社長に見積もりをお願いする。

スマホで計算する社長を見つめる。やがて頭を上げると社長は僕ににやりと笑いかけ、

「うん、〆《しめ》て四十万」と告げた。

珍念がぐっ、と息をのんだ。牛頭先生もあわてた顔で尋ねる。

「え、そんなに安くていいんですか？　無理しないでよ社長」

「いいんだよ、これ木曽じゃなくて地元のヒノキだし。たまに出た大径材《たいけいざい》だからさ、学生さんの勉強に使ってもらいたいじゃない」

「……四十万円で、安いんかあ……」

珍念がつぶやいた。

確かに、まひるやアイリも材料費に数十万かかったと言っていた。現代に仏師をめざすのは、想像以上にカネがかかるのだ。

僕はありがたく社長に頭を下げ、後日の振りこみを約束した。

お茶に誘われ、ぞろぞろと事務所棟に引き返した。勧められてソファに腰をおろす。

奥から人の気配がしたと思うと、長いのれんをくぐって高校生くらいの少女が現れた。お茶の盆をかかげている。「遠いところを、ようこそお越しくださいました。皆さんがおみえになるのを、父は楽しみにしていたんですよ」。小さな身体に似合わぬ大人びた口調で言い、それぞれの前にお茶を置く。

「次女のマユミです」

高橋社長に紹介され、マユミちゃんがつややかなストレートヘアの頭を上げると、隣の珍念が雷に撃たれたように硬直した。

なるほど美少女だ。「鈴を張ったような目」というのか、小さな色白の顔に大きな瞳が映え、ほんの少しくくれたあごがキュートだった。

ガールにミーツしてしまったボーイに気づくふうもなく、高橋社長はお茶をすすって窓の向こうに目を細めた。

「カヤは準備できた様子か？」

「うん、もう駐車場にいるんじゃないかな」

社長が僕らに向き直る。

「作業場とヒノキ林は、長女のカヤノに案内させましょう」

「そうだな。シゲと珍念で行ってこい。俺は去年、いちど見せてもらってるから」

牛頭先生が手を振って僕たちをせかす。

きっと二人だけでマニアックな木の話にふけりたいにちがいない。マユミちゃんに熱視線を送る珍念の袖を引き、大人たちに挨拶して事務所を出た。


駐車場に行くと、金髪の女性が立っていた。

あれがカヤノさんだろう。ボロボロの軽自動車の横で、社長とお揃いの作業服のポケットに両手をつっこみ、値踏みするような目つきでこっちに顔を向けていた。よく晴れた春の日なのに、彼女のまわりだけ上州《じょうしゅう》名物の空《から》っ風《かぜ》が吹いているようだった。

切れ長の目は吊りぎみで、眉は細く整えられている。背が高くて、一七七センチの僕と数センチも違わなそうだ。

まじまじと見てしまったのだろう、彼女は眼力《めぢから》を強めると口を開いた。

「……東京藝大の人？」

「あっ、そうですぅ。今日はよろしくお願いします」。珍念が愛想よく小腰をかがめる。

カヤノさんはしかし、鼻をフンと鳴らしただけで運転席のドアを開け、かすかにあごをしゃくった。あわてて駆け寄り、一瞬ためらってから助手席に乗せてもらう。僕たちが二人とも後部座席に乗ったら、まるでタクシー扱いみたいだから。

「……どうも」

ドアを閉め、シートベルトを着けながら、あらためて頭を下げる。カヤノさんは化粧っけのない顔をちらっと向け、黙ってクルマを発進させた。

国道は山へ向かっていた。人家がまばらになり、両脇の雑木林やスギ林が道路に影を落としている。慣れているのだろう、軽自動車は細い道をけっこうな速さで飛ばした。

「……意外と普通」

「えっ？」

急に話しかけられ、驚いて目をやると、カヤノさんは前を見たまま言葉をついだ。

「天下の東京藝大、の学生さんだから、もっとアーティストっぽいのかと思った。それ、もしかしてしまむら？」

「え？　あ、いや、ジーンズメイトだけど」

カヤノさんはふっと鼻で笑った。目にはまだ険があるけれど、笑い顔は案外に幼かった。同い年くらいかと思ったが、もっと若いのかもしれない。

十五分ほど走っただろうか。道路の左側に丸太の山が見えて、カヤノさんは派手なコーナリングで空き地にクルマをつっこんだ。珍念が身体をはずませる。

林を切り開いたような一角に、三角に積まれた巨大な丸太の山と、細めの丸太を杭で留めて立方形に積んだ山、なんだかわからない大きな機械やコンテナのような箱、そして巨大な製材工場があった。

口を半分開けて立ち尽くす、われら男子。工場の間口は倉庫の倍くらいありそうだ。すたすたと進むカヤノさんにしたがって中に入った。鉄骨を組んだ上にスレート波型屋根をかぶせただけの構造で、中央部に大きな直方体の機械が備えられている。木くずにまみれ、レーンやベルトコンベアがつながっているところを見ると、これが主要な製材用機器なのだろう。

「帯鋸盤《おびのこばん》」

僕が凝視しているのに気づいたのか、横に立ったカヤノさんが名前を教えてくれた。

あれ？　気を使ってくれてる？

「……ありがとう」

目を見て言うと、彼女は怒った顔をして身体をひねり、外の大きな機械を指さした。

「あのパーカーで樹皮を剝《む》いて」

指をコンテナに振ってから上半身を回し、フォークリフトやレーンを指す。

「チップはあのコンテナに溜《た》めて、剝いた丸太はあの送材車に……さわるなっ！」

急な大声に彼女の視線をたどると、帯鋸盤のかたわらで珍念が固まっていた。そこにある機械をいじろうとしたらしい。

「端材《はざい》裁断の機械は事故が多いんだよ！　なんかあったら、ぜんぶウチの責任になるんだからなこのクソが」

つかつかと歩み寄る。珍念はホールドアップし、真っ青な顔でこくこくと頭を振った。

喧嘩慣れしてる……。

背の高いカヤノさんが珍念にのしかかるように説教している姿は、珍念が童顔だからなおさら、姉と弟のようでほほ笑ましかった。

知らずに笑みを浮かべていたのだろう、今度は僕が怒られた。

「なんだよその顔！　高卒のガテン女だからってバカにしてんの!?」

顔が真っ赤だ。あわててブンブンと首を振る。

「いえ！　とんでもないです！」

気をつけして声を張った。

「だいたい、ヒマな学生さんたちがなんで週末に来るんだよ。あたしはともかくオヤジに休日出勤させやがってクソが」

ああ……そこを怒ってたのか。でも。

「週末に来いって、きみのお父さんが言ったんだってよ」

カヤノさんはきょとんとした。

「お父さん、うちの講師とゆっくり木の話をしたかったんじゃないかな……というか、カヤノさん、こっちで働いてるんだ？」

「……作業服見たらわかるだろ」

肩から力が抜け、声が小さくなっている。

「いや……事務職かと思ってた。すごいね、製材の仕事ができるんだ」

「ま、まあな」

照れたように目をそらす。なんだ、怖くないかも。

ガチャン、と音がして、見ると珍念が敷地の自販機から飲み物を取り出していた。怒られてパシリモードに突入したのかもしれない。缶コーヒー三本を胸にかかえて子犬のように走ってきた彼は、近くで急停止して僕に、なにごとかを目で訴えた。

「……えーっと、後輩が粗相《そそう》のお詫びにコーヒーをおごらせてほしいと申しております。

ちょっと休憩しない？」

彼女は高校を卒業後、高橋材木店の社員として働いているそうだ。「学校の成績はクソだった」が、社会人になってからは現場に必要な資格の勉強に励み、フォークリフト免許、移動式クレーン免許、チェーンソー作業者、タマカケ作業主任者などの資格を持っているという。

「タマ？　たま……かけ、作業？」

グッジョブ珍念。僕もそれ、わからなかった。

「『玉』を『掛』けると書く。クレーンで荷を運ぶときにワイヤでくくってフックをつけて、移動先で外す一連の作業だよ」

なんだ荷造りかとバカにしちゃいけない、バランスを失って材木が崩れたら人死にが出るのだとカヤノさんは声に力をこめた。

「木材加工用機械作業主任者とかはい作業主任者、あ、『はい』ってのは、高く積んだ米俵とか木材とかのことね……の資格も取りたいんだけど、実務三年以上が必要なんだ」

「え、まだ三年経ってないのん？……ってことはカヤノさん」

おそるおそる珍念が確認する。

「この春が三年目。当年とって二十歳ですがなにか？」

「マジかあ！　なんや年下や－ん」

なれなれしく差し出された右手を空気のように無視して、僕を見る。

「だから、カヤノさん、じゃなくていいよ。友達はカヤとかカーヤって呼ぶから。ま、『高橋さま』でもいいけど」

さま、ってあんた。

「……カヤノって、いい名前だよね。どんな字を書くの？」

なんの気なしに言ったのだが、カヤはかすかに眉をくもらせた。休憩コーナーのパイプ椅子から腰を上げると、すみに置いたプラスチックパレットのところに行き、二の腕ほどの大きさの丸太を取り上げる。

「これ。カヤノキ、の旧字。字は木偏に数字の百、に、ひらがなの『の』みたいな。栢《かや》乃《の》」

「ああ！」

天平《てんぴょう》期に渡来した仏師は、故郷で仏像に使っていたのと似た木を日本で見つけた。それがカヤノキだ。天平から平安時代前期の一木造りはほとんど、「栢」「柏《かや》」「榧《かや》」、つまりカヤノキでつくられている。牛頭先生いわく「粘りのある彫り味」なのだそうだ。

僕がそう言うと、カヤは皮肉な顔で笑った。

「そんないいもんなの？」

立ち上がってロッカーのナンバー錠を外し、叩き鑿と木槌《きづち》を取り出した。

「……見てて」

カヤノキの丸太を取り上げると、安全靴のつま先と両膝で固定して叩き鑿をあてがい、素早く木槌を振りおろす。力強く、正確なストロークだったが、鑿はミシッと数センチほど木にめりこんだまま、止まってしまった。

「ほら」

カヤは言うなり丸太の上辺を左右の手でつかみ、力をこめて丸太を縦に裂こうとする。見かねて手を伸ばすと、彼女は割れかけた丸太の裂け目を僕の目の前に突き出した。

「見て。きれいに割れない。そして、この、裂け目のクソ強情なこと」

カヤに悪いと思いながら、絶句してしまった。

丸太をV字に分けている裂け目は繊維のかたまりごとに大きな凹凸《おうとつ》をつくり、また鑿で断たれた繊維は不規則に立ち上がって、乱れた日本髪のように波打っていた。

これまで字句だけで理解していた「割裂性《かつれつせい》が悪い」とは、こういうことなのだ。実習で、時代劇の薪割《まきわ》りみたいにパカンと板状に割れるヒノキとは大違いだった。

「親父《おやじ》がよく言うんだ。言うことを聞かないところがあたしそっくりだ、って。あたし、中学高校と荒れてたからね」

小さな声で言うと、カヤは続けた。

「妹は、紫檀や白檀のダンで檀《まゆみ》。小さくて素直で、大切にされていて……。ぴったりでしょ？」

自嘲するように笑う。

なんだろう、胸が痛い。

「……お父さんがつけた名前なの？」

カヤはうつむけた頭を小さく振った。

「ううん。お祖父《じい》ちゃん。仏像が好きだったんだ」

珍念が、がばと頭を上げた。

「せやったら、お父はんはカヤノキのすごさもわからんと言うてはるんや――」

彼なりのフォローを、しかしカヤはさえぎった。

「でも今は親父も仏像彫ってるから。……彫りながら、やっぱりカヤノキは難しいなあって」

「そんな」

気の利いたセリフが出てこない。カヤは黙ってしまった僕らを一瞥《いちべつ》するとぱんぱんと手をはたき、勢いをつけて立ち上がった。

「なあんて！　気にしてないよ。今じゃ親父も、『高橋材木店は、栢乃がいなきゃやっていけない』って言ってくれるもの」

製材所を出て、クルマはもっと山に分け入った。道路脇の樹木はなおいっそう繁って、暗い道が多くなった。

「このあたりは下の集落の人の森。小林さんちのヒノキ林は、あともう少し」

すいすいと飛ばしながらカヤが言い、僕が履いているスニーカーに目をやった。

「でも、その靴じゃ奥へは入れない。下から見るだけだね」

カヤはやがて路傍の空き地にクルマを停め、シートベルトを外した。僕らもそれにしたがう。チノパンのポケットに入れていたスマホは、落とすといけないので置いていくことにした。

カヤは道路の右側をしばらく歩くと立ち止まり、林の斜面に足を踏み入れた。僕らも追いついて斜面を見上げる。

細い木が密集して上までは見通せない。道路から二、三メートルほどは下草が生えているものの、そこから先は光が射《さ》さず、湿った落ち葉が地面をおおっていた。スギに似たかたちの細かい葉がふんわりとレース状に広がるのがヒノキの特徴だ。

「暗いんだね……」

「うん。枝打ちも間伐もしてないからね。光が当たらない」

カヤの説明によると、このあたりは「まだマシ」で、ここから上は入る道がなく、山に入る人も絶えてしまったために、ただ密生するにまかせているという。

「でも、『スギは谷に、ヒノキは丘に』って言うくらいだから、山の上のほうには日照の関係で、たまたまいい木が生き残ることがあるんだ」

そんなヒノキはヘリコプターやドローンで発見されるとプロの木こりが伐採し、ヘリコプターで運ばれるという。木曽や吉野《よしの》のようなブランドヒノキの産地以外は、大径の材はそうした方法でしか伐採できないそうだ。なかなかに行き当たりばったりである。

「小林さんちは一昨年《おととし》、そうやって上の木を伐《き》ったの。お孫さんが留学するお金にできないか、って。うちの親父が相談されて、手配を手伝ってた。でも経費をさっぴいたら、いくらにもなんなかったって。クソみたいな話だよね」

地元を離れた子どもたちが山林を分割相続して、もはや誰も状態を把握できていないヒノキ林やスギ林が増えているのだ、とカヤは唇を嚙んだ。

「山はお金になるまで時間がかかるからね。あいかわらず市場には輸入材も多くて、あたしみたいなバカしか地元に残んないんだ」

カヤの話はとても理路整然としていた。彼女がバカだとは思えなかった。

事務所にもどる車中は、行きよりもだいぶ打ち解けた空気だったと思う。

高橋姉妹のお母さんは、カヤが中学のころに病気で亡くなったこと。お父さんはそれから自己流で仏像を彫り始めたこと。彫刻材の仕事は儲《もう》からないが、親戚の工務店と事業提携しているおかげで、商売はなんとか順調なこと――。

「調理酒も買《こ》うたことがありまへんねん。いっつも葬儀でもらうから」

「『お盆休み』って言葉、家《うち》ん中で聞いたことおまへん」

「親戚の結婚式で親父がダブルのスーツ着たら、タクシー一個も停まれへん」

珍念は「実家がお寺あるある」を次々と披露しては笑いを取った。この門前の小僧を見ていると、現代のお寺はなるほど一種のサービス業なのだと納得してしまう。

――ヴーッ、ヴーッ、ヴーッ。

スマホが急に震えた。しまった、ダッシュボードに置きっぱなしだった。

画面に「父」と文字がある。

「出たら？」

「いいよ。あとでかけるから」

再び珍念の漫談に笑っていると、またしてもスマホが震えた。

「……出ないの？　おうちで急用かもしれないじゃん」

「いいんだよ！」

発信名を見たらしい。カヤは不審げな目を向けている。

「……どうせまた、知り合いの個展に行こうって話なんだ。いつもそんなことで、電話かけてくるんだ」

強い口調になってしまったのかもしれない。僕の肩越しに身を乗り出していた珍念が、ぼふっとシートに背を投げた。

カヤはちらりと僕を盗み見て、「ふーん。……ま、いいけど。……親は大切にしたほうがいいよ」と言い捨ててそっぽを向いた。

金髪の、不良上がりに言われたくない。

そこから材木店の看板が見えるまで、誰も言葉を発しなかった。


それからまたたく間にひと月が過ぎた。

珍念は新入生歓迎会の席を驚愕《きょうがく》と爆笑の渦に叩きこみ、同級生、先輩、スタッフすべてに小坊主キャラを認知させた。もう一人の新入生は、福建省《ふっけんしょう》から来たリンちゃんという女子。彼女も率直な発言でしっかりと爪痕を残した。

カヤと僕は、ヒノキ材の代金振りこみをきっかけにラインでやり取りするようになっていた。とはいってもお互い週に一、二回、「上野公園でヒノキを見つけた」とか「小林さんちのおばあちゃんが山菜採りで骨折」など、狭い共通テーマのなかから近況を報告するだけだったが。

修士二年生は皆、実習室に自分の模刻制作のためのテリトリーをつくった。

自慢ではないが、僕はジャンケンに弱い。奥の落ち着くエリアからアイリ、まひると陣地を獲得し、僕が二畳ほどの「アトリエ」スペースをなんとか確保したのは、出入口に近い一角だった。知らないうちにいつもなんとなーく侵入してくるソウスケの道具や材料を、やつのスペースに押しもどすのが日課になった。


大日如来の3DデータやX線画像を精査し、木目の通り方や割矧《わりは》ぎの位置を確認する。次は群馬で買いつけたヒノキ材を熟視して、木目や芯の位置が原本像と同じになる立体を、角材の中にイメージする。そしてその立体が余裕をもって彫り出せる大きさの直方体を、チェーンソーで切り出す。残った材はもちろん腕や脚部、天衣《てんね》などに使う。原本像にならって、できるだけ同じ一本の木を使うのである。

次に、木材の天地・左右・前後の六面に仏像の図面を描く。3Dデータで作製した六方向からの投影図を貼って、カーボン紙を使って描き写す作業だ。

もちろん学部時代、彫刻科でも木を素材とした制作は行なったものの、その手順はまるで異なる。学部生はクスノキの丸太を与えられて電気鉋《かんな》やチェーンソーで製材し、そのまま電気工具で「自由に」作品を彫っていくのだ。そこに仏像制作のような「ルール」や「様式」はない。まして「理想形」もない。望まれていたのは「自分を表現し」

「他人の感情を動かす」こと、つまりは「アート」だった。

——そう、アートだったんだ。

「おお、シゲル、なかなかよう描けとる」

とつぜん野太い声がして、その場で飛び上がりそうになった。一条教授が僕の隣にしゃがみこむ。姿を写した角材と壁に貼った3D画像をしげしげと見比べている教授に、なるべく平静を装って返事した。

「……いちおう藝大生ですから。ただ写すくらい」

いじけた言葉など聞こえないふうで、教授はヒノキにぎょろりと目を近づけた。今日は光沢のある黒いシャツに、麻混じりのパンツを合わせている。えーと。上野とか、大学構内というより、六本木の感じ？

「彫ってから割るつもりか？」

「……え？」

一木割矧ぎ造りは、坐像なら頭から胴体までを一本の材から粗彫りし、それを耳の前あたり、すなわち体の中心線で割って中を刳り抜き、再び接着するのが普通だ。去年、そう教わった。教授の質問の意味がわからない。

「いや、彫る前に割って、内刳りしてから外側のかたちを彫る方法もあるんやないか」

「中から先……」

「そのほうが、底が平面になるから安定するやろ。逆に外側を彫るときも、仮面みたいにうしろが平面の立体を彫ることになるから楽やし」

確かに、従来の順で内刳りをしようとすれば、縦半分に割った円筒の内側を彫り抜くのに近い作業になる。布団などで安定させるにしても、力の入り方ひとつで外側の造形を壊しかねない。それでは本末転倒だ。

「厚い板二枚に分けるってことですね。でも、それだと断面にまた図面を写さないと」

「そやな。中心部分の輪郭を両方の部材に描いて、その内側を彫る」

転写の手間は増えるものの、そのほうが安心して進められる。でも……。

「外を彫ってから割る、って、専門書にも出てましたけど……」

教授はニカッと笑った。

「あんな、たいそうな技術に思えるよう、あとづけでそう書いてあんねん。立証のしようはないけどな、昔の仏師かて割ってから彫ってるよ」

「そう、ですかね……なんか、ズルしてるみたいで……」

「マジメやなあ！　シゲ」

肩をバンと叩かれ咳《せ》きこむ僕を笑って見ていた教授は、ふと真顔になると、

「ええか、教科書どおりにやったらいい、いうもんやない。大切なのは、どれだけ正確に、誠実に、元の仏さまに近づいていけるか、や」

そう言って僕の目を覗きこんだ。

「割ってから彫る」、覚悟はできた。

木目も十分に検討した。ここで割ればサイズや木心との位置関係が原本像とほぼ同じになるという箇所を確定させ、念のため牛頭先生にも見てもらった。

だが——割れない。

準備ができてからもう二日も、僕はためらい続けていた。

角材の中に人体のフォルムがどう入っているのか、それをどう掘り起こすのか。ある仏師は自分の仕事を「木の中にもともとある仏を彫り出しているだけ」と説明するらしいが、目の前の木をいくら凝視しても、僕にそんな透視現象が起こる気配はなかった。

角材の天に鑿をあてる、木槌を振りあげる。

——失敗したらどうしよう。

カヤが見せてくれた、あの凄絶《せいぜつ》なカヤノキの割れめが映像となってフラッシュバックしてしまう。そして。

「では、木の中から自由に彫り出しなさい」

講師の声がよみがえる。もう四年も前のことなのに。

なにを？　なにが？　自由って、なんだ？

太い丸太を前にパニックを起こしかけたときの、手足が冷えていく感覚までがよみがえる。脂汗がにじんで、呼吸が浅くなる。

「やっぱり、家から通学は時間的に無理みたいなんだ」

両親にそう告げたのは大学一年の、六月の終わりごろだった。自転車と電車で二時間弱。そのぶんの時間は制作にあてたいから——そう言うと、父は一も二もなく賛成した。

幸いしばらくして学生寮に空きが出、僕は彫刻やデッサンに必要な道具とモバイル類、わずかな洋服を寮に送って家を出た。

寮に移った本当の理由は、父との会話に疲れはてたせいだ。

東京藝大に入学してこのかた、父は家で顔を合わせるたびに「今日はなんの講義だった？」「どんな課題が出た？」「どんな作品がある教授なのか？」と僕を質問攻めにした。

東京藝大に対する、人並み以上の思い入れが父にあることはもう察している。だから最初はなるべくていねいに答えた。これまで一緒にすごす時間が長かったから、父と話すのは僕にとって苦ではなかった。

それが苦痛になってきたのは、もろもろのガイダンス期間が終了し、講義内容が座学から実習へと移行し始めてからだ。

「それで、おまえはなにをつくったんだ？」「なんと答えたんだ？」——そう問われて、僕が口ごもるようになってから。

思えば、入学後に行なわれた説明会で、すでに違和感はあったのだ。

「本科の教育は、作家の養成を目的としています」

嘘だろう？　と僕は思った。え、聞いてないよ、とも。

驚いてそっと周囲を見回したが、同級生はみな落ち着いている。当然という顔。
一、二年次は基礎課程として、作家になるための基礎的なスキルを磨く。粘土・木・石・金属など素材の扱いに慣れて、形をつくる練習を行ない、三、四年次は専門課程として「自分の素材」を選び、教授の指導のもと制作に没頭する——。
「制作にかけられる時間の長さが、わが校を国内全美大の頂点たらしめている特徴です。皆さん、思う存分腕をふるってください」

教師たちの話を聞くほどに違和感は大きくなっていった。

いや。「違和感」というと偉そうか。

本当は、「場違いなところに来てしまった」という恥ずかしさと、先が見えずあとにも引けない心細さ、ふたつの感情に僕は溺れかけていたのだ。

それでも一年次はよかった。

造形の基本として、人体の構造を学びデッサンを重ね、それを主に粘土で再現する。

目標と手段がはっきりと見えて、やればやるほど技術が上がる手ごたえが感じられた。さまざまな素材の、特徴と扱い方を学ぶのも楽しかった。寮に帰って違う専攻の友人と課題作を見せ合ったり、酒を飲んで青臭い芸術論を戦わせたりもできた。

しかし、課題に創作の部分が増えてくると、手を動かすよりも考えこむ時間のほうが長くなってしまった。

――こんなモチーフでいいのか？　陳腐じゃないか？

ミニマリズム、レディ・メイド、ジャンク・アート、コンセプチュアル・アート、インスタレーション。

マルセル・デュシャンが男性便器にサインして「泉」という名で発表したときから、アートはひたすら「意味」や「意識」を問うていくものになったらしい。東京藝大の彫刻科で学ぶからには、その流れの最先端を切り拓《ひら》く存在にならねばならない。だけど本を読むほど、現代アートの名作（といわれるもの）に触れるほど、自分がなにを彫ればいいのか、捏《こ》ね上げればいいのか、完成形は見えなくなるばかりだった。

　二年次の木彫基礎実習で、僕はついに行き詰まる。

テーマは自由。制作期間は二カ月。学生は実習室にそれぞれ制作スペースを与えられ、巡回する教授のアドバイスを聞きながら作品を完成させる。ある同級生は牙をむくクリーチャーをつくった。またある者は傷ついて痩せた、狼のような動物を。別の者は雲がうねるさまをパターン化した、巨大な作品に挑んだ。

すごい、と思わされたが、上手《うま》い、と思う作品はなかった。皆がお互いそう思っているようだった。

教授陣の講評という「言葉」を得るまで、それらは横並びの自由な創作物でしかない。アイデア一発勝負の作品が、評論家やキュレーター、ギャラリーの「言葉」によって天文学的な値がつき、現代アートの逸品に変わるのと、理屈は同じだ。

そして僕はそういう考えに慣れていなかった。それまで、なにかを描いたりつくることは、単に「対象に似せ」て、その優劣を他人に評価される行為だったから。教授が推奨するような「アートの歴史的文脈に沿った発想」は自分のどこを探してもなかったし、「自由に自己を表現し」て「人の心を動かす」なんてできると思わなかった。さらに教授らは、それをコンスタントに続けられて初めて「プロ」の彫刻家だというのだ。

なんて高いハードル！

僕は美術が好きだったのではなく、東京藝大をめざしてひたすらデッサンや課題をこなすのが好きなだけだったのだ。マシンのように早く正確に目の前のかたちをなぞる作業、それだけが。――さすがに、そう認めざるを得なかった。

僕はどんどん寡黙になり、寮の仲間とつるむこともなくなった。

いま思えば、同じような不安をかかえた学生は少なくなかったはずだ。

でも僕らは腐っても東京藝術大学の学生だったから、不安や愚痴を共有するなんてダサいことができない。

――今年の『麻布《あざぶ》クロッシング展』観《み》た？　終わってる、って感じ。

――終わってるっていえばさ、N先輩、広告代理店に内定だって。

――Nってあの、「結局はセルフ・プロデュースだよ」の？

――そうそう、プロデュースって、そっちかい！　って感じだよな。

寮で、キャンパスで耳に入る会話。僕は常にヘッドフォンを着けるようになった。

完全に手を止めてしまった僕に気づいたのだろう。ある日、木彫実習担当の教授に呼ばれた僕は、なにをつくりたいのかと問われてしかたなくスケッチブックを見せた。渦と直線で構成したドローイング。

「生命をイメージしています」

その場しのぎで口走ったが返事はない。頭を上げると、教授は首をかしげて僕を見ていた。眉が悲しげに下がっている。

「本当に、確信できてるの？」

「………」

うつむくしかなかった。開いたページにあるのは自分でも信じていない、どこかで見たような「現代アートっぽいアイデア」にすぎない。

「今はそういうのはやめて、素直に人体を彫ってみなさい」

人間の形は、人にとっての完成形だ。だから彫刻はずっと人体をモチーフにしてきた。そのかたちを手におぼえさせ、質量として自身に蓄積させることでしか、磨くことのできない感性がある——教授はこんこんと僕を諭した。

その実習で僕は結局、モデルのデッサンをもとに人体の立像を制作した。着手した最初の数日は、悔しさや情けなさでろくに眠れなかったが、丸太が人体の形をとってくるにつれて焦燥は薄れ、奇妙な充実を感じるようになった。変哲もない裸婦像だったが、「それらしい」形になること、それ自体がやはりうれしかったのだ。

——そうだよ、あのとき決めたんじゃないか。


角材の天に小刀で印をつけ、小さなくさびをコツコツと打ちこむ。割れめが広がってきたらその方向を確かめ、大きめのくさびに換えて、またていねいに木槌をおろす。

——いい仏さまにしますから。どうぞおつきあいください。

貴重な材に祈りをこめながら、板の形に整えていく。法隆寺を建てた昔の工人たちと同じやり方で。

いったん思い切ると、ヒノキの角材はあっけないほどきれいに割れた。木目の粗密によって多少の凹凸はあるものの、カヤノキで見たような繊維のほつれはほとんどない。これなら元通りに矧《は》ぎ合わせるのも難しくないだろう。

他のみんなは順調に進めている。うじうじ思い出にひたって手を止めてしまっているのは僕だけだった。

学部の三年になって僕は寮を出、今のアパートに移った。

とにかく「木」にかじりついてみよう。斬新なモチーフを思いつかなくても、経験を重ねて技術を高めよう。アーティストになれなくても、技術者になれるかもしれない――そう決めた僕はもう、評論家の群れに身を投じていたくなかったのだ。

木彫を選んだのはたまたまだったが、カービングは僕に向いているような気がした。「削ってしまったら終わり」だから。モデリングだと僕の場合、いつまでも思い切れずえんえんとどこかに粘土を足し続けてしまうだろう。それだとなにも完成しない。

校内のギャラリーで真新しい仏像を見たのも、三年生のときだった。美術学部大学院の修了作品展。藝大に仏像をつくる研究室があることをそのとき知った。

まだ馥郁《ふくいく》とヒノキの香りを放つ仏像の前で、僕は立ち尽くした。人のかたちのようで、人の顔のようで、人間とは明らかに異なる想像上のもの。膝で波打つ衣、髪や腕になまめく宝飾細工、木材で再現したにしては薄すぎる羽衣……。美しい、と思った。つくりたい、と。

事務局に聞いて、同じ建物の地下にある保存修復彫刻研究室をすぐ訪ねた。教官室にいた女性に「この研究室に興味があります」と告げて自己紹介すると、厚くて重い冊子をくれた。研究室の年報だ。一昨年から去年の活動をまとめたそれを、ひまをみては読みこんだ。ホームページにあった膨大なテキストにも目を通した。

そして僕は、学部を出たらこの研究室に進みたいと思うようになった。正月に帰省したとき、父に進路はどうするのかと何度か尋ねられて、焦る気持ちもあった。

勉強するほどに、仏教や仏像の世界は奥が深かった。世界史や日本史とのかかわり、栄枯盛衰。如来の造形には「三十二相八十種好《しゅこう》」という外見上の約束ごとがあり、手のかたち、ポーズ、台座の違いにすらそれぞれ意味があることなど、おぼえていくのがとても楽しい。人類が紡いできた大きな体系知のひとつにつながっていく実感があった。なんのことはない、僕は「勉強」が好きなのだった。

手作りの作業台に胴体部分の片側を載せてあぐらをかく。研ぎを済ませた道具類を並べる。そして内刳りの輪郭線に沿い、叩き鑿でうがった穴を彫刻刀で広げていく。

気持ちのいい五月晴れ《さつきば》れの日だったが、地下の実習室に自然光は届かない。

朝八時に着いたのに、もうアイリが作業していて驚いた。彼女もソウスケと同じく学部から一緒だったが、個人的な話をほとんどしたことがない。僕と違って次々と力のある造形をものにし、教授陣の評価も高かったのに、なぜ仏さま研究室に来たんだろう。今日もヘッドフォンを着け、機械のような正確さで無表情に木をうがっている。

そういえば、研究室《ここ》に来てから僕は人前でヘッドフォンを着けなくなった。教授や先生たちが飛びこんできてはあれこれ話しかけてくれるし、まひるとソウスケが、技術面でわからないことがあるたびに聞いてくるからだ。

そのまひるたちも三々五々やって来て自分のエリアに陣取り、実習室は木の香りと静けさに満ちた。かすかに聞こえるのは木を削る音、土を練る音、人の身動《みじろ》ぎ……。すぐ近くにある引き戸が突然開いて、僕は、自分がなかばトランス状態だったことに気づいた。

馬頭先生が戸口に立って僕を見おろしている。

「いたいた。波多野、くん。お客様だ」

先生のうしろに白っぽいジャケット姿の男がいる、と思ったら——

「お父様が訪ねてこられたよ」

無意識に立ち上がっていた。

かたちが崩れかけた麻のジャケットに見慣れたループタイ。父は記憶にあるより少し痩せて、家で見せたことのない気弱げな笑顔を浮かべていた。

「制作中に、悪いな。近くまで来たもんで──」

「上に行こう」

なにごとか言いかける父を無視し、僕はスニーカーを引っかけて外へ出た。手を止めてこちらを見ているソウスケと、一瞬目が合った。


建物の一階ロビーに、学生同士が待ち合わせたり弁当を食べる一角がある。木製の長机とベンチが並んでいる談話コーナーには今、幸い人の姿がなかった。

半白の頭にフチなし眼鏡。七宝焼《しっぽうや》きのループタイはI会の会友限定品だ。黙って座る僕に向かって、父は小さく笑いかけた。

「元気そうでよかった。いや、Y先生の個展のオープニングが今日で、な。前に招待状も送ったが、忙しいんだな繁は。電話でも話せなかったものだから」

「行かない」

「……え?」

「Y先生の個展なんか行かない! 前にも話したじゃないか!」

気がつくと声が高くなっていた。父がおののいたように目を見開く。その表情がまた僕をいらだたせた。

いつだって善意で、純粋で。……「信じてる」という言葉で縛ってきた人。

――保存修復彫刻研究室に進みたいと告げたとき、父は強硬に反対した。大学四年の夏休みのことだ。

「東京藝大まで出て、なんで文化財の修復なんだ。彫刻の研究室で創作活動をしないのか」

一浪しただけで藝大彫刻科に受かったおまえには才能がある。子どものころからの蓄積もある。制作に没頭できる物理的な環境が整い、刺激を与えてくれる天才も近くにいるだろう。それだけ恵まれていて、なぜ純粋な創作の道を進もうとしないのか――。

諄々《じゅんじゅん》と説く父に、僕は内心でたじろいでいた。保護者としてでなく、まして教育者でもなく、同じ「芸術の道を歩む者」として大真面目に、僕のふがいなさを父は憤っているのだ。

僕が黙っていると、父は自分の言葉に激したように、やがて僕を罵り始めた。「臆病者。おまえは逃げてるだけなんじゃないか」と。

たまらなくなって、僕はのろのろと口を開いた。

「『何年かに一人、天才が出ればいい。あとの者はその天才の礎《いしずえ》』、って言葉、父さんは知ってる？」

父は虚を衝かれたようだ。

「……知らん。なんの話だ？」

「うちの学長が、東京藝大はそういう大学だ、って言ったんだってさ。有名な話だよ」

立ち上がり、父の前に立つ。言葉を探すように宙をさまよっていた目が僕をとらえた。

「わかるでしょ？　僕は天才じゃない。残念だけど……環境だけでは、天才は育たないんだ」

一気に言うと僕は背を向け、父のアトリエから駆け出した。涙は見せたくなかった。


翌朝。僕たちは何も起きなかったように挨拶を交わした。ニュースを見て感想を言い合ったりもしたが、進路についてはもう、どちらも触れようとしなかった。

「好きにしなさい」と言って、今後の援助も約束してくれたのは母だった。たまたま二人になったとき、「お父さんも承知してるから」と。

僕は母に礼を言い、その日のうちに東京へもどった。家族に見せようと持参した研究室の年報や資料類は、結局カバンから出さないままだった。

実家から帰ると学部の卒業制作に没頭した。木彫の自刻像である。あまりに芸がないと感じながらも、それが僕なんだ、僕らしさなんだと自分に言い聞かせ、冷房もないアパートからほとんど出ずに、ひたすら木を削った。

九月に入って、父から封書が届いた。アトリエで口論してから一カ月ほど経っていた。

結婚式の招待状に使うような角型の白い洋封筒には、I会のロゴが型押しされている。なんだろうと開くと、「Y」という彫刻家の個展の案内が入っていた。I会の重鎮だ。同封の一筆箋には、父の四角い文字で「一緒に行きませんか。先生に紹介します」とある。

すぐ電話したのは、僕なりに罪悪感があったからだ。

父は嬉しそうな声を出すと、『繁、もう大丈夫だからな』と言った。

「……え？　なにが」

とうとつな言葉に、きょとんとしてしまった。

「Y先生がな、助手として繁をあずかってもいいとおっしゃってくださった」

「はあ!?　なにそれ。……じゃあこの、『紹介』って……」

「まあ面接みたいなもんだけど、大丈夫だ。俺からよく頼んであるから」

生まれて初めて、怒りで目の前が赤くなった。

「誰が頼んだんだよそんなこと！」と叫んだところまではおぼえているが、あとは怒りにまかせて、意味のつながらない罵り声をあげるだけになった。最初はおろおろしていた父も、やがて怒鳴り返した。取り返しのつかない言葉をお互い口にせずに済んだのは、隣室の若いサラリーマンが激しく壁を蹴ったおかげだ。安普請《やすぶしん》に感謝。

しかし、それからも父はいろいろな作家の個展やグループ展の招待状、勉強会の案内などを送ってきた。それにかこつけて、手紙やラインでI会への参加を遠回しに勧める。

I会の展覧会にはプロ、アマを問わず多くの彫刻家が出展し、そこで大きな賞をもらうのは新聞の地方版で紹介されるくらいの栄誉である。藝大の学生間では黙殺されているに近く、誰もI会に言及しないが、審査員を務めている教授も実際は多い。

ネットでI展の彫刻部門を確認すると出展作のほとんどが具象の人体で、それも女性のヌードが大勢を占めていた。三年生のとき、僕が泣きながらつくったやつだ。

もちろん、これらが悪いとは思わない。だけど、誰かに方向を決められるのはイヤだった。

父にメッセージを送った。

〈もう誘わないで。行かないから〉

ちょうど僕は無事に仏さま研究室に加わり、忙しかった。今ならそれを理由に、穏便に断れるとも思った。

数分もせず返事が来た。

〈もっと広く吸収しなさい。おまえにはインプットが足りない〉

決めつける言い方。カッとして、あとはまた痛罵《つうば》の応酬になってしまった。

ただでさえメールによるコミュニケーションは危険だ。いったんすれ違うと相手の文章の、点の打ち方ひとつ、接頭語ひとつにいちいち悪意を感じ、倍の攻撃をしてしまう。

そしていつも、やり取りをしている最中にはそれに気づけない。

——同級生の親たちと比べて断然、理解のある父だったのに。なんでも話せる、美術の先輩だったのに。

僕はあまりに傷つきすぎていた。

〈親の言うことが聞けないのか〉とメッセージが来て、僕はラインから父を削除した。


——気がつくとロビーでは、横を通る学生たちがちらちらと僕ら親子を見ていた。

深呼吸して、あらためて父に向き直る。

「……父さんは気に入らないかもしれないけど、僕は保存修復を続ける」

「いや、それは」

「Y先生は偉い作家かもしれないけど、師事する気はない」

「わかった。ただ俺は——」

「僕は！」

言いかける父をさえぎって声をあげた。こんなところ、研究室の皆に見られたくない。早く消えてほしかった。

「父さんが夢見るような芸術家にはならない。なれないんだ！」

止める間もなく、頬を涙がつたった。ぎくりとする父を置いて立ち上がり、僕は階段へと駆ける。

息子の学校にのこのこ来る父が恥ずかしい。でも、逃げる僕はもっと恥ずかしい——。

ごしごしと顔をこすってから実習室の戸を開けた。牛頭先生が携帯で話していて、こちらに目を向けた。珍念が横に立ち、先生を見上げている。

「ああ、波多野がもどりました……今、代わります」

眉をひそめながらスマホを離し、「シゲ、群馬の高橋社長なんだけど」と小声で言って、

「栢乃さんが来てないか、って。家出したらしい」

いきなり不穏な発言をすると電話を押しつけてきた。いや、ちょっと。

「はい……波多野です」

『ああ、どうも。すみませんね、忙しいところ』

社長はしわがれた声を出した。

「栢乃さん、いないんですか？」

『いや、昨日の晩ちょっとね……出てっちゃって、まだ帰ってこないんだ』

「友達のところじゃ……」

地元のヤンキー仲間の家に転がりこんでいるのではないのか。

　こちらのそんな思いを察したのか、『いや、昔の悪い仲間とは完全に手を切ってるんだよ！』と、社長は機先を制した。

『いちばん仲の良かった子はもう嫁に行ってるしね。それで、いつも「東京藝大ってどんなとこかな」って言ってたから、万が一、そっちに行ってないかと』

　妹の檀ちゃんが、僕が行く先を知ってるかもしれないと言ったそうだ。

「いやあ……そんなはずは」と、言いかけて思い直し、あわててカバンを引き寄せて自分のスマホを出す。そういえば朝からまったくチェックしていなかった。

　ラインを見る。朝の十時過ぎにメッセージがあった。〈そっち行く〉。いや、まさか。急に手汗がにじみ、牛頭先生のスマホを握り直す。

『いや、もうあいつも大人だから、外泊したってかまわないんだけどね。ただちょっと、こっちも言い過ぎたもんで』

　くどくどと言う社長は、まったくらしくなかった。

「……なんか、こっちに来てるかもしれません。探して連絡します」

　電話を牛頭先生に返して壁の時計を見る。もう三時間近く経っているから、まだ顔を出していないのは変だ。困惑して先生に顔を向けると、

「悪いけど、俺はこれから保存学の演習なんだ」

　頭を下げられた。複数の研究室の修士一年生を対象とした、年に何回かの特別講義で

ある。それは確かに抜けられない。珍念もだろう。

「ま、しっかりした娘さんだから心配ないと思うが……男手ひとつで育ててるせいか、娘のこととなると社長もアレでな。……もし見つかったら連絡してやってくれないか」

そう告げて先生はきびすを返した。身体をそちらに向けた珍念が、頭だけ振り返って心配そうに僕を見上げる。

「檀さん、ボクになんか言うてませんでしたか？」

そっちかよ。

僕は頭《かぶり》を振った。珍念はのろのろと背を向け、引き戸が力なく閉まった。


〈もう大学に来てるの？〉

取り急ぎメッセージを入れてスマホを見つめる。既読にならない。

どいつもこいつもいきなり来るなよ、と思いながら、胸はさっきと逆に少しはずんでいた。カヤにまた会えるかもしれない。もどったばかりの制作エリアを片付けてジャケットを引っかけ、部屋を飛び出した。

五月もなかばを過ぎると、学内を歩く人の数は落ち着いてくる。早々に東京藝大の流儀から脱落したり、仲間をつくれずに引きこもる新入生が出る季節である。

僕は学食に向かった。美校の門を入ってすぐだから、外部の人も入りやすい建物だ。

探すまでもなく、その人は屋外のテーブル席にいた。ビニルチェアに浅く腰かけて細い脚を投げ出し、ぼうっと前を見ている。ジーンズに紺のウィンドブレーカー。長い金髪もこのキャンパスではさほど目立たない。

「……来てたんだ」

カヤははっとしたようにこちらを見て、にいっと笑った。僕も思わずほほ笑み返す。目の前の椅子を引いて、正面に座った。

カヤは笑顔をおさめ、顔をそらす。聞き取れるぎりぎりの、小さな声。

「親父とケンカしちゃった。……地元のマンキツで夜明かししたんだけど」

まぶたが腫れ、顔全体がむくんでいた。

「……それでも帰る気になんなくて、上京？　してみた。藝大ってどんなとこか、興味あったし」

「……何時ごろ着いたの」

「んー？　さっき。駅前とか公園とか、うろうろしたから」

カヤはさりげなく目のあたりをこすって、僕の視線をかわそうとした。それからちらりと僕を見、口をゆがめて笑う。

「『親は大切にしろ』なんて言ったくせに、笑っちゃうよね……あたし親父にひどいこと言った」

「……聞いても、いいのかな」

目をまた遠くに投げた。風が吹いて、木漏れ日が揺れる。カヤは口を開いた。

「お母さんじゃなくて、あたしが死ねばよかったんでしょ、って」

驚く僕を見て眉を上げ、ゆっくりとうつむく。

「……ウチの母さん、あたしがぐれたせいで病気が進んじゃったから」

「そんな……」

「違うの。そんなこと言うつもりじゃなかったんだ。最初は意見を言っただけだったんだよ。よかれと思って。父さん、ここんところ働きすぎだから……そしたら『生意気言うな』とか、『女のくせに』とか」

「………」

「あったまに来て『あんたが心配で言ってやってんだろ！』って言い返したら……」

ますますうつむいてしまう。しばらく待った。

「……それで？」

「あいつに……あいつに逝《い》かれたときに比べたら今なんて、って言った。怒った顔で……だからつい」

目をつむって、かける言葉を探した。売り言葉に買い言葉、もれなくついてくる後悔。まるで人ごとではない僕に、なにが言えるだろう。しかし。

「でもね」

意外なほど明るい声がして、思わず顔を上げる。カヤは再び、にいっと笑っていた。

「さっきここで、知らないおじさんが慰めてくれたんだ」

カヤいわく「ゴチャゴチャな気持ち」のために研究室を訪ねる勇気がわかず、この席でぐずぐずしていたら、隣の席の中年男に「どうかしましたか？」と声をかけられたらしい。

僕が思わず不審な顔をしたのか、カヤは急いで首を振った。

「ナンパとかじゃないよ。ホントに心配そうだった。優しそうな人でね。大学の先生かと思ったんだけど……」

いや、ちょっと親父ともめただけ、ご心配なく――そう答えたカヤにその男は、

「『そうか。親ってのは馬鹿だからねえ』って笑って、あったかいコーヒーを持ってきてくれた。で『お嬢さん、ここの学生だろ？　優秀なんだねえ』って。あたしすぐ、違いますって言おうとしたんだけど」

――実は僕の息子もここの学生でね。自慢の子なんだ。

――人生の先輩としていろいろ教えてやろうと思ってたけど、あっという間に自分の道を見つけていたよ。それも僕なんかじゃ思いつかないような、立派な道でねえ。

――それでも、僕はよかれと思って口を出したりしてさ。ついさっきも怒られちゃっ

たよ。

カヤは遠くを見ながらほほ笑んだ。

「『ほら、だから親なんて馬鹿だろう?』って言って、笑ってた。ちょっとさびしそうだったな。……なんか、それを見たら親父がかわいそうになってきて」

「……そのひと」

言いかけて咳払いする。喉がかれていた。

「どんな格好だった?」

不思議そうに僕を見ると、カヤは首をかしげた。

「えーと、そういえば今どきループタイしてた。考えてみたら藝大教授って感じじゃないね」

小さくふきだすカヤの前で、僕は震えを悟られないよう、懸命に両手を握っていた。

——きっといつかはわかりあえるよ。それまでは思う存分、ぶつかるといい。

その人はそう言って去ったそうだ。

そのあと、カヤにはその場で高橋社長に電話してもらった。

屈託のないカヤの様子に安心していると、僕も電話に出させられ、社長に礼を言われた。「僕はなにもしてないです」と言っているのに何度も何度も。「栢乃と檀は、うちのやつが命を懸けて遺した宝物なんだ」と社長は感極まった声で言い、亡き妻のための仏像は、もっぱらカヤノキと白檀で彫っているのだと教えてくれた。

やっとのことで電話を切ると、カヤがいたずらっぽい目でこちらを見る。

「また、カヤノキの話してたでしょ。じゃじゃ馬な素材だ、って」

「……日本の仏像づくりにとって、とても大切な木なんだよ。ヒノキと違って群れないで立つ、孤高の木なんだ」

そう言うと、僕は手を差しのべてカヤを立たせた。

研究室を見せてあげよう。皆に彼女を紹介しよう。一条教授もきっと大歓迎してくれるはずだ。牛頭先生は彼女に、カヤノキのすばらしさをもっと教えてくれるはずだ。

そしていつか機会があったら、父に彼女を紹介しよう。僕が選んだ道の途中で出会った、とても素敵な人なのだと。厳しくてかわいらしく、自分の人生をまっすぐに歩んでいる人なのだと。

……この道を選べて本当に良かったと、父に胸を張れる日が来たら。

その日はそんなに遠くない気がしていた。

第3章

九月

アイリと不動明王

学食のドアを開けると夏の光が爆発して、なぎ倒さんばかりの熱気が襲ってきた。

「くぅーっ、ああっちぃーなぁ！」

頭に巻いたタオルをむしり取って、ソウスケがわしわしと顔を拭いた。盛り上がった肩が汗で白いTシャツに貼りつき、黒々とうごめく。

——筋肉。

「だからその暑っ苦しいアタマをやめろっつーの。こっちが暑いわ」

ドレッドヘアを指してまひるがつっこむ。彼女は最近、髪をばっさりと切った。

——うなじ。

「うっせえなコケシ頭」

「なんだとっ」

わあわあ騒ぐ二人にシゲが振り返り、なにか言った。開いた襟の中で首がねじれ、きれいな筋が二本、斜めに走る。

前の二人が小走りになった。シゲの首すじから無理やり視線をはがし、私は最後尾で足を速める。研究室のある本部棟へ駆けこんだ。涼しい。

「あー、怖い」

地下へと降りながら、まひるが大げさに身を震わせてみせる。

「アイリはいいなあ、ちゃんとできてるから」

私を見て、シゲが気弱に笑った。ソウスケも珍しく緊張した面持ちだ。

前期講評会が始まるまで、あと一時間。

実習室にもどると、助手のキヨミさんが一年生と一緒に会場の準備を始めていた。

「あっ、すみません！」

ソウスケが駆け寄り、シゲと二人で彼女から道具台を奪う。まひると私も自分のコーナーに急いだ。片付けて、座席と発表スペースをつくらなければならない。

講評会は毎年二回、夏休み前の七月後半と、冬休み前の十二月なかばに行なわれる。博士・修士の学生が現在どのように研究を進めているかを、教授はじめスタッフ全員の前で発表するのである。

座布団をパスしながらソウスケがつぶやく。

「去年の二年生、けっこう先生たちにつっこまれてたよな」

「そうだよぉ、細かい漢字の読みとか、人名の間違いとかも……」

まひるが声をひそめた。

研究室では、一年次は全員が同じ課題に取り組む。だから去年の講評会、それぞれの発表も事前にすり合わせることができた。しかし二年になると、発表する内容は各自の修了制作に限定される（なにせ、それしかやっていないのだ）。進級にかかわる発表を前に、皆がピリピリしていた。

シゲは、ここ一カ月ほどはふっきれたように集中しているものの、丸太を割るまで異常に時間がかかったのが響き、現時点でまだ大日如来らしい形ができていなかった。

ソウスケは順調に三段階目の漆の盛りに入った……と思っていたら、貼った漆を先日、憤懣《ふんまん》やるかたなし！　といった様子で剝がしていた。

……まひるには特に不安材料もないはずだが、まあ、「ああでもないこうでもない」と騒いで自分を追いこむのは、彼女なりのルーティンなのだろう。

私の不動明王は、胴体部だけならば形を整えつつある。

筋肉の上にやわらかく脂肪を乗せた、西洋彫刻にはあまりない身体つき。西洋のそれをボクサーとすれば不動明王はソップ型の力士に近いだろうか。目の前にこういう男性がいたらどう感じるかはともかく、毎日、写真と図面を見ながら彫っているうちに、すっかり原本像の曲線に魅了されてしまった。行き帰りの電車でも、薄着の男性の身体をつい凝視してしまうくらいだ。

ともかくも今日は上手にやりきろう……。

人数分のレジュメを各席に配りながら自分に言い聞かせる。


一時ちょうどに講評会は始まった。

実習室の奥半分は私たち発表者と作品、スクリーンなどの「舞台」、手前半分は一条教授を中心に牛頭・馬頭、ミロク先生ら講師陣が並ぶ「客席」だ。キヨミさんはカメラを下げて立ち、進行に目を配っている。

今日の教授は、漆黒のシルクに鳳凰《ほうおう》の刺繍《ししゅう》が入ったスカジャンと暗色のジーンズ姿。その教授がどぶ板のバー店主みたいなファッションだが、怖いだけでなく妙に似合う。

おだやかな声で開会の辞を述べた。

「えー、修士一年はまだ入って三カ月いうところやけどね、それなりに感ずるところなどあったかと思います。他の学年のみんなも頑張ってるやろうから、課題や解決した問題などを中心に発表してください」

最初は一年生の珍念とリンちゃんの発表だったが、これはすぐに終わった。教授の講評は、珍念には「講評会でギャグは入れんでいいから」で、リンちゃんへは「もうちょっと、日本語の練習しようか」というものだ。

でもこれは彼女の国籍だけが理由ではない。研究室《ここ》では新入生のほとんどが、「言葉」についてなにがしか厳しい指導を受けるのだ。ある種の通過儀礼といっていい。

教授の教えのひとつに「言葉を使ってもきちんと伝える」がある。こうした節目ごとの発表だけでなく、古美術研究旅行に行っても、外部の研究者の特別講義を受けても、よその研究室や企業で素材や技法を見学したときも、そのつどけっこうな量のレポートを課せられるのである。言葉の選び方や文法、5W1Hなど文章に対する指導も細かい。「作品をもって伝える」ことだけを考えがちな東京藝大では、異色の教育方針といえる。

「続いて修士課程二年の発表です」

キヨミさんの合図で、つくりかけの十一面観音の各パーツが中央の台に運ばれた。

室内が暗くなり、「慶徳寺十一面観音模刻制作について　文化財保存学専攻　保存修復彫刻研究室　修士課程二年　川名まひる」と書いたパワーポイントのページと、顔面を蒼白にしたまひるの顔が浮かび上がる。

「えー川名まひるですよろしくお願いします研究目的本研究では福井県小浜市慶徳寺収蔵の十一面かん――」

「早い早い」

息継ぎもせずレジュメを読む声に、牛頭先生が野太い声で割って入った。まひるがマイク越しに大きく息をつく。

「はい、すみません。……『十一面観音の模刻研究を通して平安時代後期の造像技法を体感し、理解を深めることを目的とする』。続いて『本像概要』……」

やはり書類を読み上げるだけだったけれど、その先は聞き取りやすかった。

粗彫りを終えて、各部材の内側を彫り落とす内刳《うちぐ》り工程もおおかた終わったこと。課題として「模刻の方向性」があることなどを告げると、続けて技術的課題が報告される。

試験的な塑像をつくった最初の段階で、彼女は原本像の肩の高さが左右で異なっていることに気づいた。そうつくられたのか、後世の修理のせいか？　3Dデータやエックス線画像だけでは判断できないため、夏休みを利用して現地で史料を探したり、近くに遺る同時代の仏像を熟覧することで類推し、模刻の方向性を決めたい――という話だった。

ほの暗い教室で、うなずく教授たちが見える。誰もが報告に聞き入っていた。一年生以外全員が模刻経験者だから、彼女のとまどいもありありと想像できるにちがいない。

「――以上をもちまして前期の報告とし、引き続き留意して、模刻制作に取り組みたいと思います」

まひるが頭を下げる。持ち時間は質疑応答を含めひとり十五分だ。室内が明るくなる。

「はい、お疲れ様――」

一条教授はねぎらいの言葉を口にすると、台の上にある頭体幹部や、これもつくりかけの台座などに目を走らせた。

「割首《わりくび》はまだやってないの？」

「え？　えへへ……」

　まひるはへらへらと笑って身をよじった。すると同時に、「川名、笑いごとじゃないぞ」と牛頭先生の声が飛び、彼女ははじかれたように背すじを伸ばした。

　割首とは、頭体幹部の細かい彫りに入る前に、首から上を体幹の材から切り離す作業だ。せっかく、頭のてっぺんから爪先までをひとつながりの材（寄木の場合は、上から見て四分割されていたりもするが）として彫り進めてきたのに、粗彫りと内刳りを終えて形が整ってきた段階で頭だけ切ってしまうのである。そうしないと肝心のお顔や頭髪の飾りなどが彫りにくいからしかたないのだが、私たち初心者には勇気の要る工程だった。私自身も先日、ミロク先生立ち合いのもとでようやく割首を果たしたばかりだ。

　こわばってしまったまひるの代わりに、ミロク先生が立ち上がった。

「確かに、台座は割首のあとでいいですね。ちょっと逡巡《しゅんじゅん》してしまったみたいです。川名、明日にでも割首に着手しよう。できるね？」

　こくこくとうなずくのを確認して、先生は続ける。

「肩の高さの問題は、まだ修正できる程度に彫りの余裕を残しています。後世の修理によって違ってしまったのなら、制作当初を想定して左右対称に仕上げるべきかと思いますが、もし当初から違っていた場合は……」

先生はためらうように言葉を切った。

「あのっ……」

まひるが声をあげる。

「慶徳寺の檀家さんたちと相談してから決めていいでしょうか？……無住のお寺ですので、本山まで問い合わせる必要はないと思いますが、檀家さんたちがずっと守ってきた仏さまなんです。だから……」

「うん、それでええよ」

りきむ彼女をなだめるように、教授がうなずいてみせた。これが修復なら「当初部最優先」が原則だが、模刻の今回は檀家さんの理想形に仕上げていいという判断である。

まひるは安心したように息をついた。慶徳寺の話になると、彼女はキャラに似合わぬ真剣な表情を見せる。

そんな彼女に教授は慈父のごとく優しくほほ笑むと、一転して顔を引き締めた。

「なんで左右の高さが違ったのか、数値と原因。模刻研究者がそれに対し行なった調整の判断基準、方法と調整した数値、効果。参考にした周辺作例との形状比較――これ、ぜんぶ後期の講評会で発表してな」

一気に言って教授はにっこりと……今度は悪魔の……笑みを浮かべた。地下室なのに、ヒュウと冷たい風が吹く。

続くソウスケの発表は「画像なしでどう心木《しんぎ》をつくったか」に焦点を絞っていた。

国宝・沙羯羅《さから》像は、奈良時代の一時期にしか見られない脱活乾漆造りである。だが、この像の模刻制作上の最大のネックはそこでなく、「画像の少なさ」にあった。許諾の関係で3Dデータ撮影やX線撮影・CTスキャンが行なえないのだ。

最初に芯となる木を組んでポーズを決める脱活乾漆像において、特にX線画像がないのは痛い。原本像の心木の形状がわからず、まるで違う方向に船出してしまう危険があるからだ。

「手がかりが非常に少ないこの状況で、ポーズの決め手となる像の芯をどう特定し、模刻しているかといいますと……」

幸い沙羯羅は八部衆の一人であり、興運寺にはほかにも脱活乾漆像の作例が何体かある、とソウスケは続けた。「それらは同時代、おそらくは同一の工房作とみなされるため、それらの各資料を参考にすることはできます。たとえば有名な阿修羅像や伎楽《ぎがく》の神とされる乾闥婆《けんだつば》像には、過去の調査で専門機関が撮影したX線とCTスキャン像がありますす。そこから、外見と心木の関係性を割り出して応用しました」

スクリーンに映し出された文化庁提供の画像や像の外観写真を示しながら、自身が組んだ心木の写真も画面に加えて説明し、ソウスケは意外なほどソツなく発表を終えた。

教授のコメントも「非常にチャレンジング。この先が楽しみです」と好意的だ。

シゲの報告の山場は「原本像にみられる木心《もくしん》の傾きと木取り」について。

彼がつくる像は頭体幹部を一本のヒノキ材でつくる一木造りなのだが、実際に材を削る「木取り」の前段階で原本像のX線を検討したところ、想定外の事実が判明した。一般的に頭頂から垂線状に走るかと思われた木心が、あえて体の後方へ傾くように設定されていたのだ。シゲが入手したヒノキ材をそれに合わせて木取りすると、像の後部、腰のあたりで材が足りなくなる。

「しかし」と彼は続けた。

引き続き原本像へ忠実につくり、足りない部分は別材を足す予定なのだという。

「原本像が、なぜ木心が斜めになるよう木取りされていたのかは、他の作例も検討して次の機会に発表したいと思います。あるいは、つくっているうちに合理的な理由が見つかる可能性もあります――それでは引き続き模刻制作に励みます」

聞こえてくるはずのコメントを待って、皆が一条教授を見た。うつむいた黒いジャンパーの肩が、小刻みに揺れている。魔術でもかけようというのか。まさか。

――え？　笑ってる？

教授は頭を上げた。目じりにくっきりと笑いじわが浮かんでいる。

「ああ、すまんすまん。いや波多野くん……よう成長したなあと思って」

シゲはわずかに首をすくめた。

「以前やったら、目の前の材で思うとおりの木取りがでけへん、ゆうだけでパニくっとったやろ。それが、落ち着いて木を見て、予定どおりいかへんでも対策が考えられるようになった。いや、大きな成長やと思います。よう頑張ったね」


「では修士生の最後、弓削さんお願いします」

キヨミさんの声にうなずき、私は背すじを伸ばした。

電気がともり、まひるとソウスケが立ち上がって作品を運ぶ。二人に目礼して、スクリーン前のシゲからマイクとレーザーポインタを受け取った。

目の前の台に、粗彫りと内刳りを終えた不動明王の頭体幹部や側面の材、台座などが並んだ。一四〇センチほどの像だが、台座に固定するまでは自立できないため、頭体幹部は紐で簡単にくくって横たえてある。割首をした頭も胴体にもどしているので、台上で最も大きなオブジェは「両肩から外側を欠いた人体」型の木材ということになる。

電気が暗くなって、私はマイクのスイッチを入れた。

「修士課程二年、弓削愛凜です。よろしくお願いいたします」

大丈夫。皆の表情もしっかり見えている。私は緊張してなどいない。

「――まず研究目的です。『文治二年、檀越《だんおつ》平朝臣時政《たいらのあそんときまさ》、巧師勾当《こうしこうとう》運慶』という塔婆《とば》形《がた》銘札《めいさつ》の発見、検証により、慶派《けいは》の棟梁《とうりょう》である運慶の比較的若き日の作例と判明した本像の模刻を通して、その造形感覚や構造のありようを考察します。ひいては、日本仏像史の黄金時代を率いた運慶工房の形成過程に関する先行研究の一助となればと、考えています」

　タイトルに続けて浄願寺の不動明王像が映し出される。

「修了制作は、どうしても運慶がいい」と主張し続けた私に一条教授が紹介してくれたのが、各種調査のお手伝いでご縁ができたという伊豆の古刹、浄願寺だった。スクリーンの写真は今年一月、ドクター佐藤とお寺を訪ねたときにデジタルで撮影させてもらったものだ。Ｘ線撮影と３Ｄレーザースキャニングの補足も同時に行なうことができた。

「構造はヒノキ材による寄木造り。玉眼嵌入《ぎょくがんかんにゅう》。漆箔《しっぱく》、古色仕上げ。頭体幹部は大半左右二材、襟よりうしろを通る矧《は》ぎ目で背面に板材を矧ぎつけ彫出《ちょうしゅつ》する。内刳りを施し、首の付け根で割首を施す。右腕、左腕ともに肩から肘までと上膊《じょうはく》、手首が別材。両足枘立《ほぞだ》て。持物として左手に羂索《けんさく》、右手に剣《つるぎ》、ともに別材で後世の補作です。光背は火炎、台座は岩座《いわざ》で別材――」

「研究目的」「本像の概要」と「外観」に続けて、「構造」を説明する。

　全員専門家なので遠慮なく専門用語を使ったが、ふと見ると一年のリンちゃんがうっすらと口を開け、ひどく不安そうに目を泳がせている。話すスピードを少しゆるめた。

「――というわけで、背面は別の材にする必要はないかと思われたのですが、原本像に忠実に木取りしたのちに粗彫りしたところ、脚周りを彫出するにあたって背面が別材であるほうが、格段に作業効率が上がることが判明しました。そのまま彫ろうとすると逆目《さかめ》で鑿が入りづらいのですが、裙《くん》の下方をほぼ含む背面材を外すと、裙の内部と思われた両脚が独立し、脚周り一周に手を入れられます」

同級生にならって「課題」ポイントを報告したあと、これも皆と同じ紋切り型の「結びの言葉」を述べて、私は深く頭を下げた。

明るくなった部屋を見わたし、どきっとする。学生や講師の先生たちが笑顔で拍手しているなかで、教授だけが難しい顔でこちらを見ていた。

「はい、お疲れ様――」

教授は静かに切り出すと、言葉を探すようにしばらく黙った。

「アイリは……模刻が嫌いか？」

「……え？」

「いや、嫌いやないんやったらいいんやが……どうも、早《は》よ終わらそ、早よ終わらそという気持ちで進めてるような気がしてな」

頰が熱くなった。急いで言葉を返す。

「……そんなことありません」

「修了制作はな、早く正確につくることが目標やないんや。美術史に残る仏像を自分の手で彫ってみることで、仏師がなにを思い、どこを工夫したのか、どこに悩んだのかを追体験する……いわば一緒に悩むことのほうが大切なんや」

つぶやくように言ったあと、教授は正面から私を見た。

「アイリの模刻は確かに正確やし、早い。そうやけどもう少し、仏像や昔の工人と一緒に遊ぶ、いうんか、心を寄せる部分があってもええんやないかと……」

青ざめていたのかもしれない。教授は私の顔を見ると口をつぐみ、小さく頭《かぶり》を振った。

「いや、ちょっとコメントが抽象的すぎたね。すまんすまん。研究としては優秀やと思います。引き続き頑張ってください」

励ますような笑顔から目をそらし、ふらふらと席にもどった。

「弓削さん……怒ってる？」

しょっちゅうそう聞かれる子どもだった。内心でどんなに楽しんでいても、周囲の子のように興奮して大声をあげたり踊りだしたりできず、やんちゃな子に遊びを邪魔されればそのままあきらめて、静かに別の遊びを探した。その子が怖いせいでなく、ただ面倒で。

だ）。

税理士の父と情報企業大手に勤務する母は、一人娘をこよなく愛してくれた（今も

ただ二人とも少し忙しすぎ、リベラルすぎたのかもしれない。買ってもらった大量の本とゲーム機、パソコンに、食事を用意してくれる家政婦さん、と一緒に私は大きくなった。都心の街（以前まひるに最寄《もよ》りの駅の名を教えたら「そんなとこ一般人が住めるの？」と目を丸くされた）の、新しくはないが造りのしっかりしたマンションに今も三人で住んでいる。

非常に内向的な幼児だったはずだがお受験は成功して、小中高一貫の私立女子学院に入学した。父が探してきた家庭教師が優秀だったからだ。

小学三年のとき、街のペットショップでチワワの子犬を見つけた。「飼いたい」と言うと母は「家が汚くなる」と一瞬眉をひそめたが、「愛凛がなにかほしがるなんて初めてね」と言ってすぐ購入してくれた（翌日から家政婦さんの出勤が一時間早まった）。

リリーと名付けたその犬は、私の大親友になった。

小学五年、初潮が来たとき一緒にいたのも家政婦さんだった。弓削家は数年目の彼女は、私のためにかわいいポーチなどを用意してくれていた。父はその夜、母は翌朝、私をまぶしそうに見て同じセリフを口にした。「おめでとう、もう大人だな（だね）」と。

それ以降、両親の放任に磨きがかかった。

ちょうどそのころ、近所に超高級マンションを備えた大規模な複合商業施設ができた。リリーを連れて散歩するうちに旧藩邸跡の庭園やビルのエントランスにそびえる不思議な立体に心を惹かれ、私は一人で美術館やギャラリーに足を運ぶようになった。

昔も今も群れるのは苦手だ。

だから――なのか？　中学校で美術部に入ったとき、ようやく息がつける場所を見つけたと思った。ここなら一緒にトイレに行こうと誘ってくる女の子もいない。油絵、水彩、塑造に陶芸。女子校ＯＢでもある顧問は、生徒が希望するならどんな素材、どんな技法でもやらせてくれた。部活も高校まで一貫なので、機材も揃っていたのだと思う。

高校一年の秋、リリーが病気で死んだ。忘れないうちにと準備室で素材を探す私に、顧問は小さな木片をくれた。「これを使えば？」と、カービングの道具も貸してくれた。美術室で木を削っていたら、泣けてきた。恥ずかしいので理由を話し、自宅で制作する許可をもらった。

カリカリと木を削るうち、私はこれならずっと、なんなら一生、続けられると思うようになっていた。他に、形にしたいものがたくさんある気がした。

「では一条教授からひとこと」

馬頭先生の声に、教授がスチル椅子から腰を上げた。ビニルカップのビールが揺れる。

「はい――今日は皆さん前期講評会、お疲れ様でした。あと半月もしたら夏休みで実習室は閉まってまうけど、卒制中の皆さんはそれどころやないでしょう。それぞれ自宅などで作業を続けることと思いますが、根《こん》を詰めて身体など壊さんように……では！」

カップを上げる。「乾杯！」の声があちこちからあがって、空気が急にほどけた。

講評会のあとは恒例の打ち上げだ。研究室総出の飲み会は、これに新入生歓迎会と卒業式を加えて年四回。去年の後期講評会のときは忘年会を兼ね、広いほうの実習室に鍋セットを持ちこんだ手作り宴会だったが、今回は営業時間外の学食を借りている。

「……ね、だいじょぶ？」

笑顔で私のカップにカップをぶつけてきたまひるが、小首をかしげて私を覗きこんだ。

「大丈夫……って、なにが」

「……いや、なんか発表終えてから元気ないみたい、だ、から……」

「…………」

「……気にさわったらごめん！」

謝られて気がつくと、眉間にぎゅっと力が入っていた。

――だめだめ。無理して口角を上げる。

「ぜんぜん。だって図星だもん」

「図星ってなにが？」

正面に座っていたシゲがとつぜん割りこんできた。カップを置いて言葉を探す。

「模刻なんて早く終わらせたい、ってこと。私にとってはワンステップでしかないから」

「……ああ。そういうこと」

シゲはつかのま目を伏せたかと思うと、顔を上げてほほ笑んだ。

「アイリは技術を身に着けるために研究室に来たんだもんね。でも僕は違うんだ。最近、仏師になるのもいいかなあって」

無表情に聞く私の横で、まひるが驚いたようにシゲを見た。

昼間、教授が言っていたように、最近シゲは変わった。以前からの真面目さに加えて、余裕というか覚悟というか、どこか新しい目標を見ているような気がするのだ。少なくとも、このメンバーで進路の話を持ち出したのは、今、シゲが初めてだった。

「どや珍念、今日の講評会の感想は」

会話に詰まってしまった私たちは、声がしたほうをふと見る。

キヨミさんか誰かが気を利かせたのだろう、教授の前は一年生の二人だった。珍念は、あろうことか教授にお酌されたビールをぐいっと飲み干すと、ぷはっと息を吐いた。

「話には聞いてましたけど、さすがですわ。大学で仏像づくりを学ぶっちゅうのはこういうことなんか、と。僕なんか奈良の出ぇやから仏師の人とかも身近にいてはりますけど、まさに徒弟修業ですから、ここととはぜんぜん違《ちゃ》う」

偉そうに言いはなってリンちゃんのカップにビールをつぎ、そのあとで教授に酌をした。よく気の回る馬頭先生が、離れた席であわてている。

教授は、つがれたビールへ嬉しそうに口をつけると、「そやな――」と切り出して左右を見わたした。自然と皆が会話を止め、注目が集まる。

「仏師も他の職人や工人と一緒で、もともと徒弟制で育つもんやったからね」

教授の視線にうながされ、ミロク先生が続きを引き取った。

「飛鳥時代の、仏師の元祖ともいうべき鞍作止利《くらつくりのとり》は鞍作部《くらつくりべ》、つまりは武具を製作する一族の者だった。そして白鳳、天平と時代が進むと、国家が仏師を囲いこむ。東大寺や薬師寺《やくしじ》、興福寺《こうふくじ》など国立寺院にはそれぞれ『造寺司《ぞうじし》』という役所が置かれ、そこに属する『大工』や『番上《ばんじょう》』などという役人が仏師の仕事を行なった」

「『技術、すなわち力』やからな。大陸から招いた仏師らを造寺司に囲いこみ、巨大仏を鋳造できるような技術を独占して国の求心力を高めたんや。日本人はおそらく助手として造仏現場に入り、その場で技術を取得したんやろう」

教授が補足する。シゲがいつのまにかメモを取り始めていた。

「しかし平安時代に密教が入ると山岳寺院が増え、そうした国賓《こくひん》的な仏師をいちいち山の中に連れていくわけにはいかなくなる。また密教には独自の仏さまがいたため、新知識も必要とされた。平安初期の仏像は、こうした山岳寺院の僧侶出身者が、官立工房で働いていた日本人の職人を指導してつくることが多かったんだ」

ここで仏像は、ようやく国産化を果たしたことになるのだ。

「平安中期には浄土教がさかんになり、貴族による都での造寺造仏が増えた。すると山で修業した仏師たちが街に降りてきて弟子をとり、『仏所《ぶっしょ》』と呼ばれる工房を設立する」

有名な寺院の僧籍をもつ仏師が「大仏師」、すなわち棟梁となって小仏師や番匠《ばんしょう》（大工の祖先）、彩色や漆師など各技術者をかかえるのだ。

なかでもあの、寄木造り工法を完成させた定朝の仏所は大きかった。惣大仏師《そうだいぶっし》として、大仏師を何人も擁する工房を率いて平等院鳳凰堂《びょうどういんほうおうどう》の本尊を造立し、藤原道長の推薦を受けて仏師として最初の僧綱位《そうごうい》、法橋《ほっきょう》を与えられたのである。昇殿が許される地位だ。

「いち工人が天皇に拝謁できるようになったんや。ここで『仏師いうんは他の職人とはちょっと違《ちゃ》うわぁ』いうて、身分を問わず野心をもつ若者が続々と仏師をめざすようになった。まあどんな時代でも、資金と欲望が集まるジャンルに才能は結集するもんや。今やったらさしずめ……」

そう言って一条教授は、きょろりと学生たちに視線を向けた。

「……ＩＴ業界……？」

「ＡＩエンジニアなんじゃない？」

「カネと注目を集めるといえば、ユーチューバーだな」

苦笑まじりのざわめきが起きる。ここのメンバーには縁がないジャンルばかりだ。

ミロク先生が咳払いして続ける。

「仏師は職人であると同時に仏教者でもあったから、頭を丸め、精進潔斎《しょうじんけっさい》して日々学ばなければばならない。手のかたち……印相《いんぞう》をひとつ間違えるだけで仏像の価値はなくなってしまうからね。早くて八歳から仕事を始める新人は、そんな先輩たちの雑用をして、見よう見まねで彫り方をおぼえるんだ。適性があれば十五くらいで仏師名を与えられ、小仏師として働けるようになる。小仏師を十年やっても工房のオーナー、つまり大仏師になれるかどうかはまた別の問題。依頼者がいないことには始まらないからね」

私たち修士二年は曲がりなりにも国宝級の仏像を一体、ひとりで模刻する。つまり大仏師と同等の技術が要るわけだ。古《いにしえ》の仏師が八歳から二十五歳くらいまで十数年かけて会得する技術を、研究室では一年と少しで身につける計算である。珍念の「奈良にいる仏師と違う」という感想はそんな、ペースの違いから出たのだろう。

「定朝の仏像は円満具足《えんまんぐそく》……つまり温和で優美だったため、皇族や藤原氏から『仏はこうでなくては』と絶賛された。さらに寄木造りによって量産態勢も取れるわけだから、平安の造仏シーンは、定朝の子や弟子が興した『院派《いんぱ》』『円派《えんぱ》』などに席巻《せっけん》される。一方、ひとり勢力闘争でおくれをとったとみられる定朝の孫、頼助《らいじょ》は、古都奈良に工房を移して興福寺系の仏師となった。南都《なんと》仏師の先駆けだ」

「――『慶派《けいは》』の始まりですわ」

珍念がしたり顔でうなずく。

「そう。次々に新しい仏像を依頼された京都の仏師たちに比べ、頼助らは興福寺や東大寺の古い仏像の修理や模刻を地道に重ねて生活してきた。定朝様と呼ばれた京都の仏像が優美さを追うあまりに形骸化していく一方で、南都仏師は数世代にわたって古式の力強さを見失わず、応用力を蓄えてきたともいえる。それを一気に花開かせたのが」

「運慶か!?」

リンちゃんが嬉しそうに発言した。「ピンポン！」と珍念が立ち上がって指さす。つられて拍手しそうになったミロク先生が、あわてて両手をテーブルの下におろした。

「武士が台頭して、平家が奈良の古刹を軒並み焼きはらうという事件が起きた。それら巨大寺院の復興に活躍したのが、運慶とその父、息子たち、兄弟弟子の快慶《かいけい》ら南都仏師で成る『慶派』だったんだ。都の旧勢力だけに頼らず、大仏師としていち早く鎌倉にも拠点を設け、武士の依頼を受ける判断も功を奏した。時代が平安から鎌倉に変わるころ、運慶が率いる慶派はなんと奈良、鎌倉、京都一円で最も活躍する仏師集団に成長していた。だって、新しく生まれた最大のスポンサーが源頼朝《みなもとのよりとも》や北条《ほうじょう》家だったからね――」

「いやいやミロク、権謀術数《けんぼうじゅっすう》の話じゃないんだ」

牛頭先生がさえぎる。ワンカップの日本酒を握るその姿は、すでに赤鬼のようだ。

「水晶を使って目を光らせる、玉眼。手が切れそうに深く躍動的な衣文《えもん》の襞《ひだ》。見る者に迫るように前傾した厚い胸板。運慶工房が生み出した仏像は、常識外れにリアルで力強かったんだ。見ろ、彼の毘沙門天《びしゃもんてん》像や不動明王の雄々しさ。そして八大童子の個性を。あれぜんぶ、そのへんの中学校にいそうな悪ガキの表情だぜ？……まして注文主が貴族か武士かによって、同じ制吒迦《せいたか》童子の顔や姿勢を優雅にしたり荒々しくしたりと、微妙につくり分けるその技術……」

牛頭先生はわなわなと拳を震わせたかと思うとテーブルに打ちつけた。ドン。

「そして東大寺南大門の金剛力士立像だ。高さ八メートル、重さ九トンの巨像二体をわずか六十九日でつくったのも偉い。偉いよ。しかしそれより偉いのは、何十人もの部下を率いてつくったその像を、完成間際になってなお自分の手で修正し続けたことだ。この往生際の悪さ！」

「おうじょうぎわ……」

誰かがつぶやく。メートルが上がる一方の牛頭先生に代わって、ミロク先生が続けた。

「国家プロジェクトとして一九九〇年ごろに二像の解体大修理が行なわれた際、吽形《うんぎょう》像のほうで、乳首の位置をおのおの一〇センチほど外に、へそは一五センチほど下にずらした跡が確認されたんだ。詳しくみると、本体の像がほぼ完成してからの修正だとわかった。他にも右手のひらの角度とか、まぶたの目へのかぶさり具合とか、いろいろな場所が変更されていた」

そう言うと涼しげな目をいったん伏せ、真剣な顔で先生は続けた。

「運慶は、デビュー作である大日如来のときから、途中の設計変更を辞さない仏師ではあったんだ。だけど、惣大仏師がそんなことするのは話が別だよ。だって自分が指示して進めた現場でしょう？　それを『あ、やっぱり違う』って言って、部下である皆の目の前で変更してみせるわけだから」

想像してみた。

完成予想図を提出してコンペに勝ち抜き、大規模な予算がおりた……例えばイベントホールの建設の場面。いくら設計した当人であろうと、完成直前になって「うーん、エントランスの形が思ったのと違う」と言って、いきなりコンクリを割ったりはできない。制度上？　いや、たぶん体面上。「だったら最初から完璧な設計図を描けよ」と下の人間は思うし、「おいおいそんな思いつきで……」と発注側も思う。実際にそんな声はあがらないとしても、設計士にはその声が聞こえてしまう。完成前のホールにもし瑕疵《かし》を見つけたとしても、結局は目をつぶるはずだ。

少なくとも、私ならそうだろう――そこまで考えて、思わず質問していた。

「運慶って、芸術家だったんでしょうか……」

ミロク先生は意外そうに片眉を上げ、ぐいと乗り出して楽しそうに聞き返してきた。

「アイリにとって芸術家の定義は？」

「……自分の表現によって人の心を動かし、表現物の対価で食べていける人……でしょうか」

「その、『自分の』ってトコロが難しいんらよね！」

とつぜんシゲが割りこんだ。真っ赤な顔をぐらぐら振っている。

「らってさ、アニメの巨乳キャラに仏像の約束ごとを合体させたら『自分の表現の仏像』って言える？　陳腐でしょ？　あまりにちんぷ……」

ちんぷ、ちんぷとリフレインする声が小さくなったかと思うと、シゲはテーブルにつっぷしてしまった。まひるが容赦なくその肩を揺さぶる。

「ちょっと！　こんなとこで寝ないでよ。それにね、陳腐だのありふれてるだのって、それ誰の評価よ。気にしてるのは結局、『自分の中の評論家さま』の意見でしょうよ」

首を回し、同意を求めるように私へ話しかけた。いいけど……声が大きいよ。

「だって、『人の心を動か』せばいいんだよね？　一人ひとりの心はプラスに振れたりマイナス評価したりしてくるけど、その総和がプラスで、お金になって……結果的にその制作者が食べていければ」

グっ！　と、まひるは私にサムアップする。

「じゃーん！　その人は立派な芸術家ですッ！」
たじろぐ私の表情をじっと見つめている、その瞳がゆらりと揺れたかと思うと、今度はまひるの頭が大きな音をたててテーブルに激突した。
「なんだよ、結局は食べていけなきゃ芸術家じゃないのかよ」「いや収入の問題じゃないだろ」「どんな新しい表現をしたかじゃないの？」「理解者が一人もいないとしても？」「いやはや聖と俗は一体ながら相容《あいい》れぬものでございましてな」「おまえなに言ってるかわかんねーよ」……。
アルコールに弱い順で学生やスタッフが次々と討ち死にするなか、皆が勝手な意見を声高に戦わせ始める。
私はそっと席を立ち、気丈にもまだ素面《しらふ》で宴会を仕切っているキヨミさんに近づいた。さっきまひるから聞いたアイデアが実行可能かどうか、まずは彼女に相談してみよう。
「……舎利子《しゃりーしー》　色不異空《しきふーいーくう》　空不異色《くうふーいーしき》　色即是空《しきそくぜーくう》　空即是色《くうそくぜーしき》　受想行識《じゅうそうぎょうしき》　亦復《やくぶ》如是《にょーぜー》
舎《しゃー》　利子《りーしー》　是諸法空相《ぜーしょーほうくうそう》　不生不滅《ふーしょうふーめつ》　不垢不浄《ふーくーふーじょう》　不増不減《ふーぞうふーげん》　是故空中《ぜーこーくうちゅう》　無色無受想行《むーしきむーじゅうそうぎょう》
識《しき》　無眼耳鼻舌身意《むーげんにーびーぜつしんにー》　無色声《むーしきしょう》　香味触法無眼界《こうみーそくほうむーげんかい》　乃至無意識界《ないしーむーいーしきかい》　無無明《むーむーみょう》　亦無無明尽《やくむーむーみょうじん》
乃至無老死《ないしーむーろうしー》亦無老死尽《やくむーろうしーじん》　無苦集滅道《むーくーしゅうめつどう》　無智亦無得《むーちーやくむーとく》　以無所得故《いーむーしょとくこー》　菩提薩埵《ぼーだいさったー》……」
目をつむって般若心経《はんにゃしんぎょう》に耳を澄ます。鳴き始めた蟬《せみ》の声が遠くに聞こえる。

副住職がともしてくれた線香の香りと深みのある読経《どきょう》の声が頭に満ちてきて、さっきまで意識を占めていた細かい作業手順やｔｏｄｏリストがどこかへ消えた。お寺でもらった「ふりがな付　般若心経」の折り本を手元に開き、はじめは一緒に読んだものの、この声を邪魔するのに気が引けて、すぐにやめてしまった。

「……菩提薩婆訶《ぼじそーわーかー》　般若　心　経《はんにゃーしんーぎょーう》」

経を読み終えると、坊主頭と白いＴシャツは本尊に向かって背中が深々と辞儀をした。静かに身体を回し、私にも目礼する。

「……すごいんだね、お経」

白目と歯を光らせて珍念がニカっと笑った。「お寺の子スから」と言うと彼はうしろにずれ、スケッチブックをかかえた私に正面の席をゆずってくれた。

さっき、朝七時過ぎ、いつものように「民宿さとう」に行くと、奥さんが玄関に出てきた。

「おはようアイリちゃん。お客さんが待ってるよ。なんだか、大学の後輩の」

「僕っす僕っす！」

言いかけた奥さんのうしろから、真っ黒に日焼けした珍念が飛び出した。

「な……」

立ち尽くす目の前にすばやく正座し、笑顔で私を見上げる。

「ミロク先生から聞いて来ました。また、ここで待っていれば朝飯をご相伴《しょうばん》させてもらえるかと思いまして！」

聞けば、五〇ｃｃバイクで奈良まで帰省する道中なのだという。額から上とこめかみがヘルメットの形に白く焼け残って、そこだけ妙に坊主っぽい。

「だからって……」

私だって無料で食事を出してもらっているわけではない、と言いかけ、捨てられた子犬のような表情を浮かべる後輩を見てあきらめた。先輩は今日もお寺に行くんでしょう？　およばずながら挨拶代わりの経を読ませてもらいますので、と愛想よく続ける彼を指さし、目顔で奥さんに尋ねる。

「ごはんならあるわよ。料金はサービスするから食べてってもらえば」

負けずに愛想よくうけおって、奥さんは食堂に私たちを手招いた。

「……それで、なに？　修了制作中の先輩全員を訪ねてるの？　陣中見舞い？」

すごい勢いでごはんを流しこみながら、珍念は首を振る。

「シゲ先輩のぼろいアパートなんて今さらおもしろくないっすし、ソウスケ先輩は『工房ハナレ』だから、へたに顔を出すと先生たちに修理の手伝いをさせられますわ。くわばらくわばら」

「まひるのところは？」

「えー……日本海側ですからねえ。途中で寄るにはちょーっと遠すぎや」

——夏休みは小浜に行く、とまひるが教えてくれたのは、あの講評会の日だった。

実習室が使えないあいだ、お寺の近くで原本像を見ながら模刻を進める。モデルの十一面観音像を管理している檀家総代さんがいい人で、使わなくなった隠居所を夏休みのあいだ、格安で貸してくれるのだという。

そんな方法があるのか……。


余談になるが、彫刻科の学生に共通する悩みに、「卒業後、どこで制作するか問題」がある。フリーになるなら作業スペースの他に木や石など素材を置く倉庫、糸ノコやチェーンソーなど大型機械を置くコーナーも必要になるからだ。アパートやマンションの一室ではまるで間に合わない。

絵画、工芸の学生でも事情は同様だが、彫刻の場合はある不文律が、さらに大きな障壁となる。つまり、「展覧会などで注目されたいなら、より大きい作品に挑戦すべし」。

小さくても優れた彫刻作品はあるのでは？　と思われるかもしれないが、ロダンに岡本太郎、ヘンリー・ムーアなど、誰でも知ってるような近現代の彫刻家を思い出してもらいたい。頭に浮かぶ代表作のほとんどは屋外の巨大作品ではないだろうか？　彫刻が空間芸術である以上、より大きな空間をコントロールする志《こころざし》を持たずして作家を名乗ってはいけない……少なくとも私たち彫刻科の学生はそう教わる。

幸い今回、仏さま研究室修士二年生の私たちは夏休みだけの場所探しでいいし、模刻もある程度進んでいるので素材の予備や機械のスペースを考える必要はない。それでも、つくりかけの等身大彫刻を置きっぱなしにしておける広さはどうしてもほしい。

ソウスケがいま間借りしている「工房ハナレ」とは、研究予算で借りている近所の廃校の教室だ。主に大型の仏像修復作業に使われており、道具とスペースには不自由しない代わりに、いつも人が出入りしている。

まひるはどうするのだろうと思っていたら、そんな遠くに行くとは。

これがあの子の怖いところだ。「先方に迷惑じゃないか」とか「制作中の作品を関係者に見られるなんて」といった、ありがちなためらいを軽やかに振り捨て、自分が「いい」と感じた道を選ぶ。選べてしまう。

私は夏休み中、自宅で制作するつもりでいた（美大をめざすと決めたとたん、父があっさりと自分の書斎を明け渡してくれたのだ）が、まひるの話を聞いて気が変わった。

自分の部屋で、自分が集めた本やポスター、家具に囲まれて制作しても、なにも変えられないだろう。でも、調査に訪れたときは春まだ浅かった浄願寺周辺の山々は、今ごろ旺盛な緑に包まれているはずだ。夾雑物《きょうざつぶつ》のない環境でひたすら彫るとき、私はなにを思い、なにができるようになるのか……。

夏休みが迫るなか、キヨミさんの指導を受けながら浄願寺さんにお願いをし、自治体に問い合わせを入れた。台東区で小学校が廃校になるくらいだから、伊豆の山中で空き家を見つけるのは難しくない。寝泊まりと制作ができる家を月一万五千円で借り、朝晩の二食と風呂は、近くの民宿さとうさんに月四万円でお願いする——十日ほどで、そんな段取りが整った。研究室に滞在先を報告し、伊豆に来たのが二週間ほど前。私を訪ねてきたのは今日の、珍念が初めてだった。

不動明王像の前で膝立ちになり、思いっきり首を伸ばして後方を覗きこむ。必要な角度はすべて撮影したと思っていたが、いざ彫ってみると意外に「あれ？　ここはどうなっているんだっけ」と思わされることが多い。

夏休み中をお寺の近くで作業したいという申し出に、浄願寺さんは快く協力してくれた。空き家の持ち主に口添えしてくれただけでなく、連絡すれば一般客の参観が始まる前に本堂でひとり不動明王を見てもいいと言ってくれたのだ。結局、ほとんどこうして毎朝来ている。今日のように住職や副住職が立ち会わない日は信義上カメラを使わず、スケッチブックに気づいた点を描き写す。

珍念は、鉛筆を走らせる私をじっと見ている。気づまりだよ。

「……さっきの、『ムームーシキ』とか『ムーミョージン』とか、ムームー言ってたあたりって、どんな意味なの？」

「ムー？……ああ、『無無明《むーむーみょう》　亦無無明尽《やくむーむーみょうじん》』ですか？　んーと、般若心経では、一切は『空《くう》』、つまり実体がなく変化してるというんですね。今まで当たり前やと思って見てきたもの、食べた味、匂いだってありのままではなく、ということは『無意識界』……経験に基づいた考えも本当じゃないかもしれない。ムームー言《ゆ》うてるところは『無明』も『無明尽』も『無』である、つまり『迷ってる状態』も『迷いがなくなってる状態』も、両方ともほんまではない、いうことで」

「……へえ。深いね」

「はは。まあ『こだわりをなくせ』、いうこってすわ」

一般の拝観時間が迫ったので、ご住職に挨拶して寺を出た。

アトリエを見たいと珍念が言うので、下宿まで近道する。舗装路を行けば三十分だが、古墳とおぼしき小さな丘をつっきると寺から下宿は二十分弱だ。緑におおわれた踏み分け道は薄暗く真夏でも涼しい。

「せんぱーい、なんで髪、いっつも結わえてはんの？　流しとったほうが綺麗《きれい》やのに」

「……気持ち悪」

山道を無心に歩いているときにうしろから急に話しかけられ、思わず素で応えてしまった。珍念が笑いながらあわてて否定する。

「あっ違《ちゃ》います。違いますって。僕には白檀のごとき、聖なる女神がいてますねんから……ってなに言わすねん！　あっ先輩引かんといてっ。ただ、アイリ先輩は髪をおろしてると『煉獄少女《れんごくガール》』のエンマさまによう似てると……」

「きっ、気持ち悪」

「ちょ、ちょお待って！」

朽ちた小社《こやしろ》の脇を全力で走り抜け、久しぶりに笑いながら下宿に着いた。隣のおばあさんに挨拶し、珍念を奥の八畳間に通して家じゅうの窓を開け放つ。

珍念は「すぐ出ますからおかまいなく」と言うなり、制作中の明王像の前にどっかと座った。「おかまいする気もないけど……」、つぶやきながらうしろに立つ。

胴体をしげしげと見終えると珍念は周囲を見回し、小机に置いてある頭部を見つけた。

「お顔もまだ、粗彫りしかされてへんのですね」

「……顔は難しいから」

そう。確かに仏像のお顔は難しい。

如来や菩薩の場合は左右が完全に均等でなければならず、また「人間の顔」になってしまってもいけない。まして模刻の場合はほとんど顔がいちばんの難関になるという。

知覚の大部分を視覚に頼っている人間にとって、人（相手）の顔ほど膨大な情報をもたらす媒体は他にない。人は、よく似た一卵性双生児でもすぐに双方を見分けられるようになるし、親しい人の体調の変化やちょっとした屈託を、その表情から一瞬で見抜く。

だからそう言ったのだが、

「うっそやん！」。珍念はびっくりしたように顔を上げた。

「アイリ先輩、人物像は得意ですやん。僕、学部のころから『すごいなあ』と思てましたよ」

――それは。

それは違うのだ。私にもう人物は彫れない。顔が彫れないのだから。

「区の彫刻賞かて獲《と》らはったでしょ？　でＯＢたちのグループ展にも招かれてましたやん。僕、行きましたわ。アイリ先輩の作品、もう『売約済』ってシール貼ってあった。せやから仏さま研究室にアイリ先輩がいるって知ったときは僕、意外やなぁって」

「……もういい？」

「え？」

かたわらに置いた珍念のリュックをかかえ上げ、きょとんとする彼に押しつけた。知り合いが来てくれて嬉しかったはずなのに、この人なつこい後輩が急にわずらわしく思え、私は黙ったまま、視線とあごで玄関をさした。

「ええ？……はい……なんか、すみません」

人の気持ちに敏感な性質《たち》なのだろう。珍念はわずかに驚いた顔をしただけで、すぐに神妙な顔で立ち上がり、「じゃ、お邪魔しました」と玄関に向かった。

見送らないのもあんまりと思い、のっそりとあとを追う。

珍念はライダーブーツを履くと「朝ごはん、ありがとうございました。ほなまた学校で！」とほがらかに言って、出ていった。

アトリエにもどり、座布団に足を投げ出す。蟬の声が急に大きく聞こえてきた。

——結局、私が東京藝大彫刻科に合格したのは四浪してからだった。

高校現役のときと一浪目は実技の一次試験で落ちた。私立の美大にも受かったが、親に「どうする？」と聞かれ、私は即座に頭を振った。二次試験にも進めないままであきらめるなんて論外だと思った。

二浪目は前年より注意深く講師の指導を聞き、いっさい疑わずそのとおりにした。彼らは美大受験のプロなのだ。特に美大のトップである東京藝大について彼らは研究し尽くしており、日常の指導でもよくその名前が引き合いに出された。

いわく「一次試験はなにも考えず、自分を出さず、自動的に目の前の対象物を写しとる」。「対象物とまったく同じデッサンを、早く何枚も仕上げられるようになる」。——「藝大がほしいのは、基本的な空間把握能力と技術を機械並みの精度で有している人間なんだよ」と。

「弓削さんは線に自分を出しすぎる」とも言われ、自分の線から「個性」を消す努力もした。好悪《こうお》や快不快が線に乗らないように気を遣った。

三度目の受験。今度は二次試験で落ちると、講師は面談で言った。「惜しい。弓削くんなら次には受かると思う。いいものを持っている」。そうか、と思って三浪目に突入した。

二次試験にはデッサンと模刻があり、前者は発泡スチロールやビニル、針金など用意された素材で立体をつくり、それを素描するといった問題が多い。後者は一般的な石膏像の模刻が多かったが、ときに自刻像が出題されることもあって油断ならない。

四度目、また二次で落ちた私に講師は、「ここで私立の美大に行っても、学費が高いからトータルでは損だよ。さすがに来年はきっと受かる。東京藝大は国立で授業料が安いから、最高のキャリアが最高のコストパフォーマンスで手に入る」と言って励ました。

そして結局、私は四浪を選ぶ。講師の言葉だけが理由ではない。前回の二次試験でビニル製の立体を描く課題が出て、自分に描けない素材があることを痛感したからだ。欠点が自分でわかるならば、克服すればいい。

四回落ちても同じ東京藝大彫刻科をねらい続ける私を、親はまるでとがめなかった。それでも受験生にとっては三浪から四浪がひとつの精神的なハードルになっているらしく、「さすがに四浪は……」と藝大をあきらめ、別の学校に進む同級生がこのとき多く出た。

「東京藝大彫刻科専門」と通称される教室には、毎年二、三割は四浪以上の多浪生がいる。四浪した春にそこへ参加すると、私はすっかり古株扱いになっていた。

「四浪まで行ったら、受かるまで何年浪人しても一緒だ」と豪語するクラスメイトもいたが（三十代にしか見えなかった）、私はさすがに今年を最後にしたいと思っていた。ここで落ちると、高校の同級生が四大を出てもまだ私だけ予備校生、ということになる。

そんなわけで、五回目の入試を前にして少しナーバスになっていたのだろう。ニュウ《入》チョク《直》の女子高校生がデッサンで隣に来たそのとき、私はいささかつっけんどんだったかもしれない。なんてヘタ。なんて気楽な。彼女に対するそんな気持ちも、たまたま顔に出ていたのかもしれない。女子高校生も、たまたまそんな私をからかおうと思っただけかもしれない。

「弓削さんってもしかして、お名前『A』で始まりますかぁ？」と急に話しかけられ、「そうだけど」と答えた私に、彼女はおおげさに気の毒そうな顔をしてみせた。

「ええー、『Nちゃん』で書かれてますよお、私ならとても耐えられないぃ」

Nちゃん。悪名高いインターネット匿名掲示板。まだそんなものを見てる若い人がいるとは知らなかった。そのときは彼女に返事もせず、夜、自室のパソコンで『Nちゃん東京藝大彫刻科　予備校』と検索すると、名前も顔もない人たちが「多浪オンナA・Y」について何行も何十行も、深夜となく早朝となく罵倒しているスレッドを見つけた。〈ずっと落ちてるくせに〉〈天才気取りかよ〉〈有名女子校出、勘違いコース〉〈腐れ×××〉〈あんなのちっとも上手くなんかないですから〜〉エトセトラ、エトセトラ。

——結論からいうと、見つけたのが入試直前でよかった。翌日に予備校を辞めても痛《つう》痒《よう》は感じなかったから。

その掲示板には予備校自体への中傷も並んでいた。A・Yを例に考えれば、書いてあることの九九％以上がでたらめだと考えられる一方で、自分にかけられた講師の言葉がそのまま引用され、「誰にでも言うセリフ」、なぜなら「多浪させるほど予備校は儲かるからな」と嘲弄《ちょうろう》されているのを見てしまうと、なるほど、そうかもしれないと思う自分がいる。

その掲示板に接していると、モニターに接する瞳から毒素が沁《し》みてくる気がした。劣等感と嫉妬と邪推。共通の相手を攻撃することで生まれる、ゆがんだ連帯感。六十人ほどしかいない教室で、誰と誰が陰であの悪意に満ちた書きこみをしているのかと思うと足がすくみ、もう二度とその予備校とかかわる気になれなかった。

……皮肉なことに、落ちたら別の道を探すつもりだった五回目の受験で、私は東京藝大への入学を許された（ちなみに例の女子高生は、二次試験には姿が消えていた）。

予備校で見た顔もあったが、私はもう、誰とも話をしなかった。やっと入った藝大、「自分の線」を殺してまで手に入れた環境を、誰にも邪魔されたくなかったのだ。

モデリングもカービングもおもしろかったが、実習で選ぶモチーフはなぜかいつも女の子だった。自由につくりなさいと言われると、泣いている幼女や怒っている少女、おびえている同年代の女性などがありありと脳裏に浮かび、手が自然に動いて素材を加工し、彼女たちの顔と身体の表情を形に変えていく——。

私はようやく理想の制作環境を手に入れたのだった。


ぽた、と水滴がヨガパンツの膝に黒いしみをつくり、驚いて頬に手をあてた。汗みずくだ。小さなパーツやスケッチが風で飛ばされないよう網戸を閉めきっているので、日中のアトリエはひどく暑い。上体を伸ばして扇風機のスイッチを入れた。

「ふう……」

のろのろと立ち上がり、小机の前に移動する。不動明王の頭部を手に取った。

密教ではそれぞれの仏が、救うべき大衆の心根《こころね》に合わせて三つの姿をとるとされる。大日如来の、特に救いがたい人々を強い力で導くための姿（教令輪身《きょうりょうりんじん》）が不動明王なので、その顔は忿怒相《ふんぬそう》、つまり悪を怒り懲《こ》らしめる怖ろしい表情を浮かべている。

いま見おろしているその顔は、鼻の突起とおおよその輪郭以外はまだいくつかの平面だけでできている。CPUが残念なゲーム機のポリゴンみたいだ。ため息が出た。

今朝もつくづく拝見したが、見れば見るほどこの明王の顔は複雑だ。がっしりした骨格と豊かな肉づき、ぎゅっと吊り上がった眉や食いしばる口元は確かに権威と憤激、つまり「教え導く側」の顔をしているのだが――見張らせた玉眼のバランスや、引き絞った表情筋が頰に落とす影などが、なぜか悲しみに打ち震える幼児のようにも見える。人の愚かさに驚き、おびえている顔なのだろうか。「なんでそのような愚かな行ないを。なんでそこまでの妬心《としん》を」と。

意を決して頰の部分に鑿をあてる。曲線を彫りだそうとして小槌をかまえる。

――私に彫れるだろうか。この、私心のない仏の顔ができるのだろうか。

すぐに雑念がわいて手から力が抜けた。小槌を置いて寝室に行き、スマホを充電コードから引き抜く。アトリエに背を向けて座り、「YUGE」と名付けた自分のポートフォリオを開いた。

企業と藝大のコラボ展で新人賞を獲った少女像、地域の展覧会で奨励賞をもらった中年の女の頭部像。大学の展示にグループ展、企画展……さまざまな作品の写真を受賞歴付きで掲載した。メールアドレスを載せていた学部のころは、美術関係者からいくつか制作も打診されたものだ（相手方の注文にそえず、かたちにはならなかったが）。

そう。学部時代に私がつくった女たちの木像は、いつも好意的に評価された。いわく「揺れ動く思いを表現している」「女性の情念を切り取っている」「表現力が学生離れしている」「一瞬の表情がすごい」……。

褒められるということは、どこかで憎まれるということだ。予備校時代に痛い目に遭った私だから、それで慢心するということはなかった、と思う。

だが外野とは関係なく、私はだんだんと作品を完成させることができなくなってきた。三年次の夏ごろだろうか。モチーフの女性がなにを考えているのか、どんな表情をしているのかイメージできないまま素材に手をつけ、漫然と人の形を彫出し、顔は、と考えても浮かばず、雑誌や他人のブログ、インスタグラムにヒントを求めるようになった。自分がなにをつくりたいのか、わからなくなったのだ。

四年に進み、皆が進路を考える時期になっても、私は迷い続けていた。

それとなく両親に意見を聞くと、「愛凜が望むだけの教育には出資する。ただし学び終えたら独立すること。家を出ないなら相応の家賃と食費を払い、自活すること」と言われた。

「あなた今いくつだっけ？」と母は真顔で聞き、もうすぐ二十七歳だと答えると、まあ三十歳前後くらいかな、それ以上は養えません、と笑った。もちろん異存などない。

木彫の教授は自分の研究室に誘ってくれたが、そこで、このスランプから脱出できるとは思えなかった。ＯＢたちの作品を見ればわかる。皆、大学四年間で自分のつくりたいものを見つけ、大学院でその制作に励むのだ。私は肝心の動機を見失っている。

しかし、藝大を出るという選択肢も考えられなかった。人より四年も時間をかけて入った大学で、なにも得られず丸裸で卒業するなんて論外だ。

そんなとき聞いたのが、仏さま研究室の噂《うわさ》だった。木彫の技術を高められるのだという。オリジナルを生む発想やモチベーションを失っていても、技術だけは（少なくとも修士の二年間は）磨き続けられる。「仏像修理」という特殊な技術を身に着けられるのも魅力だった。

受験前の面接。私は内心、面接官を感心させるつもりでポートフォリオを持参した。例の受賞歴つきアルバムだ。

しかし一条教授はそれを一瞥《いちべつ》すると、ぼそっと言った。

「ほお……なかなかのもんや。ぜんぶ自刻像やのに」

「……え。違いますけど」

幼女や西洋のプリンセスの像もあるのに、なにを言っているのだろう。教授は「ふうん。違うんか。ならええけど」と、気がなさそうにつぶやいた。

「これは、受けても落ちるかも……」。そう考えながら帰る道々、それでもこの研究室を受験しようと私は決意した。

私には技術がある、はずだ。仏像という、まだよく知らないけれど大きな世界観をもつ美術体系にどっぷり浸かり、他人の価値観に従ってみるのは、私にとって大きなインプットになるはずだ。その蓄積は二年後、あるいは博士修了の五年後に、漫然と研究室を選んだ学部同級生とのあいだに大きな差をもたらす……はずだ。

「ぜんぶ自刻像」、つまり、似たような像しか私には彫れないと指摘した一条教授に、いつか見当違いを思い知らせてやろう——そうも思った。

浄願寺は鎌倉時代のはじめ、北条家ゆかりの有力な武士が建てた寺である。その人は日本史の資料集には登場するくらいの知名度で、お寺自体も、ご本尊と不動明王像が運慶作と判明するまではご住職一家と檀家さんがひっそりと守ってきた、どこにでもある田舎寺にすぎなかったという。伊豆半島の南部にあるこの町は温暖で、近場にもいくつか温泉地がある。

私を知っている人が誰もいない町で、お寺の人や民宿の奥さんくらいとしか言葉を交わさず制作に没頭する日々は、意外なほど楽しかった。いつもは蟬しぐれを聞きながら、いろいろ考えてしまって落ち着かない日は持ってきた音楽を聴きながら、ひたすらに手を動かす。彫刻刀を握りしめた手が痛くなるころ、手を止めて仏像から距離を取り、全体を見る。よし、だいぶ進んだ、と思う。気がつけば長い夏の日も傾きかけていて、頭も胃もからっぽ。じゃあ片付けて民宿さとうに行こう——そんな毎日だ。

悩んでいた明王のお顔も、少しずつ形を整えつつあった。

この静かな毎日で気づいたことがある。とにかく毎日、作品の前に座り続けることが肝要らしい。

どうしても手が動かない日も、制作途中の作品をただ見つめる。ここだけなら少し削れるんじゃないか、頰の曲線はまだ触れないけど、あごの線なら今日は彫れるんじゃないのか。最初に決めた段取りどおりではないにせよ、そうやって少しずつ少しずつ、私と作品は距離を縮めていけたような気がする。

ただし、苦しい夢は見た。毎日毎日、模刻像と向きあい、三方の壁に貼った原本像の3D画像に囲まれているからだろうか、不動明王がしきりに現れて責めるのだ。

ごうごうと音をたてて燃える火炎を背負った明王が、あの張りつめた目で私をにらみ、

「おまえに仏のなにがわかるのか。おまえが私を彫るなど、僭越《せんえつ》と思わぬのか」

と問うてくる。今にも涙があふれそうな玉眼から目を離すことができず、私はひたすらに畏《おそ》れ身を縮める……。

そんな夢を見て激しい鼓動とともに日覚めた日は、終日調子が出なかった。

キヨミさんから「一条教授がそっちに行くから」と連絡をもらったのは、お盆を過ぎて八月も終わりに近づき、あと半月ほどでここを撤収するころだ。制作指導とともに、お寺さんやお世話になった人たちに挨拶してくれるのだという。

「教授からは複数、候補日が挙がってるんだけど、まずはアイリちゃんの都合を聞こうと思って」

都合もなにも毎日同じです、そう答えるとキヨミさんは電話の向こうで小さく笑い、「ならお寺さんと打ち合わせて、また連絡するね」と言って通話を終えた。

教授が伊豆へやってきたのは、電話のわずか二日後だ。

昼過ぎ、浄願寺で待ち合わせして二人で住職に挨拶し、民宿さとうにも寄る。うちの学生がお世話になりまして、と頭を下げる教授に奥さんは、「いえいえ、静かでお世話の要らないお嬢さんですから」と返し、しばらく二人でなごやかに話していたかと思うと、なぜか教授は今夜、ここに泊まることになっていた。「うちは毎日、親戚の漁師がその日獲れた魚を持ってくるから」という奥さんの言葉に急遽《きゆうきよ》、日帰りの予定を一泊に変更したらしい。

「さ、これでゆっくりアイリの作品を見られるで」と機嫌よく言っていた教授はしかし、アトリエで私の明王像を見るなり、黙りこんでしまった。

体表面や顔の細部、衣文などはまだ手つかずだが、模刻像はすべての材をひとつの体に組んで台座にはめ、首も体幹部に挿してある。全体の八割以上は進んでおり、一般の人なら「ほとんどできている」と判断するくらいにはなっていた。なのに。

おそるおそる教授の様子をうかがう。教授は３Ｄ画像をねめつけたかと思うと、置いてあるファイルをつかんで開き、原本像のデジタル写真を確認して模刻像を見上げた。続いて視線を上下に動かし、像と写真を何度も見比べる。

「アイリ、この像、原本像の横に置いてみたか？」

心臓が跳ねる。

「みて……ません」

「今すぐ浄願寺さんに電話せえ。僕からも頼んだるから」

わけがわからないまま電話すると、一般拝観の終わる四時半以降なら来てもいいという。教授は電話を代わって丁重に礼を述べ、スマホを私にもどして吐息をついた。

「あの……なにか」

「頭が小さい。わからんか？」

反射的に像を見上げ、教授がしたように壁の３Ｄ画像と見比べる。言われてみれば……でも。

「いや、でも……そんなはずは。ずっと図面どおりに……」

「彫ってるうちに小さくなったんやろ。ずーっと当たり前みたいに見てたら、かえってわからん」

枘《ほぞ》で組んだ材をまたばらし、布団にくるんで教授のクルマに積むなどしているうちに、すぐ約束の時間になった。何度もすみません、と謝って、副住職立ち合いのもと、原本像の横に私の像を組み上げる。

夏の日が長くて助かった。本堂に差しこんだ夕焼けが、よく似たふたつの仏像を照らす。ひゅっと息をのんだ。

「……違いますね」

「せやろ？　３Ｄデータかて万能やないんや」

教授が許しを得て、二像を並べた写真を撮る。私は仁王立ちして頭部の違いを目に焼きつけた。私の模刻像はいつのまに、こんなに細面《ほそおもて》になってしまったのか。なんで気づかなかったのか。悔しさに視界がにじみかけ、ぐっと目を見開く。

「落ち着け。方法はある」。教授が小さな声で話しかけてきた。

ぷっはー！

教授は満足げに息をつき、ほとんど空になったグラスを音たてて置いた。

八時を過ぎて、民宿の食堂にいるのは私たちだけだ。事情を知って、奥さんが夕食を取っておいてくれた。目の前には「先生に」とご好意で出してくれた、地元魚の刺身盛りがつやつやと光っている。

お寺を辞してから作業してここに転がりこむまで、あっという間の二時間だった。

アトリエに引き返すと一条教授は頭部を小机に置き、柄を外して顔と後頭部の前後に分けた。私に端材《はざい》を何枚か持ってこさせ、大きさがちょうど頭の奥行ほどの板を見つくろう。厚さは一センチくらい。

教授はしばらくのあいだ顔と後頭部をしげしげと見分すると、うしろに控える私を振り返った。「ええか、見とけよ」と言うなり、教授は顔と後頭部を合わせて左右中央に手早く印をつけて、また前後に離した。そして仮面の形になっている顔部分を机に置くと中央に鑿をあて、あっという間にまっぷたつに割ってしまった。

「あっ……」

止める間もない。あぜんとする私の前で、教授は後頭部も同じように左右に割った。転がる頭部の各パーツを手に取って顔を近づけ、細部を確認してから教授は私に目をくれた。座布団を降り、代わるよう目でうながす。

力なく小机へにじり寄った。四つに割ったメロンのように転がる頭の断片を見おろし、教授が用意させた板に目をやる。

あ、そうか。

勢いよく振り返った。教授がうなずく。

左右それぞれで前後の材を仮止めすると、もともと前とうしろで二つだった頭部が、今度は左右でまっぷたつになる。その割れめに先ほどの板をあてがった。カーボン紙をあてて輪郭をなぞり、叩き鑿で手早く整形して仮止めする。すると、鼻梁が広くなった明王の顔が目の前にあった。つまり、顔の真ん中に「嵩増《かさま》し」の材を入れたのだ。

「……ふん。これで鼻の脇を削ったら原本像どおりになるやろ。つなぎ目は、彩色したらわからんようなる」

……ああ、そうだった。

私は思い出していた。

去年、仏像の一部を模刻したときや二分の一模刻像をつくったとき。削りすぎたり、彫っている最中に材が割れたりするたびに私たち一年生は真っ青になったが、そのつど教授や先生たちは今のように、こともなげにフォローしてくれたのだった。

もちろん大学の実習室だったら、教授もこんなふうには手伝ってくれなかったにちがいない。大学を遠く離れた借家の一室だったから、思考停止してしまった私を見かねて応急措置をしてくれたのだろう。

そこからは私が作業した。教授が見守る前で顔の再調整を行ない、間に挟んだ板をていねいに削って頭部の幅を修正する。夕方に見た原本像の顔だけを脳裏に浮かべ、必死に手を動かしているうち、日暮れにはそれらしい頭部が模刻できていた。それまで何日も悩んでいたのが嘘のようだ。

「ありがとう、ございました」

深く頭を下げながらビールをついだ。烏《からす》もびっくりの短い行水で顔をてからせた教授が、喉を鳴らして飲み干す。手酌で自分にもついだ。なぜか今日はビールがおいしい。

「一生懸命に模刻していたつもりなんですけど……形が違ってたなんて笑っちゃいますね。すみませんでした」

「ええて。先輩たちかてみんなやってる失敗や。……黙ってるだけでな」

いたずらっぽく笑う。

「教授――」

今なら聞ける。

「不動明王のお顔も、自刻像みたいでしたか？」

教授は一瞬きょとんとすると、口をへの字に曲げた。

「ああ。似てる。どこかがおまえさんの顔や」

箸を置き、唇を噛みしめる。知らず、顔が横を向いてしまう。

「――でも」

頭を上げた。教授は一転したのんきな顔で、アジの刺身に手を伸ばす。

「それ以上に仏さんの顔になってる。アイリの必死さと明王の忿怒が、いい具合に呼応してると、僕は思うで」

「……え。本当ですか」

驚くほどの安堵が押し寄せ、かえってとまどう。いつのまにか、私はこんなにも一条教授の評価を気にしていたのだ。

「学部時代にアイリがつくってきた像、あれぜんぶ、おまえの葛藤を一つひとつ形にしたもんやろ。怒りや孤独や、いっつも平気な顔しとるその裏に押しこめてきたもんを――」

私の……葛藤？　意外な言葉を聞かされて、さまざまな記憶が意識に押し寄せようとする。まるで臨死の人が起死回生のヒントを探すみたいに。

いくつもの断片が浮かんだ。家政婦さんが帰ったあと、帰ってこない両親をずっと待った幼い日の夜。愛犬の死。わけもなく貶《おとし》められたネットの掲示板。何度受験しても入れない大学。ようやく入学したら、今度はどうしていいかわからなくなっている自分。……泣く幼女も怒る少女も、おびえる若い女もすべて、私が彫ってきたのは――、

「これまで押しこめてきた……自分……」

教授があわてたように言葉をつぐ。

「悪いことやないで。それは決して悪くない。創作という営為には、もうひとつの自己を創作するいう要素が必ず含まれる。ずっと自分をモチーフにしてる作家も少なくない。……せやけどアイリの場合は」

顔をこわばらせている私をいなすように、教授がビールをついでくれる。

「アイリは自己模倣を繰り返すにはアンテナが高すぎるし、技術もありすぎる。自分で自分のつくるものに嫌気がさしてしまうんやろう」

「技術なんて……」

昔の仏像ひとつ、正確に再現できないのに。

「泣く少女の像、賞をもらったやろ？　あれを見た誰かが、アイリがそこにこめた感情に共感したからや。大勢の人がそうやって心を動かされると、作品は賞をもらったり購入されたりする。作家が感情をこめるだけでは足りん。芸術作品になるためには、やっぱり伝える技術が要るんや」

「芸術作品、ですか」

なんだか久しぶりに聞いた言葉だ。藝大では「アート」「作家」という用語はよく聞くものの、「芸術」「芸術家」はあまり使わない気がする。

「東京藝大のゲイの字が、草カンムリに『云《い》う』やのうて、間に執念の『シュウ』みたいな字が入る理由、聞いたことあるか？」

「あ……えーと」

入学式で聞いたような気はするが。

「旧字と略字という関係ではあるけれど、本来、簡単なほうの『芸』は『くさぎる』『刈る』いう意味で、難しいほうの『藝』は『植える』『増やす』、つまり正反対の意味や。もともと芸術も、農業や工業と一緒で、なにか、人にいいものを植えたり増やしたりする仕事なんや」

「人に、いいもの……？」

「考えてみ？　サルからようやくヒトになって、毎日食うや食わずの狩猟採集生活をしとるときでも、誰かさんが狩りにも行かんで洞窟に絵ぇ描いたり土偶をつくったりしとったんやで？　それも世界中でや。絵や偶像、歌、踊り……そういった腹の足しにならんもんも、ヒトは切実に必要としたんや」

話が大きすぎて、だんだん聞くのがつらくなってきた。

彫刻家として名を挙げた一条匠道だから、そんな牧歌的な理想論を語れるのだ。人にいいもの？　なにそれ。

「仏像を模刻すれば、人の役に立てるようになれますか？」

とげとげしい言葉になったが、教授は気を悪くするでもなく「ふん」とうなずいた。

「せっかく今は学生なんやから、今すぐ『役に立つこと』を考えんでもいいんちゃうか。

模刻を通して十全に学ぶほうが大事や。彫刻は特に、技術に規定される芸術やから」

煮魚を口に運んで「うまい！」とうなり、「おまえも食べろ」と手でうながしてから、

「今日の補修かてそうや」と続けた。

「僕が板をあてがってみせただけで、アイリにも修正する方法は想像がついたやろ？　あれ、うちの研究室に来る前にそんな知恵はあったか？」

……なるほど。

そもそも現代彫刻では、素材が木であろうと石であろうと「目立たずつなげる」という技術を必要としない。だから研究室で改めて木彫を学び直した際は、え？　木同士ってつなぎ合わせられるの？　どうやって？　というレベルだったのだ。それがいつのまにか四人とも「肩の部分は角度を変えたいから襠材《まちざい》（隙間を埋める小材）をかませて」とか、「ここの亀裂は木屎漆《こくそうるし》（木くずと漆を混ぜた素材）で埋めて」など、曲がりなりにも判断できるようになっていた。今日はパニックになってとっさには思いつかなかったものの、木は案外に融通の利く素材なのだ。

……それを学べたのも、最初から実際の仏像を修理させてもらったからだ。

たとえば千年前、素材の癖や欠点をどうカバーしながら仏像がつくられたか。数百年後にその仏像を修理した人は、どんな欠損をなんの素材で補ったか。古い仏像を自分の手で洗浄したり修理していると、かつてそれに触れた工人たちの思いや技術をまのあた

りにする気がする。模刻はそれらの集大成として「見る」と「つくる」を同時に行なう課題なのだった。

「アイリの明王像は運慶作やろ？　仏像の古典技法をさんざん実践して、揺るがない技術ができてから自分の工夫を持ちこんだ、いわば史上初の芸術家タイプの仏師が運慶なんや。自信があったから、どんな依頼にも軽々と応えられたんやと思う。その、技術と感情のせめぎ合いをどこに見、どう再現するか。そこがアイリの課題や」

そう言うと、教授は正面から私を見据えた。

「藝大の役割は、新たな芸術をつくる者と人類が培ってきた芸術を守る者、その双方を育てることにある。僕らの仏さま研究室は、そのどちらもできる貴重な人間が育つ場所なんやで」

――ご機嫌な教授を部屋まで送り、民宿を出た。

商店の並ぶ界隈《かいわい》を抜け、畑のなかに民家が点在する道をぶらぶらと歩く。満天の空にぶちまけたような星が綺麗だった。

人のために、なんておこがましいことはまだ、考えられない。だけどヒントはもらった気がした。藝大受験で機械的なデッサンを心がけたのと一緒だ。無心でまねる。

今までの私が自分だけで考え、自分だけをモチーフに自分だけを表現していたのだとしたら、いっそ誰かの価値観が憑依《ひょうい》してくるにまかせよう。インプットするだけの時期も、きっと必要なのだ。

——それで終わるようなら、どのみち作家になんかなれないもんね。

夜空に向かって大きく深呼吸した。

——はずが。

線香の香りに包まれていても、心はジリジリと休まらない。私はひとり不動明王を凝視していた。他の参拝者からは異様に見えるかもしれないが、気にする余裕もなかった。つまらない見栄《みえ》や「自分らしさ」へのこだわりを捨てる、無心に模刻する、と気合を入れ直してからのほうが、運慶は厳しく私の前に立ちはだかった。

荒々しいようで隅々まで計算し尽くされた衣文の流れ。見えないところまで繊細に再現された人体。方向修正し、だいぶ近寄ったはずの顔も、見れば見るほど「ぜんぜん違う……」と思えてくるから始末に悪い。台座や光背の彫りはほぼ終えたものの、肝心な本体がなかなか「これだ」と思える形にならなかった。

教授の陣中見舞いから十日ほど経ち、そろそろ撤収時期だ。像や道具の梱包に発送、あと片付け等を考えると、一両日中にはいったん作業を中断する必要がある。伊豆《ここ》でしかできないことを優先するため、今日は午後の作業を早めに切り上げてお寺に原本像を見にきたのだった。

浄願寺の仏像を彫った当時、運慶は三十代の少壮仏師だったとされる。北条時政の依頼でつくった諸仏を納めるために関東に来て、そのまま鎌倉に臨時の工房を構え各地に仏像を遺した。若き仏師がつくる写実的な仏像は京風のそれよりも武士階級の趣味に合ったと見え、茨城、栃木など北関東の小さな寺院にも、運慶やその弟子らがつくったと思われる仏像がある。

二時間ほど座っていたのだろうか。気づくと他の参拝客はすでに引きあげ、まばゆいばかりだった戸外も明度を落とし、境内で写生に励んでいた年配のグループが足早に立ち去ろうとしていた。そういえば天気予報が、夕方から夜にかけて荒れると言っていたっけ。冷房が切られた本堂に湿った空気が押し寄せて、私もようやく腰を上げる気になった。最後に、と明王を見つめる。

――あなたを彫らせてください。力足らずのこの身ではありますが。

がらにもなく懇願めいたのは、もうすぐこの地を離れる感傷と、堂内が急速にかげっていく心細さのせいかもしれない。

とつぜん、稲光が背後から飛びこみ、不動明王を明るく照らした。玉眼が輝き、生きて怒る者のように私を見据える。遠く雷鳴が聞こえた。

夕立に足止めされたらお寺にも迷惑をかける。私は急いで荷物をまとめ、庫裏《くり》に声をかけて門を出た。空はぐんぐん暗くなり、風が髪を乱す。

裏の自然歩道を登りかけたところでポツン、と水滴に頭をたたかれた。と、みるみるうちに大粒の雨が音をたてて落ちてくる。舗装道にもどるより、木におおわれたこの丘をつっきったほうが濡れずにすむ。ふだんなら頂上まで十分弱。そこからは住宅の明かりを頼りに降りていけばいい。草で足を滑らせぬよう、先を急いだ。

雨は殴りかかるように降ったり小雨になったりを繰り返し、風は道の木を揺らして私の頬を打った。じっとりと湿ったTシャツとジャージが体にまとわりつくが、周囲はもう薄暮を過ぎかけて、服の色目も判然としない。

――進め。進め。一歩一歩だ。進めばいつかは帰れる。進めば――

視界が真っ白になって意識が遮断された。ものすごい稲光。反射的にしゃがみこむと、

「――――!」

耳を圧する雷鳴が満ちた。地面が揺れる。近くに落ちた。草が顔を打つのもかまわず、私は身体を丸めて地面にしがみついた。がちがちと歯を鳴らしながら般若心経の一節を唱える。

「……能除一切苦《のうじょーいっさいくー》　真実不虚《しんじつふーこー》……」

――それは苦しみを払いのける、本当に本当に。

……どれくらい経っただろう。雨はあいかわらず激しかったが、雷鳴が少し遠のいた。

立ち上がり、周囲を見ようとしてその暗さにたじろいだ。遠くの稲光がときおり林を照らす以外、山道は漆黒の闇に包まれていた。前に伸ばした手のひらが見えない。

木々のあいだから市街地の方向にある空を見上げたが、残照ひとつ映していなかった。先ほどの落雷で一時的に停電したのか。

手探りでトートバッグを引き寄せ、スマホを取り出した。が、作動しない。

どこか、雨に濡れないところはないだろうか。

見回すと、斜面の上に光が見えた。二、三歩近づいて目を凝らす。山頂にある小社の格子窓から、暗いオレンジ色の光が漏れていた。完全な廃屋ではなかったらしい。思わず駆け寄り、雨をよけて木の段をのぼる。扉の隙間から中を覗くが、炎のような光が揺れるのが見えるばかりだ。誰かがここで雨宿りしているのかもしれない。

扉にかけたまま逡巡する手元が、また白い光でハレーションした。気圧が一気に下がる。近い！　腹に響くような雷鳴と同時に私は堂内に飛びこんだ。

扉を開けて転がりこむなり地響きがした。頭を押さえてしゃがみこむ。今度こそ近くの木に落ちたようだ。ぎゅっと目をつぶって次の衝撃に備える。

――しばらく待っても、建物が崩れたり火事が襲ってきたりする様子はない。そっと目を開いて、私は悲鳴を飲みこんだ。

十畳ほどのお堂の真ん中に小さな炎が見え、その先で男がひとり、驚いた様子で私を見ていた。丈の短い白い浴衣《ゆかた》にステテコのようなパンツを穿《は》き、小さなたき火にかぶさるようにあぐらをかいている。ざんぎり頭で顔の下半分は無精ひげにおおわれていたが、こちらに向いた白目は澄んでいて、危険そうな人には見えなかった。

「す、すみません。明かりが見えたもので……」

乱入を詫びると男は浮かした腰を落とし、笑顔らしきものを向けた。瞳に愛嬌がある。

「ああ、いや。こちらも雨宿りだ」

あごをしゃくり、火の近くに来るよううながす。膝立ちで近づくと、たき火は素焼きの大皿の上に小枝を積んで燃やしているのがわかった。アウトドア好きの別荘族か、近くにキャンプに来た人か。首すじや腕、目元の皮膚がつやつやしているから、まだ中年という年齢ではないのかもしれない。

「服が濡れている。着替えはないのか？」

そう言いながら男は、自分のうしろに置いた籠を引き寄せてなにかの布を取り出そうとした。あわてて首を振る。

「大丈夫です。寒くないし、タオルならありますから」

かかえこんでいたトートバッグを開ける。悪い人には見えないが、ここで着替えろなどと言われてはたまらない。焦ってバッグをかき回すと小さなものが飛び出てたき火の横に転がり、こつんと音をたてた。

男が拾って私へ返そうとし、手にしたものに目をとめて、けげんそうに炎にかざした。

彼が凝視しているそれは、木彫りのマスコットだった。高一のとき愛犬リリーを彫って、根付《ねつけ》として持ち歩いていたのだ。

「これはなんだ？……生き物か？」

カチンとする。人生初の彫刻作品ではあったが、ひと目でチワワとわかるだろう。

「犬ですけど。飼ってたんです」

なお不審そうに根付を見ていた男は、ぎょっとしたようにこちらを見た。

「……まさかおまえが彫ったのか？」

「……いけませんか」

思わず喧嘩腰になった。男は私の剣幕に一瞬身を引き、次にくつくつと笑った。気になるが、わざわざ聞く気にもならず押し黙っていると、「ああ、すまん」と謝られた。

「そうだよなあ、女が木を彫ってならん道理はない。ましてや仏や貴人でなくネズミ……ああ失敬、犬だったか。畜生ならばなあ。なるほどこれはよい玩具になる」

パチッと小枝がはぜた。聞き捨てならない。

「仏像も彫ってますけど」

よほど心外だったのか、男は私をにらんだ。

「馬鹿な。不浄の身で……」

そう吐き捨ててから、なにかに気づいたように私の格好に目を走らせ、ひとりごつ。

「なるほど、だから男子のなりをしているのか……」

外がこれほどの雷雨でさえなければ、捨てゼリフのひとつも吐いて駆けだすところだ。悔しく思っていると、男はやわらかく笑いかけてきた。

「まあそう怒るな、女。同輩だ。私も仏像をつくっている」


——なんだ。また夢か。

私は全身の緊張を解いた。お寺にいたシーンからか、帰りに丘に踏み入ったシーンからか、私はつらい現実をくぐり抜けて借家の布団にもぐりこみ、いつものように夢を見ているのだった。

「……なぜ仏像を？」

いつもなら不動明王にいいように叱られてばかりの私だが、この夢では質問や反論ができるらしい。

「仕事だからよ。頼まれて彫っている。おまえは違うのか」

「……自分の意思で彫ってます」

男はちらりと私を見て、納得したように小さくうなずいた。

「なにか願うことがあるのだな」

願い？　仏の姿を彫れば、なにか願いが叶《かな》うのだろうか？　そんな意識で仏像に接したことはなかった。研究室の皆もそうだろう。

「……あなたは誰かの願いを叶えるために彫っているのですか？　そんなことができると、本気で？」

「ふん……馬鹿な」

男は吐き捨てた。

「私たち仏師は他の職人とは違う。仏の姿を映しだすため高僧に教えを請い、読経や写経に励む。子どものうちに弟子入りして文字の読み書きを古今の経典から学び、工房の中を兄弟子たちに蹴られ殴られしながら、仏像を彫る、そのことだけを心身に刻みつける。今や二百人を超えるといわれるわが一門、すべてがそのように育っているのだぞ？そうやって心のこもった、教えにかなう御仏《みほとけ》を生み出すのだ」

「それは……」

そういう者が彫った仏ならば功徳があると言いたいのか？　しかし彼は私の問いをさえぎって、いきなり叫んだ。

「それでも戦《いくさ》はなくならん。まるでな！」

傷ついてすさんだ色がその瞳によぎる。私は魅入られたように聞き入った。

「この地と民を守るためと請われてつくり、お納めした仏は、なんのことはない、実のところは奥州《おうしゅう》との戦の勝利を祈るものだそうだ。よりによって奥州だ。わが一門が先の時代におつくりした仏がたくさんおわす。それを踏みにじり、寺を焼くための守護仏を今度は私が……」

うつむいてつぶやいたかと思うと、男は強いまなざしで私を見た。

「それでも私の仏像に功徳があるというのか？　誰に対してだ？　疫病も絶えず人を襲う。仏はいったい、誰の肩を持っているのだ？」

怒っているのに涙があふれそうな目。見おぼえがある。

……ああそうだ。不動明王の玉眼と同じ。

陰謀、裏切り、戦乱。武家勢力も結局は同族や兄弟、親子で殺し合う血まみれの道を歩むことでしか、次代への足場を確保できなかった。焼け死ぬ母親に、飢え死にする子ども。仏の道を教え、衆生を救済するはずの僧侶ですら現実の苛烈さに武装せざるを得なかった時代に、仏像だけが優しいほほ笑みを浮かべていられるわけがない。

不動明王がなにを見て怒り、悲しんだのか、初めて想像できた気がした。たき火の匂いが同時に、仏師たちの目前で燃え落ちた南都寺院の悲劇を連想させる。

「かわいそう……」

涙がにじみそうになり、あわてて鼻をすする。男はぎょっとして、手ぬぐいを突き出した。

「おお、驚かせてしまったな、すまん。いや、おまえに怒っているのではない。わが身のふがいなさに腹が立つのだ。それだけだ」

「ふがいなさ……」

「いくら彫る技を高めても救いにはつながらない。それでも『上手く彫ろう』と思うのは、ただの虚栄心ではないのか。あるいは商売心か。『上手い仏師じゃ』と褒められ、法外な金子《きんす》で依頼され、一門を繁栄させる……結局はそんな私欲で仏を彫っているのか、と。私はしょせんその程度の男なのか、そう悩んだこともあった」

称賛の言葉だけをよすがにつくり続けることはできない。私もそれは知っている。

「でもな、女」

なおも薄汚い手ぬぐいを差し出しながら言う。私は軽く頭を下げて断り、頬に乾いた涙の跡を爪でかき取った。

「最近は『ひと筋の糸だ』と思うことにしているのよ」

「糸……？」

男はかたわらに置いた私の根付を手でもてあそんだ。

「おまえはこのネズ……違った、犬をなぜ彫った？」

「……死んでしまったから。忘れたくなかったから」

「忘れても、さして障りはないだろう。代わりの犬だっている」

「リリーはリリーしかいません。十年以上、私はこの根付を見るたびに、リリーが近くにいるように感じ、見てくれている、と安心できました」

「それよ」

男は私の目の前に指を突き出した。

「仏が、本当にいるかどうかはわからん。いや、おわすのだろうが、例えば思いもよらぬ不運で命を落とす人間にしてみたら、その刹那《せつな》はいないのと同じだ。だが仏像を見ているときだけ、その美しさに打たれるときだけ、人は『御仏《みほとけ》はおわす』と確かに思えるのではないだろうか」

男は熱心に語りながら、右肘から先を目の前に掲げてそれを傾けてみせた。

「なぜ阿弥陀如来像が前に倒れているか？　見上げる衆生と目を合わせるためだ。飢えや病のため常にうつむく者たちも、仏像の前では目を上げる。ままならぬ世を、それでも上を向いて生きるために仏像はあるのではないだろうか。天にある仏の世界、そこへとつながるひと筋の糸をわれら仏師は紡いでいる……そう思えるようになってきた。そう思えば、精進も続けられる。一つひとつはひどく細くとも、誰かをどこかで支える最後の一本の糸になるかもしれぬ、と」

一気に言うと男は急に黙りこみ、両手でごしごしと顔をこすった。熱くなったおのれを照れているようだ。「いないいないバア」をしたようなその表情が思いがけないほどかわいらしく見え、思わず笑ってしまった。男も、ほっとした顔でほほ笑む。

気がつけば小枝が燃え尽きかけ、堂内が暗くなってきていた。外はまだひどく荒れている。

「……寒くはないか？　服はまだ乾いていないだろう」

やさしく言いながら男は手を伸ばした。私は急に眠たいような気分になり、上半身が勝手に、その腕へ向かって倒れていった。

――その瞬間。二人は最大の閃光《せんこう》と轟音《ごうおん》に包まれた。視界は真っ白になり耳はなにもとらえない。世界が一瞬で壊れるほどの落雷があるなら、きっとこんな感じだろう。

「……というわけで、朽ちかけたお堂で夜明かししたのよ」

話し終えると、まひるは嬉しそうに口笛を吹いた。

「あれっ!?　なになに？　ひと夏の冒険ってやつ？」

「いや、だから夢だってば。たぶん、雷の衝激で気絶してたの。だって起きたら誰もいなかったし、たき火の跡もなかった。雨をしのげたのが不思議なほど、実際のお堂は古かったし」

ソウスケとシゲも興味津々、というか、にやけ顔で聞き入っている。

新学期が始まり、二年生の四人が実習室でひさびさに顔を合わせた。いかに小浜の海は美しいか、人が優しいかをまひるが熱弁したのに続き、「ほとんどアパートで制作」と話したシゲは「じゃあなんでそんなに真っ黒に灼《や》けてるんだよ」とソウスケにつっこまれ、「ちょっと、山仕事の手伝いを数日」と答えた。なぜか頬を赤らめながら。そのソウスケは「俺は工房ハナレに日勤。漆の乾くのを待ってるあいだは、叶形像修復の手伝いしてさあ」と、口をとがらせた。最も行動派のソウスケが、よりによって最も移動の少ない夏を強いられたらしい。

私の「冒険」に対してひとしきりセクハラぎりぎりのイジリがあり、笑っていると、シゲが少しまぶしそうな顔で言った。

「……なんかアイリ、雰囲気変わったね。やわらかくなった」

「……そう？」

なぜか頬が熱くなる。いや、だから夢だってば。

ソウスケがやけ気味に声をあげた。

「あああー、なんか知らないけどみんな楽しそうだねえ！　俺、いちばんの遠出が愉則寺」

「茨城の？」

「ああ。吽形像の修復のめどが立ったんで、今度は阿形像のお迎えに行ったんだ」

ああ、そういえば手伝い募集のラインが来ていた。無視したが。

「なんか、大発見があったんだって?」

同じく無視組のまひるが聞いて、シゲがうなずく。

「今度来た吽形像の像内に銘札が入ってて、なんとあの仁王像、運慶かそれに近い弟子の作なんだってさ」

動揺する私に気づかず、ソウスケが続ける。

「そうそう。だから阿形像にもなんか入ってるんじゃないかって、今ちょうどドクター佐藤がX線撮影してる。研究室のいい宣伝になるかも、だと」

運慶作の特徴には、像内納入品の多彩さもある。依頼主や制作の経緯を記した銘札や経典、五輪の塔や水晶の珠《たま》。追悼の像であれば故人の歯や髪を納める場合もあった。それらは仏像の神秘性を高めようとしたためとも、彼の仏師としての矜持《きょうじ》を示すものともいわれている。

そんな話をしているとばたばたと足音がして、実習室の戸が勢いよく開いた。書類を持って顔を紅潮させたドクターと牛頭馬頭先生が「おい、すごいぞ」「これ見ろよ」と、騒ぎながら入ってくる。

出入口にいちばん近いシゲが自然に立ち上がり、その書類を受けとった。

「なんですかこれ……写真？」

集まって覗きこむ。モノクロのそれは、X線写真のプリントアウトらしい。ドクターは珍しく興奮した様子で、黒地に白い影の写真を指して説明を始めた。

「いや、特徴的な月輪型《がちりんがた》の木札が見えるからね、運慶作でこれは間違いないと思う。不思議なのはさ、これなんだ」

書類をめくった。阿形像のおなかの内部、下のほうがアップになる。小さな如来像のシルエットと並んだ小さいもの。息をのんだ。

「この、根付みたいなの……なんだろう。ネズミ？　形だけだとチワワに見えるけど」

早口で言うドクターに、牛頭先生の大声がかぶさる。

「鎌倉時代にチワワはいないでしょう！　わはは！」

ひと筋の糸――。

彼が私に向けてくりだしたにちがいないその端っこを、ただ私は声もなく見つめた。

第4章

十二月

ソウスケなんとか決断する

「バカーッ！」

大声と同時に飛んできたクッションをひょいとよけ……たところに化粧ポーチ（中身入り）が飛んできて、俺の鼻を直撃した。

「ぐっ……」

なんというコントロール。そういえばこいつ、ソフトボールで「西安的弾丸娘《シーアンのだんがんむすめ》」と呼ばれてたって言ってたな。なんてのんきに考えていたら次の死球が襲ってくるのは必至なので、俺はクッションを盾に和平を申し入れた。

「わ、悪かった悪かった！　魅音《みおん》のことはちゃんと考えてるから！」

大きく振りかぶってスマホ（俺の！）のワインドアップポジションに入っていた魅音は、この言葉に左手をおろして大きな目を輝かせた。

「どうする？　中国に一緒に行くか？」

「……いやそれは……そこまでは決められないけど」

「ソウスケやっぱりなにも考えてない！　バカーッ！」

みぞおちをスマホ（しつこいようだが、俺の）がえぐる。ぐっ。サイドスローでクイックピッチとは卑怯《ひきょう》なり。

——ことの起こりは今日の、魅音と教授の面談にある。

俺の恋人、趙《ちょう》魅音は、陝西省《せんせいしょう》からはるばる東京藝大は文化財保存学専攻保存修復研究室に留学している。専門は工芸。俺と同じ二十七歳だが博士二年、つまり俺より二年先輩にあたる彼女は、博士論文を執筆するかたわらで、卒業後の進路について教授や中国の母校と打ち合わせを重ねていた。

「それで、趙さんは優秀だから中国の仕事、大丈夫かもて教授が」

「なるほど」

俺は魅音がつくった野菜炒めをほおばっていた。なんというかネギや生姜《しょうが》、ニンニクの使い方が絶妙で、熱いうちに白メシでやっつけなくてはバチが当たる逸品なのだ。

「去年のシルクロード調査で一緒だった大学の人で」

「ほお」

「日本の正倉院文物《しょうそういんぶんぶつ》を研究している教授がいて」

「なるほどなるほど。あ、お代わり」

「……むかしむかしあるところに」

「うーん、そうだよねえ。あれ、お代わりまだ？」

「バカーッ」

……それが本日いただいた最初の「バカー」だった。その後、俺は二杯目のメシをおあずけにされたまま、魅音が非常勤講師として就職できそうな大学がナントカ省にあるという話、そのためには博士論文以外の論文も書かねばならない話、アルバイトの時間数を減らすべきかどうかという話などなどを聞かされた。

十一月に入って各研究室では博士課程の三年生が次々と卒業研究を仕上げ、次の世界に羽ばたく準備を始めていた。たかだか修士の修了制作で四苦八苦している俺には想像もつかないが、魅音にとって仕事探しは喫緊《きっきん》の問題だ。

雲行きが怪しくなったのは、俺がそれらに適当な生返事をしていたから、ではない。魅音らしい周到な情報収集と分析をひとしきり聞かされたあと、「で、ソウスケはどうするの？」と聞かれ、なにも答えることができなかったからだ。

修士を終えたらどうするか？　俺にも謎だ。

「……いやあ」とか、「修了制作が忙しくてさ」と、もごもご言う俺に二の矢が来る。

「二年後くらい、私たちはどうなる？」

これは難しい。うーん……と考え込んでしまった俺は無意識に立ち上がってキッチンに行き、無意識にご飯のお代わりを盛った。いや本当に無意識で。

やれやれとローテーブルにもどったところで、冒頭の罵声とクッションが飛んできたというわけだ。


魅音に会ったのは一年ちょっと前、文化財保存学演習の時間である。

この演習では彫刻、日本画、油画、建築、工芸と五分野に分かれている保存修復研究室の新人全員が教室に集まり、各分野の基礎を教わってちょっとした実技も体験する。隣の研究室がなにをやっているのかを知るのと、学生同士の交流を深めるのが目的だ。この日は工芸研究室が指導する「螺鈿《らでん》をつくってみよう」という演習で、俺の班のインストラクターとして魅音がついたのだった。

螺鈿は板状に成型した貝殻の内側（あの光るやつ）を線や図形、模様の形に切りだし、木などに貼りつけて上から漆を塗り、研いで模様を出し、漆を塗って研いで模様を出し、という、まあぜいたくにして入念な装飾技法である（正倉院の楽器や手箱に使われているが、今の日本では……ブローチ等で見るくらいか）。

「正直だりいなあ」と閉じかけていた目が、白衣の彼女を前にがっきと開かれた。

日本語はたどたどしいのに手技は抜群で、一生懸命に説明しながら白蝶《しろちょうがい》貝の薄片を自在に切り抜く。その鮮やかなカッターさばきから目が離せなかった。嘘だ。目が離せなかったのは、そのくるくる動く目とシャープなあごの線、それに合わせて切り揃えた漆黒のボブヘアからだ。素材に刃をすべらせ、止める瞬間に少しとんがる唇もキュートで、俺は中国語のチュの字もわからぬまま恋に落ちた。

演習が終わると同時に彼女を呼び止め名前を聞く。ヂァォメェイイン（趙魅音）？なんて書くんですか？　ではこの際ラインを交換してください、僕は彫刻の分野で漆扱ってるもんだからいろいろ教えてほしいんですよね、とまくしたて、あっけにとられた様子の彼女から、なかば勢いで連絡先をゲットした。

さあそれからは、学校に行くたび工芸の研究室を覗き、魅音がいれば「聞きたいことがある」と言って学食や散歩に誘った。最初は「質問はなんですか」「忙しいんです」と繰り返していた彼女も、お笑い芸人のギャグを解説つきでところかまわず再演する、受けなくても繰り返す、さらに受けなければ死んだふり、という俺の体当たりのサービスに根負けしたのか、数回目には笑顔を見せてくれるようになった。

そして俺ら、仏さま研究室に演習の担当が回ってきたとき、魅音は見学に来てくれた。「仏像の世界と意匠」というテーマで、俺が仁王像の着付けで登場すると予告していたからだ。

「ソウスケ、オモシロイだけでないのね。日本の男にしてはカラダいい」

魅音がそんな、俺でさえ赤面するような発言をしたのはその晩のこと。根津《ねづ》の居酒屋で、初めて二人だけで飲んだ。「カラダいい」とはそういう意味じゃなく、「筋肉質だ」という程度の賛辞だったわけだが、まあどっちでも問題ない程度に会話は盛り上がった。

その帰り、二人になにがあったかはあえて語るまい。


中国の古都、西安市に生まれた魅音は地元の美術学院を卒業後に来日し、日本語学校に半年通ってから工芸研究室に入学した。専門は古陶器。

つきあってみると激しい女だった。ピュアで正直で、そして折れない。中国には（というおおざっぱなくくり方は好きじゃないが）、どうも「忖度《そんたく》する」「ゆずる」「空気を読む」という文化が希薄らしく、ひとたび彼女と口喧嘩をしたら勝ち目はない。しかしよくしたもので、俺はたいがいのことを「どちらでもいい」と思う男だ。だから、そんな彼女といるのはさっぱりとして気分がよかったし、なによりラクだった。

どうしてもこちらの意見を容《い》れてほしいときは、いったん上手に負けてみせ、頃合いを見計らってあらためて持ち出す。すると案外に受け入れてくれる（こういうのを大陸的というのだろうか）――そんな老獪《ろうかい》な交渉法が身につくころ、俺たちは一緒に暮らすようになっていた。彼女が兄貴と暮らすアパートを出て、俺の2Kに転がり込んだのだ。

某一流工業系大学の博士課程で建築を学ぶひとつ違いの兄は、魅音よりもっと頑固で、俺との交際に文句たらたらだったらしい。三浪で適当でドレッドヘアで仏像を研究している「俺」、斎藤壮介が気に入らないのではなく、日本人であることが気に入らないのだ――と思いたい。

「ああそうですよ。どうせ俺は優柔不断ですよ！」

「……それ、大声で自慢することじゃないよね」

目をパレットから上げもせず、馬頭先生がさらっとつっこむ。講義を終えて実習室に現れるなり、先生は俺のパレットに目をとめて「その配合、大丈夫？」と、漆混じりのパテに素手をさし入れてきたのだ。牛頭先生とは対照的な優男《やさおとこ》なのに、さすが、「漆の風呂に入れる男」と噂されるだけのことはある。

素材のチェックはプロにまかせ、俺は木箱にどすんと腰をおろした。素早くスマホをチェックする。当然のように魅音はなにも言ってこない。馬頭先生は見て見ぬふり。俺が修了制作に乾漆像を選んで以来なんとなく担当講師のようになってくれているから、わが家の事情はとっくに知っている。

「てか、なんでアイツはあんなに自信ありげなんですかねぇ!?」

「だからなぜキレる」

馬頭先生は苦笑し、ふと手を止めて遠くを見た。

「うーん。……俺たちだって外国にいて、その国の言葉でコミュニケーションしたら、

『××したい』って、それなりにはっきり主張するんじゃないか？　言わなきゃ伝わらないわけだし」

俺はぶんぶん頭を振る。

「主張だけじゃなくてねえ、なんつーかビジョンもしっかりしてるんですよ。『三十代のうちに中国三大美術学院の教授になりたい』、とかって怖ろしいこと言うし……」

「ああ、そうだね。うちのリンちゃんもそんな感じだな」

修士一年の留学生の名をあげて先生が納得する。

中国の若者のあいだでは今、文化財修復ブームが来ているのだという。二〇一六年に「我在故宮修文物《故宮で文物を修復する私》」というドキュメンタリー番組が大評判になり、先年、故宮が文化財修復職員を募集したところ、八十八人の枠に四万人（！）が殺到したそうだ。

世界遺産の経済効果にとつじょ目覚めたかに見える彼《か》の国では、これまで放置されていた埋蔵遺産の発掘が急ピッチで進んでいる。一方で研究を支える人材は少ない。文化財保存技術者を育成する初の専門学校が、故宮博物院によってようやく着手されたばかりだという。完全な売り手市場なのだ。

ブームが来る前からこの道を選んでいた魅音は「先見のメイというやつよ」と勝ち誇ってみせるが、まったくごもっとも、と応えるしかない。母国にもどって文化財保存の仕事をすると最初から決めていた魅音にとって、前途は洋々である。これだから、やる気があって頭もいいやつにはかなわない。

俺は受け取ったパレットを床に置いてしまい、天井に向けて大きく伸びをした。

「こっちは修士の次、どうするかも決めらんねぇのに、『中国には絶対帰るけど俺とも絶対別れない』とか、難しいこと言われても困るんすよねぇ」

ついこのあいだ夏休みが終わったと思ったら、後期講評会まであとたったひと月に迫っていた。なのに俺の修了制作は、はかばかしくない。脱活乾漆像に挑戦しているのは、今年度は俺だけ。一方で「脱活乾漆」とは漆という卓越した素材の、さまざまな機能を活用した古い技法である。

研究室に入ると一年生は①木彫実習、②乾漆実習、③古典塑造実習、④彩色実習を矢継ぎばやにこなしながら修復実習を同時進行させて、日本の仏像づくりに必要な技術のほとんどを叩きこまれる（とはいえ石仏や金銅仏についての実習はない。文化財保存の目的からいうと、需要がほぼないからだ）。

日本の仏像史を素材からみると、金属→土→漆→木とざっくり主役が交代する（大陸から伝わった金銅仏がその後、中身を土で塑形した大仏さんに進化したように、各素材は組み合わされるのが普通だ。ここで言うのはあくまで「主役」の話）。

技術者が少なく素材も高価だった金属オンリーの仏はすぐにマイナーとなり、白鳳・

天平には土壁と似た構造の塑像がつくられるようになった（仏像好きには東大寺の執金剛神像《しゅこんごうじんぞう》や新薬師寺の十二神将像《じゅうにしんしょうぞう》などが有名だ）。でもこれは重いうえに壊れやすかったので、漆を使った脱活乾漆像も同時に登場し、進化を遂げる。

脱活乾漆像という名称は明治時代についた。「脱活」は、あえていうなら「張り子」「抜け殻」みたいな意味で、「脱乾漆像」ともいう。乾くとカチンコチンになる漆の性質を利用しており、木彫と違って、まず仏像づくりぐらいでしかお目にかからない技法である。

①まず芯になる木（心木《しんぎ》）を立て、その周りに土でおおまかに原型をつくる。一般向けの解説書だと心木は一本のように描かれるが、実際は肩や腕になる棒もつける。この、頭部のない棒人間に麻紐を巻きつけて、土をつけていくのだ。

②次は原型の上に麻布を貼る。米糊と漆を混ぜた糊をたっぷりしみこませた麻布を一層貼っては半日から一日かけて乾かし、最終的には五、六層、厚みにして七〜八ミリぴったりと貼り重ねる。この工程で像の基本的な強度が決まるのだが、不器用な俺は何度か失敗して、結局夏休み寸前までかかってしまった。

③布像が完全に乾いたら、目立たない背部に開口部を設ける。背中、腰のうしろなど数カ所、カチンコチンになった布を四角く切り開いて蓋を開けるわけだ。そしてそこから中の土をすべてかき出し心木も取り出す。これが脱活だ。このとき失敗すると頭がべコっとへこんだりする。超焦る（やり直す）。

④張り子状になった像の中に、体形を補強する木枠を新たに組む。肩や腰には水平に円盤状の板をかませ、縦方向には台座につらなる支柱をつなげる。布の収縮などによる経年変化を防ぎ、強度を高めるためだ。

そして現在、おれが実習室でシコシコと励んでいるのが、仕上げの一段階前である「塑形」だ。おがくずと漆を混ぜた「木屎漆《こくそうるし》」というパテを粘土のように張り子の像に盛りつけ、形をつくるのだ。見た目的にはアカデミー賞のオスカー像くらいに抽象的な形の布貼り像を、原本の、リアルな人間っぽい沙羯羅像にまでつくりこむ。

形ができたら台座に据え、ヒノキで別につくった天衣《てんね》をまとわせ、古びた感じに彩色すれば完成である……たぶん。

そう。まだ「たぶん」としか言えない。木枠まではなんとか進めていたはずの俺はいまここ、塑形で絶望的にモタついてしまっていた。なんか、「似てない」のである。

俺が模刻しているのは奈良の古刹・興運寺が所有する沙羯羅像だ。あまりにも有名な八部衆の一人であるがゆえかお寺の方針なのか、三次元計測や透過X線撮影は行なえない。俺以外の修士生が3Dデータのプリントアウトを木材に貼りつけて正確な形に粗彫りできるのに対し、こちらは写真を見ながらの造形だ。もちろん最初からわかっていたことではあるが、途中に思わぬ誤算があった。

俺は自分で思っていた以上に優柔不断だったのだ。

パテを盛っては「なんか違うな」とそぎ落とし、顔の漆が乾くと「似てねぇじゃねぇか」と割ってしまう。見かねた馬頭先生に勧められて夜行バスで奈良に行き、三日間お寺に通いつめて原本像を目に焼きつけてきたが、その後、半月ほどを経ても俺の沙羯羅くんはまだ部分的にオスカーくん状態だった。他の三人はもう本体をほぼほぼ彫り終え、衣装やら装飾品づくりに入っているというのに。

鬼神や音楽神、動物神などアナーキーな八つの種族が仏教に帰依《きえ》して護法神となったのが八部衆で、沙羯羅は龍族の代表だ。日本では龍神として怖ろしくもなじみ深い存在だが、興運寺のそれは少年の姿。蛇が頭の真上で鎌首をもたげているというホラーなギミックのわりに沙羯羅自身の表情はおだやかで、まるで「勉強が苦手な同級生に数式の解き方を教える気のいい学級委員長」みたいに見える。

「木彫のように彫刻刀や鑿で削り出すんじゃなく、手で直接まぶたや頬を撫でさすって仕上げるがゆえの、表情の柔らかさなんだよ」

馬頭先生の決まり文句だ。

先生は彫刻科出身の多いこの研究室では異色の、工芸科卒である。古都・金沢の割烹《かっぽう》の息子として漆の銘品に囲まれて育ち、あったりまえのように漆芸を専攻。学部生時代に「漆製の仏があるのか！」と衝撃を受けて仏さま研究室に入ったという。入試面接で

「ただでさえすばらしい漆が仏と結びつくなんて。これぞ法悦」と口走り、あの一条教授を沈黙させた伝説が残っている。

横目で探ると、先生は他の連中の制作をゆっくりと見て回っていた。研究室でゼロから木彫を学び、すぐ他の学生と遜色ないレベルに達したというから、クールに見えて「努力の人」だ。博士を出て助手、講師と進んだ現在は、木彫仏の修復も行ないながら文化財保存の基礎を学生に講義、漆に関する研究論文もコンスタントに発表している。ミロク先生とはまた違ったクレバーさをもつ、漆界のプリンス。

比べてもしかたないのだが、俺は福島県の山のほう、会津《あいづ》の市役所職員と看護師のあいだに生まれた立派な庶民だ。普通の体育会系高校生だったが、美術の時間に「ソウスケ、立体うまいじゃん」とダチどもにおだてられてその気になった。雪深い会津では、しょせん屋外スポーツでの大成は望めない。中途半端に余ったエネルギーで、田舎では他に誰も選ばないような進路をつかもうと、がむしゃらに美大をめざしたのだ。

全国的に有名な受験予備校の美大コースで三年。三浪で東京藝大彫刻科に合格したときは地方紙に記事が載ったが、入学早々同級生の実力に圧倒され、芸術家になる夢はとっとと放棄した。よく聞く話だ。

ならば堅実志向の親を安心させるためにも早めに就職を考えようと思ったが、なんとこの大学、就活支援システムがほとんどない。周囲に就活している学生もいないから、情報の集め方すらわからない。入学時のガイダンスをたよりに教職課程だけは押さえたのは、俺にしては上出来というべきだろう。

「にしたって、三年浪人してまで入った大学を四年で出るのもなあ……」と思っていた三年次の正月、帰省していた俺はとある記事を見つけた。俺の藝大合格を報じた、例の地方紙である。

それは、地元の小学生なら遠足でいちどは訪れる、縁日寺《えんにちじ》という古い寺に関する記事だった。ずっと昔に焼失してしまったその寺の本尊を、文献やフィールドワークをもとに東京藝術大学の「保存修復彫刻研究室」が何年かかけて復元し、昨年無事に完成したとある。掲載された写真には、復元された阿弥陀如来坐像と二人の坊主——と思ったらひとりは一条教授だったわけだが——とおおぜいの大学生が、うれしそうに写っていた。

「お、これ小林先生だろ」

俺が目を落としている記事を斜めから見て、親父が声をあげた。

指さす先に見おぼえのある顔。中学のときの美術教師、小林こと「コバジー」だった。人がよくて生徒になめら……慕われていた先生だ。

「ほんとだ。そういえば教育委員会に異動したんだってね」

「おお。文化財担当だよ。俺もときどき会議で会うわ」

市役所内をぐるぐる異動している親父は、いま観光関係の部課にいるのだという。

へえ、と思った。あの、「アートの先端を行ってます！」といつもギラギラ主張しているような藝大に、俺の田舎に貢献してくれる研究室なんかあったんだ。

……こりゃちょうどいいかも。

大学にもどって情報収集し、そこは木彫りや漆芸、古典彩色など彫刻の古典技法が学べる研究室であること、具体的には仏像の修復方法が学べて、それで食っているOBもいることなどがわかった。あと二年、ないし五年の社会的猶予を楽しむにはぴったりだ。すぐ親にメールして、文化財保存学の院に進みたい旨を告げ、バイトはフルにやるけど生活費の援助は続けてくれまいかと頼んだ。そこは地元で有名な研究室である。親父は一も二もなく賛成してくれた。母親は「仏像修理で食うって、なに……？」といぶかしんだが、大学院に進むと教員免許もワンランク上がると知って、しぶしぶ財布の口を開いてくれた。

――こうして述懐すると、実にここまで無節操に流されてきたものだ。われながら感心する。あはは。

……笑ってる場合ではない。

俺は力なく沙羯羅像を見つめる。

修士二年生の十一月に入ったというのに、俺にはまだ「この先」が決まっていなかった。

確認こそしていないが、同級生の三人はもちろんもう進路が決まっているはずだ。まひるは就職。そういえば夏休み前に「文具メーカーの内定をもらった」とか言っていた。他の大学から来たせいか、なんだかんだ言って手堅いやつ。シゲとアイリはそのまま博士課程に進級するのだろう。仏像と彫刻が芯から好きらしいから、これも当然だ。

俺は……。

仏像は好きだ、と思う。見ていると「おお」と思うし、如来や菩薩はありがたい。八部衆や四天王、女神たちなどは単純にかっこいい。実在の人物を彫った羅漢《らかん》像なんか写実的で、「ご苦労様っす！」と声をかけたくなる。体育会ではないけれど、仏像の世界は先輩がいてルールがあって積み重ねられた、血の通う世界だと思う。なんていうか、ある種の仲間意識がもてる。

とはいえこの先、博士に進んで追究したいテーマがここにあるわけではない。

修士課程が学部時代に見つけたテーマで「制作」する場だとしたら、博士課程はそのテーマを言語化、つまり「研究」するための場だ。うちの研究室でいうと、修士卒で一応は仏師を名乗ることができ（世には出自不明の仏師もいっぱいいるが）、博士課程を修めれば仏師を育てる人や仏像研究者になれるという感じ。俺の器ではない。

だから積極的に博士課程をめざす気になれないのだが、修士二年生が十一月に就活というのも厳しかろう。問い合わせを受けてきょとんとする、企業の採用担当者の顔が想像できる。頼みの綱の教職免許はとっくに応募を締め切っていた。まあ、臨時採用や私立高校、専門学校の講師などならあるのかもしれないが……。

「技術系スタッフとして、とりあえず研究室に残るという手もあるよ」

とは馬頭先生の言葉だ。この前も同じような愚痴を言っていたら教えてくれた。

研究室専属のアルバイトとして修復や搬出入を手伝ったりする仕事である。せっかくおぼえた技術が活かせるし、他のバイトも入れてお金を貯め、博士課程を受験し直したり、仏師として独立したりする準備もできる。非正規でも専門性を活かした仕事ができるとあって、現在も三人のOBがスタッフを務めていた。ちなみに、この人件費は研究室が受ける助成金や受託研究費でまかなわれている。つまり、一条教授がその剛腕で用意してくれた仕事だといっていい。

でも……。

俺は宙をにらんで、固まってしまった。

俺が技術系スタッフをやっても、「ソウスケに手伝ってもらいたい」という学生や講師がいるか？　自信がない。熱意、技術、信頼すべてにおいて中途半端、それが俺。

思わず頭を振って、顔をごしごしとこすった。

「……なんか、平気？」

「え？　あ？　わっびっくりした！」

トートバッグをさげたアイリが、小首をかしげて俺を覗きこんでいた。

「えっ、なに？　俺どうかした？」

「……さっきから、ブツブツ言ったり空を見上げたり頭を振ったりしてるから」

気がつくとシゲやまひるも、手を止めて俺を見ていた。やべ、俺、不審者。

「お、おお！　ぜんぜん平気。ちょーっと今日、ヘアスタイルがキマらなくてよ」

ぶんぶんとドレッドを振ってみせると、アイリは軽く肩をすくめて実習室を出ていった。地下の実習室では人の動きが時計代わりだ。もう夕方らしい。

あの、すべてに無関心といった風情《ふぜい》のアイリにすら心配をかけてしまった……。

まひるたちが作業にもどるのを確認してから、俺は息を吸って吐いて沙羯羅像に向き直った。進路は決まってないが、いや、決まってないからこそ、模刻くらいはきちんと完成させなければ。親や教授たち、特に、さんざん俺に漆の課外授業をしてくれた馬頭先生に申し訳ない。

そうだ、漆の話が途中だった。仏像の素材が石、金属、漆から木に変わったというさっきの説明の後半である。

脱活乾漆像は柔らかい質感と軽さが特長だったが、いかんせん手間がかかるのと高価な漆を大量に使うこと、それでいて壊れやすく大胆なポーズがつけにくい、などの弱点があった。それを改良したのが、木でオスカーくん、つまり原寸に近い中身の像をつくってから上に木屎漆《こくそうるし》を塗りつける「木心乾漆像」である。唐招提寺《とうしょうだいじ》の薬師如来や千手観音立像、聖林寺《しょうりんじ》の十一面観音立像など、重厚さと塑像ならではの肉感的な表情をあわせもつ傑作が生まれた。

脱活に比べて確かに漆の使用量が少ない木心乾漆像ではあったが、その全盛期は短かった。すぐに「だったら芯だけでなく、表面も木で彫って仕上げればいいじゃん」と考える仏師、というか、それができる仏師たちが現れたからだ。鑑真が連れてきた大陸の仏師の技術もすべて盗んで、さて、わが国にたくさんある素材でつくろう、と考えたのかもしれない。結局、天平時代の前半が脱活乾漆、後半が木心乾漆ときて、平安時代になると仏像はほとんどが木製になった。

「おっ、ソウスケいたなあ！」

ガラガラと引き戸が開くと同時に声をかけられ、俺は飛び上がった。牛頭先生だ。

「おまえ、仁王像の天衣、どうした？」と言いながらずかずか近寄ってくる。

「え？」

……そうだ。俺は研究室で修復中の吽形像の、腰から右側にかけて垂れ下がる天衣を彫ることになっていた。粗削りまで終えているが……あれはどこに置いてあったっけ。

「あ……ウチにあります。今度持ってきますね」

「は？」

牛頭は顔色を変えた。

「おまえふざけんなよ。よそさまの依頼案件だぞ？　学外に持ち出すんじゃねえよ」

「はあ……」

学校では模刻で手一杯なんだからしかたないじゃないか。そっちを家でやると魅音が
「かぶれる！　かぶれる！」とうるさいのだ。

だいたい、俺はこの人が苦手だ。図体と声が大きい同士というだけで同じタイプと思われがちだが、俺はこんなにマッチョなもの言いはしない。もうスクールウォーズの時代ではないのだ。

「ま、すぐに持ってきてもらえばいいじゃないの」

馬頭先生がとりなす。俺はむっとしたまま頭を下げた。

「……ども」

「……ったく」

牛頭が偉そうに口をひん曲げた瞬間、もっと大きな音をたてて戸が開いた。

「あっ、先輩！　いいすか？」

「ヒロシ！　どうした？」

あわてて頭を上げ、出口に駆け寄る。

ヒロシはラグビー部の後輩にして、なんと中・高の後輩でもある。中途半端に伸びた髪とくたびれた黒のロングコートは藝大生っぽいが、一九〇センチ近い長身と幅広い肩、太い首はアスリート、もしくはファイターのそれ。

「珍しく試合の申し込みが来たんですけど……」

「おっ、メンバー集めか」

意外に思われるかもしれないが、東京藝大には九つもの体育会系サークルがある(文科系サークルも十四ある)。高校でラグビー部に所属していた俺は、東京藝大にもラグビー部があると知ってすぐ入部した。三年のブランクに、身体が楕円《だえん》の球を欲したのだ。

「ちょ、ちょっと待て。すぐ行く」

渡りに船。バタバタと道具を片付け、まだなにごとか言いたげな牛頭と馬頭先生に軽く頭を下げて、実習室を飛び出した。

「来週月曜だ。忘れんな!」

「はいっ! 大丈夫っす」

追いかけてきた牛頭の大声に、振り向かず声を張りあげる。

――今年の秋は変だ。急に寒くなったかと思うと変な時期に台風が来たりする。今日も、昼間は汗ばむくらいだったのに、いま俺が見上げている空は真冬のように澄んでいる。東京にしてはくっきりと星の光が……。

上を向いたせいでくしゃみが出た。できたての擦り傷がぴりっと痛む。

「いてて……」

ベンチコートのポケットから右手を出して頬をさすった。現役時代も試合中のケガは日常茶飯事だったが、チームの役にも立てず、ケガだけしている今の自分が情けない。

池袋駅で別れるとき、ヒロシは「ありがとうございました。来てもらえてよかったっす」と慰めてくれたけど、今日はさんざんだった。スクラムを組めばつぶされ、タックルしようとしても敵は指一本が届く前にするりと逃げ去る。鮎《あゆ》かおまえは。

ヒロシが見つけた試合相手は某私大のラグビーサークルだ。現役大学生が八割。一方こちらは現役部員四名に、俺のような二十代後半から五十代（！）のOBをかき集めてのゲームだから、親善試合とはいえ結果は見えていた。それにしても、あそこまで身体が動かなくなっているとは……。修了制作を放り出して助っ人にはせ参じたというのに、気分転換どころか自己嫌悪を招くような結果だった。

逃げ遅れるかたちで参加した打ち上げで、俺はまた落ちこまされた。

なじみのない部員とその連れがヤケ気味に騒いでいるのについていけず、冷えた唐揚げをぼそぼそと噛んでいると、ヒロシが負けじと不景気な顔で話しかけてくる。

「ねえ、先輩は学部んときに就職しようとは思わなかったんすか」

同じ中学と高校ではあるが、ヒロシとは三つ違いなので通学時期は重なってない。俺の藝大合格を伝える地方紙の記事を見て、「僕も去年の夏までラグビー部員でした」と、いきなりメールを送ってきたのがこいつだ（地方都市なら、同窓生のアドレスなんぞすぐ判明する）。実は今回、自分も東京藝大を受験したが落ちた。先輩として相談に乗ってほしい——そんな内容に浅からぬ縁を感じて返信したのがつきあいの始まりである。

生意気にもこいつは二浪で藝大の油画科に合格し、よせばいいのに俺のあとを追うようにラグビー部に入って、この夏まで部長を務めた。四年生の十一月なかばである現在は、普通（の大学）ならとっくに進路が決まっている時期だ。

「就活？　んー、どうだったかなぁ。……おまえは？」

問い返されるとは思ってなかったのか、ヒロシは一瞬きょとんとすると首を振った。

「いやあ……なんか、同級生の誰も就活してないから『まあいいか』って思ってるうちに、どうも世間の勝負は終わってたみたいで……」

共感を込め、深くうなずく。

大学生の就活は、一時期よりは遅く設定されているらしいが、それでも名前の知られた企業は夏までに内々定を出し、十月一日には内定式を行なうのだという。今、この時期でも募集がないわけではないのだろうが、頼みの綱である就活サイトはどこを開いても開店休業、学生さん今さらなにをおっしゃいます、という感じだろう。俺も四年生の今ごろサイトを開き「ん。終わってる」と確認してあきらめをつけた、というか、妙に安心した記憶がある。だってもう間に合わないんだもん。

もちろん東京藝大にだって、きちんと就活して超有名企業に就職したOBがたくさんいる。そもそもデザイン科や建築科は名の通ったデザイン事務所や建築事務所、音校は一定以上の規模の交響楽団にビシッと納まることが多いし、それ以外でも広告代理店にマスコミ、ゲーム会社……彫刻科には自動車メーカーのカーモデラーなんてカッコいい先輩だっているのだ。

……と一生懸命に並べてみたが、世間でよくいわれる「藝大生は就職しない」説をあながち否定できないのも、俺たちの現実である。

例えばヒロシが在籍する油画科だ。油絵に限らずなんでも制作するという意味で、美校のなかでも最も自由度が高いとされる学部だが、俺の卒業年でいうと五十七名の進路のうち「就職」は六名、「非常勤・自営」十一名、「大学院（本学）」二十名、「未定・他」が二十名だ。ちなみに同じ年度の大学院修士課程となると、油画の修了生は四十四名のうち自営と未定が計三十六名、就職は三名——。

そんな雰囲気に流されるまま、ヒロシも進路未定なわけだ。しかし俺は知っている。

やつの実家はごく普通の勤め人で、下に弟と妹がいる。長男が「無職」を選ぶには、俺たちの故郷はあまりに保守的であり、貧しいのだ。

「『就活したら負け』って、なんなんすか、ねえ!?」

ヒロシは急に大声をあげるとジョッキをあおった。「うん、それは藝大生の合言葉だね」という解説がほしいわけではないようだ。向こうで騒いでいた連中の誰かが、ちらと俺たちを見て冷笑を浮かべる。ヒロシの肩をもってこっちを向かせた。

「負けとか勝ちとか、関係ないよな! なあ、元気出せヒロシ!!」

――わかってる。われながら説得力がない。

都心に向かう埼京線の車内で、俺たちは小さな声で高校の校歌を歌った。おっさんみたいだと一瞬思ったが、涙ぐんでいるヒロシ一人に歌わせるわけにはいかなかった。

「ふう……」

もういちど夜空をあおいで、ポケットからスマホを出す。今日、何度ラインを入れても魅音は返事してこなかった。出がけに口論したせいかもしれない。「帰るよ」と伝えていた時間をもう何分か過ぎていたので、アパートに続く住宅街の道を急ぐ。

駅徒歩二十分、築二十年、古いユニットバスがついた2K。一階の奥、自分の部屋を見た。電気がついていない。悪い予感がする。

今朝、スポーツバッグにジャージや靴下を詰めている俺の前に魅音は仁王立ちすると、妙にすわった目で尋ねてきた。

「今日、孫《そん》さんとこに行くって言ったよね？」

「え？　……あ！」

……すっかり忘れていた。

この日曜、俺たちは藝大彫刻科大学院を経て日本で活躍する中国人クリエイターを訪ねることになっていた。魅音の進路相談の一環だったが、紹介してくれたのが俺の後輩のリンちゃんだった関係で、三人で行こうと言っていたのだ。

「いや……だって、俺が行かないと試合のメンバー足りなくなっちゃうし？」

「はぁ!?」

鬼の形相。俺は必死で頭をはたらかせた。幸い、リンちゃんと魅音は知らない仲ではない。前に遊びにきたことがある。

「リンちゃんと二人で行くといいよ、孫さんと三人で、俺なんか気にせず中国語で話せるだろ？　なっ」

「そういうことじゃないでしょ！」

吊り上がった瞳がうるんだ。俺は、防御のため掲げていたバッグを床に下ろした。

「中国の人間が日本に残って創作活動すること、知りたいのそれだけじゃない。孫さんこの前、日本人と結婚したんだよ。その話だって」

ぶんぶんうなずきながらそっと腰を上げる。うしろに回したバッグをつかむ。魅音が息をついだ瞬間に、俺は両手を前に出して制止した。

「わかったわかった！　今度。今度ね。修了制作が終わったら話でもなんでも聞くから」

「制作とラグビー、関係あるのか!?」

本質を衝いた質問をあえてスルーして、俺は玄関を走り出た。

「じゃな！　気をつけてな！　孫さんリンちゃんによろしく。愛してるよ！」

ドアを閉めて駆けだすと同時に、背後から「ファガー！」みたいな声が聞こえた。ドアが開いていたら、正確に「バカーッ！」と聞こえたのだろう。


……朝がそんな感じだったのだ。悪い予感がして当たり前だ。

「ただいまー。魅音？」

鍵を開け、電気はつけないまま声をかける。ひんやりとした空気に人の気配はない。スニーカーを脱いで電気をつけた。真ん中に置いたガラステーブルの上にA5サイズの紙がある。魅音がよく使っているノートの切れ端だ。手に取ると、鉛筆で書いた魅音のに。

几帳面《きちょうめん》な字。〈不回家〉。

このくらいの中国語なら意味はわかる。「帰りません」。いつもは日本語でメモを残すの
あわてて奥の部屋を見ると、魅音が持ち込んだ小さな轆轤《ろくろ》や粘土を入れた衣装ケース、わずかな日用品などがきれいになくなっていた。動悸《どうき》が速まり、苦い唾がこみ上げる。

――落ち着け。今あわててもしかたない。

荷物を置いて手を洗い、ジャージに着替える。沈黙したままのスマホを手に取ったが、どんなメッセージを送ればいいのかわからなかった。ヒロシにつきあってだいぶ飲んだはずだったが、頭は奇妙なほど冴えている。

――彼女はきっと兄貴の部屋に帰ったのだろう。なにを相談しても、頼んでも、聞こうとしない俺に業《ごう》を煮やして、俺との生活を断ち切ってしまおうとしているのだろう。ばたりと横になると、目の前に消しゴムのかけらが落ちていた。魅音は「間違えても直せるから」と言って、いつも鉛筆と消しゴムを愛用していた。上体を起こしてもういちどノートを見る。〈不回家〉の前に消した跡があった。目を凝らす。〈再也〉と読めた。

〈再也不回家〉――。

「もう二度と帰りません」と書いた、その前半を彼女は消していた。

——翌朝。俺は研究室に行くと真っ先にリンちゃんを探した。昨日の魅音の様子を教えてもらえるかもしれない。

助手のキヨミさんに尋ね、実習室で木を削っていたシゲに尋ねたが、彼女はまだ来ていないようだ。俺はしかたなく沙羯羅像にかけてあった布を外し、プラスチックボックスに保管した木屎漆《こくそうるし》を取り出した。今こうやって、少年の形をつくろうとしている瞬間だけが俺の現実だった。

……それなのに、今日も手は原本像と同じカーブを思うとおりになぞれず、こんなんでいいのか、こんなんでいいのかという焦燥がつのるばかりだ。ひどく喉が渇く。

「おいソウスケ！」

大声に手を止める。気がつくと、すぐ横に牛頭先生が立っていた。

「おまえ、天衣は？」

「……あ」

忘れていた。アパートに置いたままだ。完成すらさせていない。ぼうっと見返す俺の前で、牛頭先生はみるみる顔を紅潮させた。

「修了制作をやってれば、修復の仕事は適当でもいいと思ってるのか」

声を抑えているのがわかる。

「お待たせしているお寺や檀家さんたちを想像したことがあるか？　俺たちみたいな若

造を信用して任せてくれてるんだ。その信用だって、教授やＯＢたちが必死で積み上げてきたものなんだぞ」

馬頭先生とミロク先生が駆けつけて、俺たちを遠巻きにする。

「俺だけじゃない。ミロクや馬頭、他のスタッフだって一生懸命修復を進めて、あと少しで完成だってときに、おまえ一人が天衣の一部を持ち出してもどさない、だと？　月曜に持ってくるって約束したよな？」

「だからそれは……」

「だから学生はダメなんだ！」

牛頭は突然切れた。拳を固めてぐっと距離を詰めて怒鳴る。血走った目が至近距離でにらみつけてきた。

「責任感もなければビジョンもない。言われたなりだ。どこへ行こう、なにをやろうという気概もない。なんだ、その顔の傷。自分の仕事もしないで女と痴話ゲンカか？」

──気がつくと牛頭の胸ぐらをつかんでいた。「うるせえ！　うるせえ！」と怒鳴っているのは俺の声なのか？　馬頭先生の長い腕が俺をはがいじめにし、牛頭から引き離した。目の前にはミロク先生が立ち、ハグするようにして牛頭をなだめている。

「わざとじゃない、違うよな、ソウスケ」

低い声で話しかけながら差し伸べてきた馬頭先生の手を、俺は全力で振りはらった。

頭と腹が熱い。焼けそうだ。

「やってらんねえ！」

俺は実習室を飛び出した。


上野校舎のグラウンドは小さくて、夜間照明施設も貧弱だ。ヒロシの投げたボールは高く上がって夜空に消えた。着地点を計算して走る。

見えた！ 楕円形のボールが再び照明の中に入った。数メートル先だ。飛び込む。必死に伸ばした手の先で、ボールは見当違いの方向へバウンドして俺に土煙を浴びせた。

「くっそー」

地べたを叩く。練習開始から三十分ほど。ラダーから初めてランパス、ロングパスと、少人数でもできるトレーニングを少しこなしただけで、俺のシャツはもう泥だらけになっていた。

「……もうやめませんか？」

綺麗なままのヒロシのシャツを見上げ、俺は猛然と首を振る。

ラグビー部の練習は月・木の週二回、十八時から行なわれる。とはいえ部員は四人、しかも音校生・美校生ともに課題に追われる藝大生の身とあっては、高校ほど熱心な活動は望めない。まして日没が早くなり気温も下がるこの時期なら、実際に練習が行なわれるのは月三回程度だ。今日、俺はヒロシに無理を言って、トレーニングにつきあってもらっていた。

研究室で牛頭とやりあってから、一週間が経っていた。

その間、俺は研究室にはいちども顔を出さず、求人サイトで日給の高い日雇いバイトを探しては働きまくった。昨日は工場、今日は建築現場、明日は倉庫という具合に現場の仕事を終えて、誰もいないアパートに帰り、弁当を食って寝てしまう。眠れないときは外に出て走った。身体を疲れさせないといろんなことを考えてしまい、叫びだしそうになる。

今日、こうしてわざわざ大学まで来たのは、さすがに人恋しくなってヒロシの顔でも見てやろうと思ったからだ。決して研究室に顔を出そうと思ったからではない。ましてやつくりかけで放置した沙羯羅像が心配なわけでも、リンちゃんに魅音の様子を聞きたいと思ったからでも……断じて、ない。

「あー……」

ボールをかかえたヒロシが急に立ち止まった。手のひらを上げて空を見る。

「降ってきちゃいましたよ。もうやめましょうよ」

「……ああ」

グラウンドの隅で、モッズコートの小柄な影が動いた。フードに囲まれた白い顔は、後輩のリンちゃんだった。俺と目が合うと小さく手を振り、駆けてくる。

「ソウスケなんで研究室に来ないですか」

「……ああ」

「みんな心配してる」

リンちゃんはスマホを握ったまま、ちらっと本部棟の方角に目をやった。木蔭《こかげ》から木蔭へとジグザグに距離を詰める小柄な影は……珍念か。隠れてるつもりかそれ。

そのうしろからも何人か歩いていた。暗くても、傘をさしていてもわかる。まひる、シゲ、アイリだった。おせっかいなやつらだ。

「魅音さんも心配してる」

反射的に振り向くと、リンちゃんは真剣な顔で俺を見上げていた。

「……なんか話したの？」

「牛頭先生とケンカ、したでしょう？　それから研究室に来てないことも言った。驚いてた」

「……そうだろうな」

いよいよバカだとあきれているにちがいない。

「ソースケーっ」

まひるがグラウンドを近づいてくる。うしろからシゲとアイリも俺を見つめた。三人の目に浮かぶ気づかわしげな色に、胸がチクリとする。近くにいたヒロシは心得顔で軽くうなずいて片手を上げ、「部活終了ぉー！」と宣言しながら部室へ去っていった。

すまんヒロシ、今度おごる。

「……天衣、ちゃんと『納品』したんだな」

シゲがにやりと笑った。俺も笑い返す。

「おお。あったりまえだろ」

もめる原因となった天衣の新補部分は、その夜のうちに仕上げて翌朝早くに研究室の修復棚に収めておいた。鍵を貸してくれた守衛に伝言も頼んだ。

「そのおかげ……っていうか、叶形像、ほぼ完成したらしいよ」

おお、と思わずほころびかけた俺の顔を、アイリが冷たい目で見据えた。

「あなたの天衣、ちょっと形が違ってたから、私が直したんだけどね」

「……すまん」

ドン！　と背中をどつかれ、思わずたたらを踏む。どついたまひるは俺の腕を支え、ケタケタと笑った。

「なぁに殊勝な声出してんの。らしくもない。アイリも、もー、正直じゃないんだから」

「なっ……」

あのアイリが頬を赤らめ、シゲがおもしろそうにその脇を肘でつついている。面食らっている俺に、シゲが説明した。

「朝イチで来た僕がまず天衣を見つけたんだ。で、三人でできばえを見ていたら、アイリが『左右で仕上げ方が違うんじゃないか』って言いだして」

まひるが続ける。

「先生に見られる前に直しちゃおうって、すんごい早さで直したんだよねー」

「あ、あれはだって牛頭先生がやった右側に合わせるべきじゃない。誰だって……」

「照れない照れない」

知らないうちにぽかんと口を開けていた。あのアイリが俺をフォロー？　それにこいつら、前からこんなに話をしてたっけ？

驚く俺に気づいたシゲが、小さく咳払いする。

「……もどってこいよ」

「………………」

「もう十一月も後半だよ。後期講評会まで二十日ちょっと。今から頑張れば間に合うんだから」

まひるの横でアイリもうなずいた。

雨が強くなってきた。季節外れの台風が近づいているらしい。

「……あ」

傘をさしかけるシゲが目を見開いたので、つられて振り向く。黒い大きな傘をさした男が近づいていた。小柄だが引き締まった身体、黒光りするレザーコートにルブタンのブーツ。一条教授だ。BGMは「ワルキューレの騎行」。

四匹の子羊のように固まる俺たちの前に来ると、教授は傘を傾けて俺の顔を見上げた。

「……元気そうやないか」

言うなり顔をゆがめ、バッション！　と巨大なゴミ袋が破裂するようなくしゃみをした。

「……おお寒《さむ》。どっか、雨露しのげるとこはないか？」

と言って俺をねめつけ、次いでちらりとシゲたちに流し目を送った。ギャラリーの腰がいっせいに引ける。

「……部室でいいですか。散らかってますけど」

教授がうなずくと同時に「じゃっ！　私たちはこれで」とまひるが声を裏返らせ、シゲが「じゃな、来いよ。待ってるから」と棒読みして背を向け、修士総勢の五名はあたふたと駆けていった。友情はいつもつかのまだ。

八畳ほどの部室に案内すると、一条教授は興味深そうに周囲を見回し、手近なパイプ椅子に腰をおろした。近くに座るようあごで俺をうながし、フッと口元だけで笑う。

「まさか『消える藝大生』がウチから出るとはなあ」

――「消える藝大生」。これも「藝大あるある」のひとつだ。

美校ではほとんどの専攻で各学年に一人、制作に行き詰まった学生が「消える」。予兆もなく周囲にも悟られず、下宿の荷物はそのまま。「数年後にインドから帰ってきた」というオチが統計上は最も多い。インドって……。俺は苦笑した。

「あれは学部生の話じゃないですか」

「ほな、おまえはすぐ帰ってくるんか？」

教授の目には、いたずらっぽい光が浮かんでいる。

「……はい。あ、いや、でも」

「なんや」

「牛頭先生、まだ怒ってますよね」

「そらそうや。詫びは入れんとなあ。一発くらい殴られるかもしらんが」

言うなり、教授はカカカと笑って手をひらひら振った。

「嘘や嘘。怒っとらん。反省しとった。『俺が言いすぎた』って。馬頭も珍しく……って、ダジャレちゃうけど……牛頭に怒っとったで」

「え」

牛頭・馬頭コンビはもう十数年来の親友だ。あの件で仲間割れなんて……。

「あいつらかって進路に悩んだ時期くらい、あるやろ。『木が好きや』『漆が好きや』言《ゆ》うても、それでどうやって食っていったらええかなんて、誰にもわからん。ソウスケとあのころの俺らは一緒だ、って、馬頭は牛頭を諭しとった」

「………」

うつむいてしまった俺の視界に、ぬっと教授の顔が割りこんできた。腰を落として下からねめつけてくる表情は、初めて見るほど真剣だった。

「決められんでもいい。間違うのも、答えを先延ばしするのもしゃあない。せやけど、目の前の対象にはあくまで誠実でないといかん。いったん始めたことからグズグズと逃げたら――」

逃げたら？　その先が知りたいのか知りたくないのか、わからないまま顔を上げる。

教授はにかっと笑った。

「――逃げたら、自分からも逃げることになるんや。それこそ行き先がなくなる」

ぽん、と俺の肩を叩いて教授は腰を上げ、ゆっくりと出口へ向かった。部室のドアを開く。大きな雨音が聞こえた。風も出てきたようだ。

「おお寒」と再びつぶやいて出ていった教授の足音がすっかり消えてしまうまで、俺はじっと椅子に座っていた。

アラームを止めて最初に思ったことは、「あ、学校に行かなくちゃ」だった。カーテンを開けると、まばゆい光が入ってくる。

時計代わりにテレビをつけ、目を疑った。懐かしい街並みが雨と風でもみくちゃになっていたからだ。会津のシンボルであるお城に据えたライブカメラだった。

昨日、あれから夜通し吹き荒れた季節外れの台風は、あろうことか俺の故郷を直撃していた。アナウンサーが緊迫した声で、福島県で観測史上最大の暴風雨だと報じている。

だが、俺がテレビの前でバカ面をさらしていれば台風がやむというものでもない。幸い実家は農家でもないし、崖下にあるわけでもない。気にはなったもののテレビを消し、パジャマ代わりのジャージを勢いよく脱ぎ捨てた。

今日から制作にもどるのだ。

上野駅から公園を抜け、朝の光のなかを大学へ急ぐ。空気は洗ったように澄んでいたが、台風に落とされた大量の葉っぱで、遊歩道はぐちゃぐちゃにぬかるんでいた。

牛頭先生に会ったらなんと言って謝ろうか、漆のパテは乾いてしまっていないか。馬頭先生にはなんと言えば……。

ごちゃごちゃと悩んでいるうちに、あっという間に本部棟の地下に着いてしまった。教官室が見えてきて、なんとなく背を丸める。ふだん教授や講師が詰めている部屋だから、牛頭先生たちと出くわす可能性があった。まだ心の準備はできていない。

俺は足早に教官室の前を通り抜け……ようとして足を止めた。

「お世話になっております、わたくし東京藝術大学文化財保存学……」

「……はい、連絡がつかないので、そちらでなにかご存じかと」

午前中は特に静まりかえっているはずの教官室から、キヨミさんとミロク先生の声が聞こえてきた。二人とも電話で誰かと話しているらしい。固い声だった。

首をかしげながら実習室にすべりこむ。たぶん俺が心配してもしょうがない案件だ。

出入口近くで作業していたシゲが俺に気づき、「おお!」と笑った。「おう」と短く答えてほほ笑む。

「頑張れよ」と続けたシゲを、ついぽかんと見てしまった。こいつは、いつのまにこんなに頼もしい感じの男になったんだろう。ずっと同じ実習室にいたのに気づかなかった。

「……なに見てんだよ」

「いや別に」

口をとがらせたシゲに背を向けて自分のコーナーに向かいながら、短く言う。

「昨日はありがとうな」

聞こえなかったかと思ったら、しばらくして「いいから急げよ」と怒ったような声が返ってきた。

俺たちはそれきり、黙って自分の模刻作業に没入した。

「……なんだ？」

学食からもどるとスタッフがわさわさ出入りしていた。早口になにごとか打ち合わせながら資材置き場に入り、台車に載せた木箱に大工道具や彫刻の道具、薬品、梱包材などを積み込んでいる。俺たちに気づいたミロク先生に黙礼し、代表してシゲが尋ねた。

「お疲れ様です。……出張ですか？」

「ああ……ちょっとね」

そのとき資材置き場から出てきたのは牛頭先生だ。かかえたロールマットの端をドア枠に引っかけてよろけた先生を、考える前に身体が動いて支えた。「おっ、すまんな」と言って牛頭先生は目を上げ、俺に気づくと顔をこわばらせた。

「……どうも」

「……うん」

お互いに軽くあごを引く。

再びミロク先生を囲んだところで、教官室から教授の声が聞こえた。なにごとか指示しながら、室内をせわしなく移動している。

「出発は明日でええんや。今日は要るもんを集めな」

廊下に飛び出して台車の荷物を確認してから資材置き場に顔をつっこみ、あちこち見て指示を出す。講師や助手がそれにしたがってきびきびと動いた。

教授の横でメモを取っていたキヨミさんが立ち尽くす俺たちに目をとめて、疲れた笑みを浮かべた。

「福島の縁日寺さんね、いま台風でたいへんみたいなの」

二年前に研究室がご本尊を復活させた寺だった。俺がここに来たきっかけでもある。未曽有《みぞう》の暴風雨という報道を聞いて心配した教授が今朝、住職に電話したところ、聞き捨てならない事態が判明した。お堂が破損し、復元したばかりの阿弥陀如来が心配だというのだ。

「ご住職は高齢で、ほかに頼れる男手もないっておっしゃるので、教授が『応援隊を出します』って……まあ、まだうちの資材も置かせていただいていることだし」

復元したご本尊の脇侍として、聖《しょう》観音と勢至菩薩を研究室でつくる「かもしれない」ということで、境内の裏手に設置した仮の作業小屋が当時のまま、研究室の資材や道具類などが置いてある。その被害状況も心配だ。教授は会議等が入っており二、三日は動けないものの、まずは数人で様子を見にいく。牛頭先生の軽トラックに加えて積載量の多いワンボックスカーをレンタルし、必要なものを見つくろって積みこんでいるところなのだ、とキヨミさんは説明してくれた。

気がつくと一歩前に出ていた。

「……俺も行きます」

キヨミさんが目を丸くする。実習室の向こうにいた教授がこちらを振り向く。そして誰より先に、牛頭先生が俺に詰め寄った。

「なに言ってんだ、おまえは修了制作が先だろ!?」

馬頭先生が、牛頭先生の肩を軽く押さえながら言葉を添えた。

「そうだよ、ただでさえ遅れてるんだから」

「俺、地元です。案内ができるし運転もできます」

できる限り冷静な声を出して、目に力をこめる。

生まれた街の、ガキのころ遠足に行ったお寺。地元の人に愛されていて、今、研究室の皆がこれだけ心配してくれているお寺。これは俺にとって「誠実であらねばならない、目の前の対象」にほかならない。

牛頭先生は鼻の穴を膨らませて俺をにらみつけ、ふんっと息をついた。

「勝手にしろ」

「……はい」

大人みんなに頭を下げる。

修了制作が間に合わない場合は……留年。最悪の場合は中退。

まあそれもしかたなし、と思った。

状況を聞こうとすぐ親父に電話したが、留守電になるばかりだった。

「ソウスケくん、これ！」

キヨミさんに呼ばれ、教官室でテレビを見ると、まさに氾濫しそうにふくれあがった濁流が映っていた。市内を南北に流れる一級河川の赤川《あかがわ》だ。地域の被害は想像以上に大きく、親父もどこかの現場に動員されているにちがいなかった。

おふくろにメールを打つと、しばらくして電話がかかってきた。おふくろが勤める市立病院にも災害対策本部が置かれ、非番だったが応援スタッフとして朝から病院に待機しているのだと言った。

『川はまだ持ちこたえているけど、暴風雨のせいでケガした人が何人か、ね』

疲れた声で言うと、俺たちが来るなら家に泊まってよし、ただし食料持参、まったくおかまいはできません、と、そこだけ力強く宣言する。そして、

『お父さんもきっと喜ぶわ……』

ぽつりと言った。かねて水害の多い土地ではあるが、今回はいちどに降った雨が多すぎて、市役所や消防関係も対応に窮しているのだという。「俺なんか」とつぶやくと、

『デクノボーだっていいのよ。そばに若い者が、それも身内がいてくれたら心強い』

自他ともに認めるデクノボーとしては、黙ってうなずくしかない。

夜明けに総勢五名で大学を出発した。牛頭・馬頭コンビとミロク先生、技術スタッフの杉《すぎ》さん、俺だ。杉さんは修士のOBでもある。

祈りもむなしく、赤川はその夜のうちに決壊してしまっていた。

ニュースを聞きながら自動車道を北上する。現在の死者は三名。川に様子を見にいって巻きこまれたお年寄り二人と、風で飛んだ看板に直撃された男性。他に数人いる行方不明者は、暗くなってからクルマで家を脱出した人などらしい。

——会津地方に入った。峠の途中に設けられた展望台にクルマを停める。

冬枯れの木々の間から市街地の一部が見おろせる。一車線の道路を兼ねる太い堤防が増水した流れによって数十メートル幅で押し割られ、外側の平野を一面の泥池に変えていた。台風はさらに北上して低気圧に変わったので、水に浸かった数百軒の住宅は朝の太陽を浴び、ひたすら途方に暮れているように見えた。時間は十時少し前、すでに消防車やポンプ車が出動している。

ここから縁日寺は見えなかったが、川から離れた小さな丘の上に建つお寺だから、まず浸水の心配はないだろう。

「まっすぐ縁日寺さんに行こう」

スマホのマップを見ながら、この先のルートを牛頭先生と打ち合わせる。浸水しておらず、救急車両の邪魔にならなさそうな新道を教えてからそれぞれクルマに乗り、俺が先に出発した。ワンボックスには食料や水、衛生用品などを満載し、牛頭・馬頭コンビが乗る軽トラには仏像関係の道具の他にブルーシートやスコップ、長靴、一輪車などを載せていた。修復する仏像をいつもお迎えにいっているので、俺たちは皆、力仕事つきの出張に慣れている。

縁日寺への正規ルートは丘の東側の山門からえんえんと続く石段で、西側は駐車場と墓地、本堂をつなぐ私道の裏道となっている。峠から「あと少しで着きます」とミロク先生が電話した際、住職が裏道を指定したとのことで、俺たちはいったん寺の正面に出てから丘を回りこんだ。

「うわあ、たいへんだ」

助手席のミロク先生が窓に張りつく。杉林を拓いた長い石段に枝葉がびっしりと落ちていた。正門への道である。手すりがあるといっても、老人や子どもはすべって危険だ。

「……掃除もしないとっすね」

「そうだね」

ミロク先生は数年前のご本尊復元の際、入れ替わりで当地に泊まりこんだスタッフの一人だ。

「当時は檀家さんが週替わりで参道の手入れをしてらしたけど……みんなお年寄りだから、これじゃ無理だ」

細めた目を悲しげにしかめた。

駐車場でクルマを降りた。皆で本堂へのスロープに向かっていると、きざはしから白いひげの坊さんが顔を出して俺たちに手を振る。

――まじか。

目を疑った。小学校の遠足のとき、境内を案内してくれた和尚だった。当時もう「おじいちゃん」だったのに「おおじいちゃん」になっている。若くて八十代だろう。足腰はまだしっかりしているみたいだが、背なんか俺の半分くらいだ。

「山本住職、お久しぶりです」

「おけがはありませんか?」

口々に声をかけながら先生たちが駆け寄る。実の祖父をいたわるように住職の肩を抱く姿を見ていたら、皆で力を合わせたであろう復元作業当時の様子が想像できた。

お茶でも、というお誘いを丁重に断り、さっそく被害状況を見て回る。

本堂は扉の一部が飛来物によって欠け、そこから入った風雨が出入口付近を荒らしていた。天井は雨漏りしていなかったため、阿弥陀如来は幸い無事だ。本堂の周囲を確認した馬頭先生によると、それでも屋根の瓦が何カ所か崩れているので応急的に屋根を修理する必要があるだろう。

「もちろんいづもの大工さんもいでぐれるんだげど、こんただどきだもの。他に被災した人を優先してもらわねど」

ああ帰ってきた、と実感するような、濁点が多い住職の言葉。先生たちもとっくに慣れているようだ。うんうんとうなずいて、「できる限りの応急処置はしていきますから」と約束する。

恐縮する住職に、大きな被害があったら報告すると約束して自宅にもどってもらい、俺たちだけで敷地全体を見回った。

江戸時代は一村全体の旦那寺《だんなでら》だったというだけあって、頂上をならした土地には本堂以外に、観音堂など小さなお堂が二つ三つと鐘楼、納経所などまである。それぞれ大きな破損がないか確認した。

研究室の仮小屋は本堂の陰にあった。幸い雨漏りも破損も見当たらない。

「そうはいっても、この状況じゃあ脇侍を新たにつくっている場合じゃないね」

ミロク先生がため息をついた。確かに縁日寺としては各建物の修繕が先であろうし、自治体の文化事業として助成してもらえるようなタイミングでもない。とはいえ先生たちは「小屋ごと撤収するのは時期尚早」と判断したようだ。第二プロジェクトに取りかかれる日を待って、今回はとりあえず掃除と整理だけでよしとする。

相談する先生たちを置いて、俺はぶらぶらと奥へ向かった。

本堂の裏はちょっとした遊び場になっていて、そこから墓地へと降りる道があるはずだ。道の目印はたしか……などと思い出しながら裏へ回った俺は、そこで立ち止まった。

なんか記憶と違う。

しばらく考えて気づいた。妙に明るいのだ。ブランコや象の滑り台などがあるその遊び場は、かつて大きな木に囲まれていて、昼もどこか薄暗かったはずだ。しかし目の前のそこは、空を背景にしてしらじらと秋の光を浴びている。

松……そうだ。松の木がないんだ。

遊び場の角、墓地へ向かう小道の脇には大きな松の木が生えていたはずだった。俺は記憶にある方向をたどり、草むらを見おろして、声をあげずにうめいた。

松の木はぼっきりと折れていた。倒れた幹は小道を突き抜け、多くの古い墓石の上に倒れている。幹が一メートルを優に超えていい感じに折れ曲がり、「のぼってみろ」と無言で挑発してくる、男子小学生にとっては格好の遊び相手な木だったのに……。

「ああ……」

牛頭先生も目にしたらしく、背後で悲痛な声がした。木彫りの技術と素材をこよなく愛し、「木の牛頭」と呼ばれる先生も、滞在中にこの松を愛《め》でていたのだろう。ガキっぽい男だから、のぼったりもしたかもしれない。

住職の確認が必要な箇所をスマホで撮影し、いったん庫裏に集合する。

もちろん山本住職も朝早くに敷地を見て回ったというが、なんといっても高齢なので高いところや大きな水たまり、斜面などまでは目が届かなかっただろう。座卓に広げたお寺の見取り図を指さしながら、ミロク先生が代表して被害状況を説明していった。

住職は、落ち葉などで汚れた境内の写真を見ても黙ってうなずき、本堂の屋根がまだ持ちこたえていると聞けば「ご本尊様が無事でよがった」と柔和な笑顔さえ浮かべた。

しかし住職は、松の木と倒れた墓石の写真を見たとたん顔色を変えた。ぐうと口の中でうめいて立ち上がろうとし、よろける。あわてて支えた。

「わわっ、なにするんですか和尚」

「直接、直接見ねえど」

肩といわず腕といわず皆で住職にすがりつき、足元がぬかるんでいるから危ないと説得したが聞こうとしない。しかたないので、長靴と杖で身を固めた住職の手をそろそろと引き、現場に連れていった。

「おお……こだことになってしまって……」

住職は作務衣《さむえ》が濡れるのもかまわず松の根方に膝をつくと、頭《こうべ》を垂れて念仏を唱え始めた。俺たちも合掌する。遠くにサイレンの音が聞こえた。

支えられて力なく立ち上がり、来た道をもどる老師は、この日最悪に憔悴《しょうすい》していた。

「何代も何代も前からお寺を見守ってくれだ木なんだ……檀家さんの墓と子どもらの遊び場、双方を見守ってでくれで……」

御神木は神社のものと思いがちだが、実際は多くのお寺にも「御神木」と呼ばれる、霊験《れいげん》あらたかなシンボルツリーが存在する。日本人が樹木に安らぎと救いを見いだしたからこそ、仏像だって木でつくられるようになったのだ。

すっかり気落ちした様子の住職に休憩してもらい、まずは人が多く出入りするところから整備していく方向で段取りを決めた。松の木は専用の機械が来るまで場所を少し移動させるだけとする。手があれば、倒れた墓石の再建が先だった。

日が暮れて実家に着いた俺たちを見て、玄関先のおふくろは笑顔を凍らせた。

打ち合わせたわけでもないのに五人の男が全員、つなぎの作業服とドカジャン姿。終日外で働いたせいで鉢巻きタオルから長靴の先まで泥まみれ。どう見ても立派な現場作業員である。先生たちとおふくろが長々と挨拶を交わすのを横目に、俺は巨大なレジ袋を二つ、玄関に運びこんだ。家へ向かう前に届いたメールにしたがってスーパーで買いこんだ食料である。市街地の一部は浸水したものの、幸い物流に影響はないようだった。

最低限の泥を落とした男たちを奥へと案内しながら、おふくろは食堂を手で示した。

「まあまあ、ホントによく来てくださって。あいにくダンナはいつ帰れるかわからないし、私もいつまた呼び出されるかわからないの。最小限の準備はしたから、あとは勝手にやってちょうだい」

食卓には昆布《こんぶ》と水の入った土鍋とホットプレート（懐かしい！）が置かれ、調味料と食器が山積みされていた。

手分けして食事を準備し、風呂に入り、布団を敷く。七時過ぎには心ばかりの食卓が整い、ざっと湯を浴びた男たちがテーブルに着いた。ちゃっかりおふくろも同席する。

テレビをつけるとローカルニュースが赤川の決壊被害を報道していた。

死者は二人増えて、行方不明者は九人。全半壊家屋が数棟、床上浸水が二百棟あまり……。近年、各地で頻発している天変地異のなかでは小さな被害といえるのかもしれないが、自分の故郷を襲ったなら話は別だ。乾杯という気分には遠く、皆は缶ビールを静かに開ける。縁日寺からSOSが入ったときに備え、念のため俺は飲まないことにした。

親父が帰ってきたのは九時を回ったころだったろうか。顔は疲労で青黒くなり、汚れた作業着からは腐った水の臭いがした。それを恥じるように親父がそそくさと着替えにさがると、牛頭先生が「お。久しぶりの父子対面というやつだな」と棒読みでつぶやいて立ち上がり、客人はみんな客間に引きあげた。

親父はすぐにシャワーを浴びてきた。「なんだ、皆さんもう寝《やす》まれたのか。学校の話も聞きたかったのに」とか言いながら席に着く。顔色はさっきよりましだ。おふくろが安心したように、「私が聞いといたわよ。ソウスケはあいかわらずバカやってるらしいわ」と応える。「んだよそれ」と俺が苦笑する。

苦そうにビールをひと口飲むと、親父はグラスを置いてぽつんと言った。

「小林さん、行方不明なんだ」

「……え？」

コバジー。元・俺の中学の美術教師にして縁日寺プロジェクトの関係者。

「昨夜《ゆうべ》遅くまで役所で災害対応して、夜が明ける前に帰ったんだ。まだ吹き荒れてるし、暗いから危ないってみんな止めたんだけど、家族とご近所が心配だから、って。……だが朝になっても家に帰らなかった、そうだ」

親父は俺を見た。目が少し赤い。

「避難所にいるんじゃないか、親戚の家か、って今日一日、探したんだけどな」

「……じゃあ、行方不明者って」

「ああ。小林さんもその一人だ」

急いで客間に行くと、健康そうな寝息が響くなかをひとり、ミロク先生が布団をかぶってパソコンを打っていた。一条教授への報告メールだという。そっと廊下に呼び出して、コバジーの件を告げる。

「……そうか。伝えておく。元気で帰ってくるといいな」

ついでに俺の恩師であることも伝えると、先生は優しい声で励ましてくれた。


翌日、俺たちは朝から縁日寺で働いた。

親父の話では、市内の被災について緊急的な対応——つまり決壊した川の水を止めるとか、浸水した家に取り残された人を助けだすとか——は、昨日のうちになんとかめどがつき、今日から本格的な災害復旧に入るのだという。久々の大型台風による市内全体の被害と水害被害のダブルパンチで、「俺たちがどのくらい働けば元通りになるのか、父さんにもぜんぜんわかんないよ」と親父は顔をしかめた。二階まで浸水した家屋も相当数あるそうで、避難所に行った人たちが帰宅できるのはもっともっと先になる。東京で買ってきた食料や水などは、俺たちが撤収する段階で寄付していくことにした。

縁日寺さんの様子を見にきた俺たちなのだから、お寺の復旧がもちろん本務である。先生たちだって研究室の仕事があるのだから何日も滞在してはいられない。でも俺はどうすれば？　もやもやしながらお寺で汗を流した。

石段を掃き清める横を一人また一人、年寄りたちがよちよちとのぼってくる。石が崩れてこないか、滑り落ちはしないかとハラハラしながら挨拶すると、「おお、おお、ご苦労様です」とていねいに頭を下げてくれる。「すぐに様子を見にきたかったんだけど」とか、「おらだぢが片付けでぎねぐで申し訳ねぇ」と、泣きそうになりながら、俺の手を取らんばかりににじり寄るばあさん、じいさんがいる。

「はあ……お寺って、なんかすごいっすね」

握り飯を食いながら俺はため息をついた。朝、自分たちでこしらえたランチだ。住職の娘さんが、庫裏の座卓にお茶と皿一杯の漬物を用意してくれた。

牛頭先生がぐびとお茶を飲んで同意する。

「こうやって互恵関係、というか、『お寺のために尽くしお寺に守ってもらう』という、檀家さんの感覚がなぁ……」

「それが日常なんだろうね」

馬頭先生が加わった。杉さんは静かに聞いている。

「俺なんか研究室に入るまで、実家が何宗かも知らなかったけどなあ」

「さっき、孫を連れてたおばあちゃんがいたでしょ?」

馬頭先生に聞かれ、うなずく。

「ああやって小さいころからお寺に来て、『ほら、仏さまになむなむしよう』って言われて育って。……だからお寺にいる仏像はありがたいと思えるんだよね、きっと」

俺はぽかんと口を開けてしまった。そうか、そうだったのか。

「何百年ものあいだの、幼児から年寄りまで合掌してきた『なむなむ』の積み重ねが仏像のありがたさなんですね!?」

馬頭先生はほほ笑んでうなずくと、整った顔をすっと引き締めた。

「興運寺は南都六宗だから檀家制度とは無縁だけど、それだけに古い古い歴史、日本中の人の祈りを聞き届けてきたといえる。きみの八部衆像がそうだよ、ソウスケ」

うっ。雲行きが怪しくなってきた。助けを求めて目を泳がせたが、こんなときいつもフォローしてくれるミロク先生は電話中だ。東京の教授と話しているらしい。

八部衆は平安時代末期の、平家の焼き討ちからも生き残ることができた。脱活、つまり張り子で軽かったからだ。東大寺の盧遮那仏をはじめ南都六寺の仏像がほとんど焼失するなか、脱活乾漆像である八部衆像や十大弟子《じゆうだいでし》像は、僧侶や寺の仏師が抱いて逃げ、難を逃れた。もちろん、ピンチはこの焼き討ち事件に限らなかったはずである。千二百年ものあいだこうして人災や天災から守られてきた事実、それ自体が――「なむなむ」の集合体として――八部衆の、「俺の」沙羯羅像を尊いものとしているのだ。

「おまえもさ、気がかりだろうけど早めに東京へもどれよ」

驚いて牛頭先生の顔を見た。この人、そんな優しい声も出せるのか。

「そうですね……」

スマホが震えた。親父だ。目で断って廊下に出る。

「どうした？」

『小林さんな……遺体で見つかった』

小さくて遠い声。

今回の浸水地域を取り巻くかたちで農業用水が流れている。というより、赤川を飛び出して平地を襲った川の水がたどり着いてその用水に流れ落ち、そこで被害が止まったというべきか。

両親と奥さん、ご近所に何人かいる独居老人を心配したコバジーは、暗いなかを家に向かっていた。そして農道を走っていたとき川からの水が増してタイヤが取られ、クルマは草むらをつっきって農業用水につっこんだ、らしい。

前にテレビで見た。水に囲まれるとクルマはすぐに脱出不可能な檻《おり》に変わる。今日になって田んぼを見にきた人が、用水の陸地側の草むらに隠されるように沈んだクルマを見つけた、とのことだった。

『通夜は明日、告別式は明後日《あさって》だ。……どうする？』

「行く」と答えて電話を切った。

結局、金曜夜の通夜には現地にいる三人の講師が出席し、翌日の告別式は代表で一条教授が出席、と決まったらしい。馬頭先生とミロク先生は用事が溜まっているため明日、斎場から直接、電車で帰京することになった。

コバジーの訃報はいずれ復元プロジェクトの関係者から正式に伝えられるはずではあったが、山本住職にもミロク先生から伝えてもらった。ご本尊復元プロジェクトの立上げや取材対応などで、コバジーはこの寺にもしょっちゅう顔を出していたという。

「温厚で熱心な、うんといい人だったのに」

切なそうにつぶやいて、住職は合掌した。

日が暮れると実家にもどって、また手間のかからぬ献立を用意し、今日はおふくろが夜勤のために男ばかり六人で口数少なく食卓につく。

俺は中学校で、親父は市役所で、先生たちは縁日寺でそれぞれコバジーとつきあいがあったわけだが、思い出せるエピソードは誰も、それほど多くなかった。

「ソウスケ……くんは、小林先生から美術の授業を受けたんだろう?」

牛頭先生が不器用に尋ねる。

「そうですけど……怒られたこともないですし……おとなしい先生でしたから」

答えながら思い出す。

中学二年のときに「自分の手をつくろう」という塑像の授業があった。俺はやっぱりいつまでも完成させられなくて、コバジーは放課後、俺が残って制作しているのをずっと美術準備室で待っててくれたっけ。

そんな地味な思い出を話すと、親父も「そうそう」と言葉をついだ。

「おまえが藝大に受かって記事が出たとき、役所で小林さんにおめでとうって言われたよ。で、なんだか三学年下に同じく藝大をめざしてる子がいるんだって。この子は落ちたけど、元気づけにおまえの記事を見せなきゃって言ってた」

ヒロシのことだ。そういえばやつに伝えていなかった。

「おまえのことを、『ラグビー部で暴れる半面で、じっくりものを見てじっくりじっくり形にする力がある』なんて言ってたな……思い出しちゃったよ」

そう言って親父が鼻をすすると、なんとなしに皆が黙りこんだ。

そうか、もう帰省しても同窓会があっても、コバジーに会うことはないんだな。あっけないもんだな――そう思うと、心のどこかが冷えていく感じがした。

その夜。埃臭いベッドに寝そべり、ヒロシにコバジーの件をメールした。

そのままスマホを見ていたら、やっと勇気が出た。魅音のラインを開く。

〈元気？　いま研究室の仕事で会津に来てます。実家に泊まってる（詳しくはリンちゃんに聞いてくれ）。長いあいだメールもしなくてごめん。〉

すぐ既読になった。うれしい。

〈反省しています。ごめん。俺、いろんなことから逃げてました。〉既読。

〈ニュースで見たかもしれないけど、今日、台風の死者として発表された小林さんは俺の元・先生でした。いい人でした。〉既読。

〈でも、いい人だったって千人が言っても、一万人がかわいそうねって泣いても、死んだ人は帰ってこない。きっと俺だっていつか忘れる。怖いです。離れていくってそういうことなんだと思いました。〉既読。

〈魅音、俺は君を忘れたくない。というか離れたくない。逃げてはいけないことが人生にいくつかあるとしたら、魅音、あなたが俺のそのひとつです。〉既読。

「東京にもどったら会ってください。謝りたいし、それから」、そこまで書いて指が止まってしまった。

俺、いつ東京にもどる？　魅音になにを言う？　中国の文化財を守るという、一点の曇りもない理想に向かっている彼女に対して、なにか約束できることが俺にあるんだろうか？

悩んだすえ、「謝りたいし、それから」の部分を消して送信する。画面に何度目かの「既読」という小さな表示が浮かんだが、どれだけ待っても返事は来なかった。

翌日も明るいうちは縁日寺の手伝いをした。

風雨に荒らされた敷地を掃除し、壊れた屋根はブルーシートでおおう。倒れた松を脇の植えこみに移動させ、墓地に続く道も整備した。長年放置されて簡易舗装が欠けたりへこんだりしている部分は新たにセメントを足し、すべり止めに砂利を敷く。

足元の安全を確認してから住職にお出ましを願い、次はその指示にしたがって、倒れた墓石の措置をした。

最上段の墓石は棹石《さおいし》と呼ぶそうだが、そのまま再び立てても大丈夫そうなお墓はまれで、ほとんどの棹石は泥をぬぐって外柵に立てかけておくしかなかった。住職直筆の記録帳と照らし合わせ、各家の墓石の損傷状況をメモしていく。

「墓守《はかもり》がいなぐなった家も多いがら、どらほど連絡がづぐがわがらねぇが……」

あとはそれぞれの檀家で石屋に依頼して修繕するしかない。天災だからしかたないのに、住職はすまねえ、すまねえとつぶやきながら墓石を撫で、念仏を唱えた。

俺も住職のうしろで神妙に頭を下げ……たものの、数基も付き合っていると退屈してきた。脇に転がした松の木に目をやる。便宜的にどかしただけなので、これも近々、植木職人などに頼んで処分してもらう必要があるだろう。

「……もったいないな」

俺の見ているものに気づいたらしい。牛頭先生が小声で話しかけてきた。沈痛な声で続ける。

「ああやって直接、地面に置きっぱなしだと、木材はすぐダメになっちゃうしな」

これから雪も降る。期せずして二人同時に空を見上げたとき、住職が読経を終えた。

「で、通夜はどうやった？」

「どうって……人がたくさん来ました」

「そうやろうな。……まだお若かったんやろ」

「享年五十九、だそうです」

俺の言葉に太いため息をついて、一条教授は黒いネクタイを少しゆるめた。

土曜日の朝。十時少し前に会津《あいづ》若松《わかまつ》駅に着いた教授は喪服に黒いトレンチコートと、常になく地味な服装だった。

だが、ミラーサングラス（ティアドロップ型）着用のマン・イン・ブラックはエイリアンならぬ善良な福島県民にとっても十分脅威だったらしい。ロータリーに親父のセダンを停め、運転席でぼんやりしていた俺が、「ん？　なんか急に寒くなった？」とあたりを見回して、教授の到着に気づいたくらいだ。

斎場は駅から車で十五分。昨夜は同じ道を、ミロク先生と馬頭先生を乗せて駅に送った。たっぷり三日間の野外労働に続く弔問だったから、三十代の先生たちもさすがに疲れたようだ。

通夜には役所の関係者や近隣住民に加えて、コバジーの教え子とおぼしき人たちがたくさん来た。俺には十代、二十代が目についたものの、三十数年前から教師だったわけだから、五十歳くらいの弔問客が元・生徒であってもおかしくなかった。

不慮の事故であり、地元もまだ災害の渦中なので、会場には終始、骨身にしみるほど哀切な空気が漂っていた。仙台から駆けつけたという娘さんの腕のなかから、たぶん二歳くらいの女の子が「じいじはー？　じいじー？」と声を限りに呼んだ瞬間、コバジーの奥さんの喪服の肩ががくっと前に倒れるのを俺は見た。

「……たまらんなあ」

「たまらんっす」

そんな様子を伝えると、教授は派手なサングラスを外して激しく鼻をかみ、堅気《かたぎ》っぽい眼鏡に掛けかえた。

「で、ソウスケはいつ帰るんや。まだ模刻制作、終わってへんのやろ」

遠くに斎場の看板が見えてきた。

深呼吸。昨日から組み立てていた考えを頭の中で復唱する。

「それなんですが、お願いがあるんだす」

やばい。噛んだ。

「おまえはアホか！」

小さい声だったが、駐車場で待っていた牛頭先生には聞こえてしまったようだ。クルマのドアを開けながら、目を丸くして教授を見る。

「お疲れ様です……って、どうしたんですか？」

「ああもう時間ない。もう始まるやろ？　行こ」

教授はあごをしゃくって俺たちをしたがえ、斎場へ急いだ。遅刻しそうだ……というか、「小林家」とあるホールからは、もうお経が聞こえていた。

ホールに入る瞬間、教授の表情は沈痛そのものになり動作も重厚謹厳、どこから見ても「本邦随一の美術大学教授」モードに入り、偉い人たちが集まる一角にしずしずと向かった。ついさっきまで「アホ」だの「ボケ」だのと俺を罵っていたアウトレイジとは別人である。

こういう場の教授は公人だから、もはや俺に交渉のチャンスはない。肩をすくめておとなしく一般席の片隅に腰をおろした。

何列か前の会葬者が振り向く。ヒロシだった。目で合図してから心静かに読経を聞く。

——俺だって、なにかの役に立ちたいじゃないか。

——俺だって、コバジーに教わったんだ。それもあって今、彫刻をやってるんだ。

焼香の順番が来た。祭壇の前に進み、遺族席に身体を向ける。コバジーの年老いた両親や奥さん、娘さんたちには、もう涙を流す気力も残っていない様子だった。

——すみません。

湿った綿のような無力感にさいなまれながら頭を下げる。

出棺を見送って、ほぐれつつある人ごみのなかにヒロシを見つけた。今朝着いたのだという。

「卒業制作をなんとか仕上げて、告別式に間に合いました」

そうだった。修士二年である俺が修了制作に追われているように、油画科四年生のヒロシにも卒業制作があったのだ。つい先日も練習をつきあわせておいて、気にかけてもいなかった。

「あ……そうかぁ。なに描いたの？」

油画科の卒業制作だからといって油絵を描くとは限らないが、やつの場合は少なくとも「絵」である気がした。

「『走る男』というアクリルです」

「走る……」

「ラグビーの試合中の、俺なのかな、先輩かもしれないすけど……俺、結局はスポーツしている人間を描くのが好きなんですよね」

言いながらスマホを操ってヒロシが見せてくれた「走る男」は、ピンクとオレンジを背景に青と緑の男が疾走している絵だった。すべてが大小の正方形で構成されているのに、男の若さと喜びが伝わってくる。

中学生のヒロシの、部活動であるラグビーの絵を絶賛したのがコバジーだったという。東京藝大を受ける相談にも乗ってもらったそうだ。

「……そうか。いい絵だな」

ヒロシは照れたように笑ってスマホをしまう。その肩越し、離れたところに教授が見えた。引き上げる人たちでごった返すロビーで、一条教授は背の高い初老の男に笑顔を向け、ときおり頭まで下げていた。

「あの人……市長ですね」とヒロシがつぶやく。

――なんだよ、こんなときまで。

むかっとした。

東京藝大の教授には一匹狼が多い印象があるのだが、一条教授は各方面とのリレーションをかなり大切にする。具体的には省庁や自治体、研究機関や企業などだ。それがうちの研究活動を豊かにしてくれたことはわかる。牛頭先生なんて、「ああいう営業センスも大事なんだよなあ」と感に堪えたように言ってたくらいだ。自分がいちばんそういうの、向いてないくせに。

教授は市長と談笑しながらロビーを出てきた。周囲が自然と道をあけ、教授を発見したらしい牛頭先生が駆け寄るのが見えた。秘書かよ。

ちっ、と思わず舌打ちが出る。

「お！　おーい」

舌打ちが聞こえたわけでもなかろうが、教授が俺に気づいて手を振った。

それをしおに市長は教授に会釈し、黒塗りのクルマへ向かった。斎場を出ていくクルマを笑顔で見送ると、教授はすっと表情を消して俺を手招きした。

――なんなんだよ。

いらだちをおさえ、目顔でうなずく。察したヒロシが「じゃ」と言うのに軽く手を上げ、のろのろと教授たちの前に向かった。

前に立った俺をじろりと見上げる。

「……アホぅ、おまえ。急にあんなこと言うて」

「……すみません」

答えながらも、頭を下げる気にはならない。知らないうちに拳を固く握っていた。わけがわからないといった顔で、牛頭先生は俺と教授を不安そうに見比べている。

すると教授はふいにスラックスのポケットに手をつっこみ、伸びながら背をそらした。

「市長に話をつける時間が、あんまり取れなかったやないか」

そう言って俺の目を見、にやりとする。

「えっ……」

「ええ考えや、言うてくれた」

「なんですか？　ソウスケがなにか？」

たまりかねたように牛頭先生が入り、視線を左右にさまよわせた。

「あの……松の、木を使って、お地蔵……さまが彫れないかと……」

ちゃんと説明しようとしたが、急な展開に上気して言葉が切れぎれになる。

「地蔵!?」

目を見開いて復唱した牛頭先生に、教授がいたずらっぽい顔をした。

「そや。縁日寺の御神木が折れたんやて？　ソウスケは、その木を使って墓地に置くお地蔵さまが彫りたい、て僕に提案してきたんや。それもここに着く直前にな。話が理解できるまでクルマを停めて説明させとったら、あやうく遅刻するとこやったわ」

カカカ、と笑う教授を横に、牛頭先生は俺にくってかかった。

「おまえ！　ソウスケ!!　そんなこと言ってる場合か？　修了制作がまだ終わってないんだろ？　自分のケツも拭けないくせに――」

「留年します」

口が勝手に動いた。「あちゃー、言っちゃった」と、俺のなかの誰かが頭をかかえた。

でも止まらなかった。

「留年がダメなら修士中退でもいいです。ここで、俺の故郷でなんにもしないでいるなんて、自分の都合だけで東京にもどるなんて、したくない。できないっす」

「またそんな思いつきで……」

苦笑を浮かべた牛頭に、思わずまた怒鳴っていた。

「こんなときこそ仏さまじゃないのかよ!?」

「まあまあ」

いきり立つ俺の背中を叩き、教授が一歩、牛頭先生に近づいた。

「本人がええ言《ゆ》うてるんやから、ええやないか。それよりな」

にやり、というより、にんまりと笑う。

「市長が言うには、今回の台風で、市内の御神木やシンボルツリーが他にも二、三本、折れてもうたんやと。それも回収して材に加工して、縁日寺の脇侍をつくるのもアリやなあという話になったんや。災害復興を祈るためにな」

「……えっ」

シンボルツリーと聞き、「木の牛頭」が目をしばたたかせる。脇侍の建立も縁日寺の悲願だったはずだ。

「な？　まあ本人が望むとおりソウスケくんには頑張ってもらって、まずは折れた木を回収して制作に適したかたちにする、その段取りをやってもらおやないか」

その夜。牛頭先生と両親の四人で晩飯を食っているとインターフォンが鳴った。

「はい」

モニターに相手が映ると同時に声がした。

『やっほー、まひるだよん』

「あ、間に合ってます」

『こらこら』

斎藤家の門灯に照らされ、見おぼえのあるコケシ頭とリンちゃんが映っていた。

「どなた?」

「研究室の連中。手伝いに来てくれたみたい」

おふくろに答えて玄関に向かう。牛頭先生も「意外に早かったなあ」と箸を置いた。

告別式のあと、簡単な打ち合わせを終えると教授は早々に帰京し、牛頭先生と俺は今後の作業を段取ると同時に、研究室の連中へ「新企画」への協力を要請した。幸い今日から祭日を含む三連休なので、短期間なら手伝えるスタッフが何人かいるかもしれない。

でも、まさか修了制作中の同級生が来てくれるとは思わなかった。にやつきそうな頬を引き締めようとする俺に、親父やおふくろも興味津々の顔でついてくる。

「げ」

ドアを開けたら家の前にクルマがデンと停まっていた。銀色に輝くベンツＣＬＳ。

だだだ、誰の⁉

「驚きましたかー、アイリさんちのクルマですー」

まひるの横でリンちゃんが白い息を吐いて笑った。なるほど、さすがお嬢さま。しかし運転技術はイマイチとみえ、駐車位置が左のフェンスに寄りすぎだ。少ししか開かないドアから這《は》い出ようと、運転席でアイリがもがいていた。

「おお、悪かったなアイ……」

後部座席から同じように這い出てきた魅音を見て、俺は再び固まってしまった。

「驚きましたかー、私が誘いましたー」

リンちゃんの笑顔が息で白くくもる。いや、てかもう、魅音しか見えない。

「来て、くれたんだ……」

二週間ぶりくらいか。少し痩せたか？　きつい目が俺を射抜いた。

「聞いたよ。もう何日も制作サボってるって。バカなの？」

お……怒ってる。魅音は俺のバカぶりを確認するためにこんなところまで来たのか。

もうずっと田舎に引っこんでろボケと言いたいのか。

「いやっ、あのっ」

「それ本当なのソウスケ」

あわてる俺のうしろでおふくろが低い声を出した。

「いや、今その話は。みんな、来てくれてありがとう、今日どうするの？」

むりやり打ち切ってまひるたちに話を振る。いずれにせよ、こんな寒い玄関先でいつまでも立ち話をしているわけにはいかない。

「駅前のビジネスホテルを予約してる。顔見せに寄っただけ。おなか空《す》いたからもう行くね」

空気は読めるが対応はザツなまひるがのんびりと手を振り、魅音の肩を抱いてクルマにもどろうとした。

「私も、久しぶりの運転で疲れたし。じゃあ」

「お店閉まりますから急ぎます。おやすみなさーい」

アイリとリンちゃんも親父たちに笑顔で頭を下げ、すぐきびすを返す。

まひるの横で魅音が俺を見た。強いまなざしのまま、問うように小首をかしげる。一歩踏み出そうとしたが、牛頭先生がずいと前に出て、「明日の集合場所と時間はわかってるな？」と話しかけ、出鼻をくじかれてしまった。俺は皆にあいまいな笑顔を浮かべる。

「女子ばっかりなんだな……気をつけて」

「あ！　シゲは機械を持って明日合流するって！」

乗りこんだまひるが元気に答えてドアを「ズン」と閉め、魅音の姿が見えなくなった。

ベンツが私道を出るまで見送り、食堂にもどる。

食器を下げながら「あの、最後の一人は工芸の留学生だろう？　知り合いか？」と牛頭先生が聞くのへ、おふくろが皿を洗いながら「あら、ソウスケのいい人でしょ。違う？　へー外国の人なんだ」と、瞬時に見すかした、うえに、デリケートな問題まであっさり受容してみせた。穴があったら入りたいとはこのことだ。

〈明日朝、二人で話せないか？〉

部屋に逃げこんですぐ魅音にメッセージを送った。

が、旅先の女子会が盛り上がっているのかまだ俺に怒っているのか、やっぱり返事は来なかった。


川から立ちのぼる霧が河川敷を白い舌のように嘗《な》めている。四月になれば桜の花と菜の花、それを楽しむ人でいっぱいになる土手も、師走まであと一週間の朝ともなれば人の姿はまれだった。

俺と魅音はレンタカーの中から、立ち枯れたススキやエノコログサの結氷が朝の光に溶けていく様子をフロントガラス越しに見つめていた。

「……ごめんな」

「いっつも謝ってばかり。でも謝るだけ」

鋭いピッチャー返し。ダメージ半分懐かしさ半分で俺は言葉を失ってしまう。

魅音が焦《じ》れたようにつぶやく。

「……それに今度は、黙って実家に帰って、地蔵彫りになるって言う」

「『地蔵彫り』ってなに」

待て待て、なにか誤解が。

「木を伐って、お寺で彫るって聞いた。ソウスケの腕じゃ一年くらいかかるって」

「ちょ、ちょっと待て、誰だそんな失礼なこと言ったやつは」

「それ、やってることぜんぶ捨てて生まれ故郷に逃げるのと一緒。……私からも逃げるのでしょう？」

あまりのことに、うつむく魅音の頬に手を添えてこっちを向かせた。涙でびしょびしょになった顔が見えたと思った瞬間、ごつい中国製ザックが俺の顔面を直撃する。が、頭を低くして腕を必死に伸ばし、細い肩をつかんだ。殴られた。つねられた。

でも離さない。

なんとか両肩をとらえると、ぐしゃぐしゃになっている魅音の顔を頭ごとかかえ、そっと胸に抱いた。黙って震えている熱いかたまりから、やがて嗚咽《おえつ》が聞こえてきた。魅音の頭をくるむように抱きしめる。

「ごめん。謝ってばっかりだけど、ホントごめん。……逃げたりしないよ」

縁日寺の墓地に、折れた松の木でつくった地蔵を置きたいと思った。仏さまに生まれ変われば、皆も安心してまた何十年も何百年も「なむなむ」してくれるだろう。それを彫ることこそ仏さま研究室の、いや、俺の仕事だと思った。だけど、あくまで東京で、だ。恋人も研究室も投げだして故郷に帰ろうなんて思ってもみなかった。

地蔵尊にしても、考えてみたらすぐ彫れるわけではない。つい先週まで土から生えていた生木なのだから、丸太の状態にして最低半年は乾燥させる必要がある。つまり、適当な長さに切る、根や枝など不要な部分を処分する、適所に材を運んで乾燥させる、乾燥後に皮を剝いて製材して……と、実際に彫刻する前にやらねばならないことが山ほどあるのだった。

認めよう。確かに俺は昨日、牛頭先生にそう指摘されるまでまったくそのあたりを考慮していなかった。

ここに折れた松の木があり、二年近く仏師の修業をした俺がいるのだから、頑張れば地蔵の一柱《はしら》や二柱くらい……と思っていた。教授が市長と「他の木も利用して」と相談したと聞いたときも、正直ただ面食らうばかりだった。牛頭先生に、市や研究室のスタッフを巻きこんでみんなで進めるほうがより効果的、かつ効率的だとじっくり説明されて、ようやく納得した次第だ。

「だから俺には、少なくとももう少し、仏像を彫る修業が要るみたいだ。いつまでも学生で申し訳ないけど、魅音にはそばにいてほしいんだ」

魅音は上体を起こすと俺に向き合った。シャープなあごの線、涙で濡れた大きな瞳。なんてきれいなんだろう……。

「♪チャーラリラー」

唇を寄せたところでスマホが大きな音をたてた。魅音が笑いだして甘い雰囲気が吹き飛ぶ。クルマを停めている土手の道も、気がつけば登校する高校生が増えていた。

スマホをつかんで発信者を見る。パパ、息子の恋路を邪魔しないで。

『あー、おまえもう縁日寺にいる？』

「まだだけど。なんだよ」

『おまえたちに紹介したい人がいるんだけど、これから役所出るから』

「ちょっと待てよ！」

と言ったものの、コンソールを見るともう集合まで時間がなかった。三十分後に縁日寺で落ち合う約束をして電話を切る。

魅音はすっかり泣きやんで、興味深そうに俺の故郷の景色を眺めていた。

「悪いな、こんなとこまで来てもらって」

「ううん、楽しい。仏さま研究室の女の子たち、みんないい子だね」

「そうかあ？」

名残惜《なごりお》しい気持ちをおさえてエンジンキーを回す。

縁日寺の駐車場に行くと、牛頭先生の軽トラ、弓削家のベンツ、親父の国産セダンがすでに勢揃いし、みんな思いおもいに立ち話をしたり湯気のたつ缶コーヒーをすすったりしていた。

「お、来たな」

近づいてきた親父と助手席から降りた魅音が、ちょうど正面から顔を合わせた。互いに軽く頭を下げる。

「えーっと、ソウスケの父です」

「趙魅音です。東京藝大保存修復工芸研究室、博士二年です」

「あ！　ああ、ああ。……ソウスケがいつもお世話になって」

「お世話？　してないですよ。家のこと……家事？　ぜんぶ半分ずつね」

あわわ。

親父は一瞬言葉を失ったと思うと、愉快そうに笑った。

「ああそうですか。ソウスケが？　だってこいつバカでしょう」

失礼な。いいかげん止めようと足を踏み出したところで、魅音が親父を見上げた。

「バカですね。ソウスケを見てて私、バカいう言葉の正しい使い方おぼえました。まっすぐで優しい、いう意味もありますね？　ソウスケさんすばらしいバカです。だからみんなが力、貸してくれる。これ、親が偉いです」

優雅に会釈する。ぽかんと口を開けた親父は、やがて頬を赤らめると、「いやあ、そんなこと言われると照れちゃうなあ。趙さん今度ゆっくりお話でも、ほら、妻も会いたがっていますんで」とはしゃぎ始めた。

「おい」、さすがにあきれて親父の前に立ち、あごを軽くしゃくってみせる。

先ほどから親父のうしろに人が立っていた。スーツに作業着をはおった三十歳くらいのそのイケメンは、さっきからこの、心の底からどうでもいい会話が終わるのをじっと待ってくれていた。軽蔑も焦りの色もまるで浮かべないその表情を見ただけで、仕事のできる人だとわかる。

「お。おお、忘れてた。この方は市の教育委員で文化財を担当している山田さん。今回の件を『台風被害材による復興祈念仏像プロジェクト』として予算化してくれるんだ」

山田さんはきっちり上半身を折り俺と握手した。

「よろしく。予算がおりるかどうかは、まだわかりませんが」

市長の指示を受け、今日はこれから他の倒木の場所を案内してくれるという。

牛頭先生を呼んで引き合わせ、研究室のメンバーを山田さんに紹介していると、「プアン！」と警笛がした。場違いなほど大型のトラックがぬっと駐車場に入ってくる。

「でか……！」「なんかクレーンついてる」「『高橋材木店』……って、なんだっけ」

ユンボやワイヤー、滑車にチェーンソーなどを載せたトラックは、おののく俺たちの前で危なげなく駐車した……かと思うと、助手席のドアが開いて全身ツナギの男が飛び降りる。

「シゲ！」「すごいじゃん、本格的！」声をあげる観客をヤツは両腕を上げて制し、そのままマジシャンのように手を広げて運転席へ注目をうながす。

結んだ金髪をほどきながら降りてきたのは、マジシャンの助手といっても通用するほどの美人だった。だが残念なことに仏頂面だ。シゲは、関心なさそうに肩をすくめて明後日の方向に行こうとする彼女に走り寄ると、その肩を抱いて（！）こっちを向かせた。

「群馬県から来てくれました高橋材木店のお嬢さん、カヤノさんです！　今回のプロジェクトを全社で応援してくれるとのことで、今回伐り出す材木も管理してくれます！」

わあああ！と皆が拍手するとカヤノちゃんはみるみる頬を赤らめ、「……必要経費はもらうけどさ」と口をとがらせた。その顔がかわいくて、そこにいた全員が彼女に好意をもった。

「あれ、なんてクルマ？」「……四トンユニック」「普通免許で乗れるの？」「いや、中型と玉掛けと」「タマカケってなになに？」と女たちが盛り上がる。

そのうしろで助手席のドアが動くのに俺は気づいた。

高いステップからずり落ちるように降車したのは後輩の珍念だ。心配げなシゲの視線に気づき、弱々しい笑顔を浮かべてみせる。俺はシゲに近づいて尋ねた。

「珍念どうしたの？　顔色悪くないか？　車酔い？」

シゲは目を細めてやつを見ると、ほろ苦く笑った。

「いや……今日は朝からマユミちゃんがデートだとかで」

「はあ？」訳がわからず聞き返すと「いや、いいんだ」と手を振り、「なんか、久しぶりだな、ソウスケ」と笑みを浮かべた。

「悪いな、修了制作中なのに」

「いいんだよ。僕たちはもう目鼻がついてるんだから」

「そうだよな……」うつむいて頭をがしがしと掻《か》く俺の背中を、シゲがぽんと叩いた。

「さ。とっとと片付けて東京へもどろうぜ」

「そうだな」

俺はうなずく。

俺が言い出しっぺのプロジェクト、修了制作、恋愛に進路。やりかけのことが多すぎるけど、とにかく一つひとつぶち当たっていくしかない。

それしかないんだ。

定朝様式が確立した平安時代になると、仏像は形式化して顔も同じように抽象的、というか、概念的になる。

その点、天平文化の代表作といわれる八部衆像の顔は、それぞれ実在する人間のように個性的だ。文化の中心地として建立された当時の大寺院には、大陸や百済から渡来したさまざまな芸術家が寄留していたそうだから、なかには伎楽団の美少年たちもいただろう。彼らが阿修羅などヒューマノイド系八部衆のモデルを務めたのではないか——と一条教授は想像している。

ちょっと眠たそうなひと皮まぶた、気品ある唇、豊かな頰。十指を動かして頰のラインをなぞりながら、沙羯羅くんのモデルになった少年はどんな人生を送ったのかと考えた。千数百年後にこうやって、また自分の顔をつくっている男がいるなんて想像もしなかっただろうな、とも。

背後には牛頭・馬頭コンビがいる。気配を消そうとしてはくれているが、緊張しているのがまるわかりだ。

実習室では他に同級生三人が各自のスペースにいた。後期講評会まであと三日。彩色以外は皆ほとんど完成しているはずなのに、難しい顔で衣文《えもん》の襞を少し彫り足したりしている。

——ホントおまえら、心配しすぎだな。

苦笑したつもりがクスンと鼻をすったみたいになった。心外だ。

模刻は首から下、胴体も手足も装束も東京にもどって超集中して、なんとか十日でつくりあげた。そしたら前に完成させていた顔が気に入らなくなってまたも木屎漆《こくそうるし》を削り落とし、今、もういちどつくっている。今まででいちばんいい感じだ。

何度もやり直したはずなのに、布貼りが不完全な箇所も残っていて泣かされる。土台が弱くて木屎漆が安定しないのだ。

「漆は、手を抜くとあとで二、三倍のしっぺ返しをくらう素材なんだよ」

馬頭先生の言葉を思い出す。乾漆像は布貼りという基礎工程をていねいに繰り返して、初めて軽さと柔らかさを表現できるのだ。素地を積み重ねたうえでの軽さ。……うむ。

斎藤壮介もかくありたい。

指を動かす。写真と見比べる。また動かす。また見る。息を大きく吐いて、けむったような眉の形を、親指の腹で、整える。

やがて俺はうしろの先生たちを振りあおぎ、うなずいた。

「……終わります」

拍手が起きた。

同級生三人が起立し、俺に手を叩いていた。目を赤くしてバカ笑いしているまひる、優しくほほ笑むシゲ、ぎくしゃくと笑ってるアイリ。

俺はたぶん、ジジイになってもこの瞬間を忘れない。

エピローグ　そして春は別れの季節

「学位記。川名まひる。平成七年七月七日生まれ。本学大学院美術研究科文化財保存学専攻の修士課程を修了したので修士（保存修復彫刻）の学位を授与する。令和二年三月二十五日、東京藝術大学」

一気呵成《いっきかせい》に読むと一条教授は羽織袴《はおりはかま》の腰を折り、「おめでとう！」と呼ばわって証書を授与した。先輩は黙って頭を下げ、うやうやしく受け取る。

就職組と聞いていたのに、秋に入って有名文具メーカーの内定をいきなり辞退したのには驚いた。就職は就職でも小浜市に新設された公共施設の研究職員になるとおっしゃるのだ。「おばま仏の郷《さと》なんとかセンター」だったか「仏のふるさと小浜かんとかの館」だったか……地域に点在する古仏の発掘と保存管理、広報・展示などを行なう仕事だぞうである。夏休みに制作で小浜に寄宿した際、熱くスカウトされたと側聞《そくぶん》する。

「まひる先輩、札幌出身ですよね？　そんな知らん田舎で就職するの、不安やないですか？」

「へ？　なんでっ？」

本気で不思議がられてしまった。

「ええー、だってあたし、あそこの仏さまにすっかり恋してってさあ～、そしたら『ウチに来ないか』って言ってくれる王子様がいて～。最初は臨時職員なんだけどぉ、なんか将来的には公務員になって、より広く地元の文化財保存にたずさわってほしい、みたいな？」

それは王子様やのうて市役所の人やろ、と、つい無粋なつっこみを入れそうになる。軽いコメントと裏腹に、まひる先輩がつくった十一面観音像はなんというか、重い。原本像は決して有名ではないのだが、さぞ霊験あらたかにしてすごみのある仏さまなのだろう、と模刻像を見るだけで想像が膨らむ。そして、この人は本当に「仏さまに恋」したんだろうな、と納得してしまうのだ。

まひる先輩は、これだけの技術があるのに就職（それも制作に関係しない）をあっさりと選んでみせた。そこもなんというか、かなわない気がする。一般世間とは逆に、藝大を出ておいて「プロをめざしません」と表明するのはすごく勇気のいることなのだ。

僕は頬を紅潮させて席にもどる先輩をもういちど見た。

僕にはできるだろうか？　ほんの一時期、制作のため滞在しただけの街で、そこの仏像のために生きるのだ。たった一人で。

……答えはわかっている。できない。少なくとも今の僕にそんな度胸はない。

――あ。待て待て。先輩の友達の実家があのあたりで設計事務所をやってる、という話も聞いたことあるな。その「友達」はいま東大で建築を勉強してるとか。あれ？

「たった一人」違《ちゃ》うん違《ちゃ》う？　違《ちゃ》う？


東京藝術大学の卒業式は音楽ホールの奏楽堂で行なわれる。音校と美校、学部に修士、博士すべての卒業生、計九百名弱が一堂に集まり、各専攻の総代に「学位記」が授与される。僕は去年、学部の卒業生として出席したばかりだが、今年、研究室の後輩として参加できる場は、近くのホテルの小ホールで行なわれる文化財保存学専攻の卒業式（正式には謝恩会）となる。同専攻に属する七研究室の修士・博士の卒業生が担当教授から学位記をもらい、謝恩パーティになだれこむのだ。

「……珍念は今日、ケサ・ローブでないのか？」

隣のリンちゃんが小声で聞いてきた。ケサローブ？

「僕はお寺の子ぉやけど坊さん違《ちゃ》う。袈裟《けさ》なんか着ますかいな」

「……そうなのか。楽しみにしてたのに」

なんでやねん。

かくいうリンちゃんはスーツに身を固め、隣の席でじっと壇上を見つめている。前の列には助手のキヨミさん、非常勤講師のセンセがたやスタッフさんら、仏さま研究室のみんながきちんとした格好で腰かけている。

主役である修了生たちは、最前列の椅子で自分の番を待つ。

「川名」の次は「斎藤」。ソウスケ先輩だ。

修了制作途中で登校拒否学生になって「犯人」の牛頭先生をおおいにあわてさせたソウスケ先輩は、その失踪中にまた変わったことを言い出して僕たちを右往左往させた。よくよく聞けば研究室全体で取り組める、意義あるプロジェクトだったわけだが、人づてに「故郷で地蔵を彫りたいんだってさ」と最初に聞いたときは、なんとこの研究室の人らしいドロップアウトのしかたか、と、感心したものである。

さような紆余曲折《うよきょくせつ》のはて、このご仁は研究室に残ることになった。スタッフとしてである。なぜならば博士課程の入学試験を受けて……落ちたからだ。

それでも本人は「まあ、まだなにを研究するか、ちゃんと絞りきれてなかったからな」と平気な顔をしておられる。まずはお地蔵さまプロジェクトを優先させたいのが本音なのであろう。体力バ……いやなに身体頑健な人ゆえ、勉強とバイトを両立させて次なる博士課程の資金を貯めるつもりかもしれない。

がっしりした長身のスーツ姿にドレッドヘア……と、ラグビー日本代表みたいな先輩は、意気揚々！　という表情で受け取った証書をかかげると、工芸科の関係者席方面に向かって笑顔で手を振った。

　それだけ皆に心配をかけて巻きこんで修了制作をなんとか軌道に乗せ、卒業が見えた年末になって、ソウスケ先輩はとつぜん入籍を発表した。お相手は同じ文化財保存学の工芸教室、博士課程の中国人留学生である。

　しかしこの結婚に驚いたのは、研究室でほぼ僕だけだったらしい。前から彼女を知っていたというリンちゃんに聞くと、「奥さんは去年、福島のボランティアにも来てました。珍念も一緒にいたでしょう？　見たはずよ？」だそうだ。あの日の僕は個人的な悲劇で手一杯で、人の恋路など知ったことではなかったが。

　まあしかし、ソウスケ先輩が技術スタッフならば正直、心強い。漆については馬頭先生のよき助手であり、怒れる牛頭先生を研究室で唯一、肉体的に止められる用心棒であり、われら年少者にはよき兄貴……そんな便利な存在であるからだ。

「でも生活力がアレだから奥さんに見限られるやもしれませんのう」と陰口をたたいていたら、なんとビジネスを始めると聞いて僕はまた驚かされた。東京藝大への留学を志す中国人学生たちに向け、奥さんと二人で個人レッスンする仕事だという。まことに「転んでもただでは起きない」とはこの人のことである。

　シゲ、こと波多野繁先輩は、いつものように柔和な笑顔を浮かべて壇を降りた。

こちらは順当に博士入試に合格、三年間の博士課程に進まれる。研究テーマは「鎌倉時代、慶派仏師によるカヤ材を用いた制作工程」。

牛頭先生との雑談でそれを聞いた僕は、思わず実習室にシゲ先輩を訪ねたものだ。

「……修了制作はヒノキやったのに、博士ではカヤを研究しはるんですか？」

先輩は彩色作業の真っ最中だった。暖房もろくに入っていない部屋で大日如来に金箔をつける、その指先は赤くこごえている。

「うん？　うーん。ちょっとおもしろいなと思って。あれだけつくりにくい素材なのに、のちの鎌倉時代にあえてまた採用された理由を知りたいんだ」

相手がソウスケ先輩やまひる先輩であれば、「またまたあ！」とつっこんだやもしれない。「恋人の名前だから違《ちゃ》いまんのォ!?」と。

だが、この人は本気だ。木材工場で見たカヤの木の、あのざわざわするような割れっぷりの悪さに引っかかって、というか魅了されてしまって、それをまっすぐ研究対象にしたのだろう。

「檀像《だんぞう》を意識したんだとしたら、鎌倉当時でも白檀かカヤか、って選択肢になったんだろうけどね……」

わあ先輩。僕の前で白檀とか言わんといてください、とも言えなかった。とにかく真面目なのだ。

でも、群馬の高橋材木店に行く車中、初めて話した日に比べてこの人は変わった。あのときは「年上のくせにおぼこい」印象だったのに、いつのまにかしぐさが落ち着き、考え考えではあっても、はっきり発言するようになった。

……彼女ができると人間、そんなに変わるものだろうか？

……たとえば本命相手に童貞を捨てた、とかなら!?

「ふひょ」と妙な声が出てしまった。いやいや、落ち着け自分。色即是空。

シゲ先輩は、年明けに行なわれた修了作品展にも堂々とご両親を案内した。「すごいな」と感嘆するお父さんに「すごいだろ」と嬉しそうに答えていた。あの自信は童貞云々《うんぬん》とは関係ない。やっぱり作品への自信だ。

たしかにあの大日如来はすごかった。原本像そのものなのに、精緻にして濃密、不謹慎だが色気さえ感じた。この人が仏像制作を極めたらどうなっちゃうんだろう、と思う。あ。目が合った。僕は「頑張れよ」の思いをこめ、シゲ先輩に重々しくうなずいてやる。

修士生の掉尾《ちょうび》を飾るのはアイリ先輩。弓削愛凛その人である。深紅の振袖に黒い髪が映えて、映えて……やっぱり綺麗だ。しばらく会えないとは残念至極。

去年の夏休み、伊豆の山中まで先輩を訪ねたのは、単なる陣中見舞いのつもりだった。

先輩の学部時代の作品に感動したことがあったので、噂の天才はどんなふうに制作しているのかと興味がわいたのだ。

しかし、ふいに現れた僕の前で、アイリ先輩は思いがけないほど頼りなげだった。制作にも行き詰まっていたんだと思う。研究室では孤高と見えた表情が、不安な少女のそれに思えた。一瞬、マユミちゃん（この名を思い浮かべると、まだ胸が痛い）を忘れて「守ってあげたい」と思ってしまったほどだ。

それが、なんでか夏休み明けに様子が一変した。やっぱり無口でそっけなくはあったが、よく笑うようになり、優しくなった。大人になっちゃったな、という感じである。先生たちも「アイリは変わった」と不思議がった。自分の制作をガンガン進めたかと思うと、時間をつくって研究室の修復を手伝うようになったからだ。

特に、夏休みのあいだに愉則寺から運んできた阿形像にアイリ先輩は魅入られたようだった。像内納入品から、それが運慶作と判明したせいもあるだろう。彼女が模刻したのも運慶作だったから。でも、先輩は自分の腕を磨くためだけに仏像模刻をしていると思っていたので、一人の仏師にこだわる姿は正直、意外だった。

そして今回の「中退」である。教授には、「とりあえず一年」と伝えたらしい。修士を出たらどこにも所属せず、日本の寺院と世界の仏教遺跡をめぐりたいのだ、と。

そんな噂を聞いたばかりのある日、修復で先輩と二人になる機会があった。

「先輩がそんなに信心深いとは知りませんでしたわ」

皮肉な言い方になったのは、どこか納得してなかったせいだ。あれだけの作品をつくる才能があるのに、なにもあらためて宗教にひれ伏す必要はないじゃないか。僕がお寺の子だから、よけいそう感じるのかもしれなかったが。

「信心深い……？」

不思議そうに繰り返すと、やがて「そうね、信仰ってそういうことなのね」と先輩はひとりごちて、まっすぐに僕を見据え、ほほ笑んだ。

「私は作家になる。なんのために、なにをつくるのか、わかりかけた気がするの。そのヒントを集めるために旅に出る。人がなにに祈り、なにを祈ってきたのか――」

ひと息に言うと、「ま、それこそ宗教行為やん、って、珍念なら思うかもね」とつけ加え、いたずらっぽい目をした。

――ひときわ大きな拍手のなか、アイリ先輩はあでやかな笑みで壇を降りていく。その姿が黄金色ににじんで見えるのは、高価な金糸がたくさん縫いこまれた振袖のせいだ。女人《にょにん》との別れごときで、仏門（正確には仏門の門前だが）にあった者が涙などににじませるであろうか、いや、にじませない。

――この春、仏さま研究室からは修士四名、博士一名が旅立っていく。シゲ先輩は博士として、ソウスケ先輩はスタッフとして残るから、全員さよならというわけではないが、皆、別々の方向へ歩くことに変わりはない。

謝恩会の最後、一条教授が挨拶に立った。

「仏教の奥義に『諸悪莫作《しょあくまくさ》、衆善奉行《しゅぜんぶぎょう》、自浄其意《じじょうごい》、是諸仏教《ぜしょぶつきょう》』という教えがあります。『あらゆる悪いことはしない、善いことは喜んでしましょう、いつも心を清めて。それが仏の教えです』という意味で……なんや、いま笑ったやつおる？」

客席に鋭く眼光を飛ばした。よその研究室の人が座る一隅で、瞬時に身体を硬直させた学生が約一名。視線で半殺しに処したのを確認するや教授は莞爾《かんじ》とほほ笑み、

「たしかに、ちっさい子どもに言うような簡単な教えや」

とうなずいた。そして、

「しかしこれを一生、実践できる者はどれだけいるか？」

にわかに太い声で吼《ほ》えた。くだんの学生がよろめく。

「皆さんも何年か前、文化財保存学を志した刹那は善《よ》い道、正しい方法だけを心に定めて修業すると誓ったことでしょう。そしてこの何年かは、そのとおり励んできたはずです。本学を離れて自らの道を行かれる際も、どうかこの初心を忘れないでください」

わずかに間をとって、卒業生たちを見わたす。

「うちの学生によく言うことですが、文化財は二種類あります。まず、ギリシアやエジ

プトなど、太古に栄えた文化遺産が近代以降、土の中から掘り出された『土中古《どちゅうこ》』。そして、日本における骨董《こっとう》や仏像など、何百年ものあいだ現役で人々から大事に愛用され続けてきた『伝世古《でんせいこ》』です。たとえば二十一世紀のギリシアに生まれ育った若者は、古代ギリシア彫刻の作者とのあいだに接点のもちようがない。土中に消えていたことで、意識と価値観が断絶しているからです。しかし、たとえば法隆寺の釈迦三尊に対して、千四百年前の人々とこんにちの私たちとのあいだで拝む気持ちに本質的な違いはない。目の前に仏がおわすがゆえに意識がつながっている。これはすごいことです」

アイリ先輩が深くうなずくのが見えた。

「芸術が生まれる、そのすばらしさは諸君を前にわざわざ強調する必要もないでしょう。しかし、その芸術品の価値を認め守ってきた、何世代にもわたる先人の存在も忘れてはならない。人類にとって同じくらい貴い営為だからです。ご先祖様からご両親を経て君たちに生命のバトンがつながれたのと同様に、文化の遺伝子が今ここにある私たちにまでつながれた、それが伝世古の価値です。そして、同時代で最高の知性と技術をもってそのバトンを次世代にわたす、それがここにいる君たちの役目なんだ」

ソウスケ先輩が鼻をすすった。

「……私も君たちも、この英知を受け継ぎ発展させる歴史のなかに属する者です。その矜持を固く胸に、どうか精進を重ねてください」

そう言うと教授は一瞬目を伏せ、会場を見わたして声を張った。

「あなたたちは、私の大いなる誇りです!」

大きな、大きな拍手。

仏さま研究室は特に、全員がむきになったように手を叩いた。僕たちは知っているのだ。教授自身もその任期が迫り、あと一年で退官することを。

それぞれの心にそれぞれのバトンが生まれる……そんな美しい光景を思い浮かべたのもつかのま、僕はさっきから別のアイデアに心を奪われていた。

──やっぱり、フィギュアより仏像やな。

学内の誰にも打ち明けたことはないが、僕はフィギュア作家になりたくて藝大彫刻科に来た。美術大学ならどこでもよかったのだが、仏さま研究室があるここなら親父を説得しやすかったのだ。実際はバロックやルネサンスの彫刻が好きだったし、すきあらばイタリア留学したいとも思っていた。大学院はそのチャンスだ、と。

しかし一年間の修業を経て、だいぶ考えが変わった。日本が世界に誇るアニメフィギュアは、仏像こそがその源流にあると確信したからだ。

夢見るような表情にほっそりとした体形、華麗な装飾の菩薩像はヒロインをかたどったフィギュアへ。りゅうりゅうとした筋肉に武器や甲冑《かっちゅう》をまとう明王や四天王は明らかにガンダムやエヴァにつながっている。ミロのビーナスにリビドーを感じず、スパイダーマンやスーパーマンに頼りがいを感じない、それが僕にとっての伝世古だったのだ。

——ならば。

涙を浮かべて肩を叩きあう先輩たちを遠目に見ながら、僕は決意した。

そう、二十年後くらいか。僕はこの研究室を自分のものにする。大学に残って業績をあげてうまいこと立ち回り、担当教授になるのだ。一条教授や歴代の先輩たちが築いてきた実績や信頼をずいと押し立てて、仏さま研究室を仏像文化の唯一無二の発信拠点にしてやる。

——待ってろよ、世界。

僕は誰にともなく、不敵に笑ってみせた。

参考文献

東京藝術大学大学院　美術研究科　文化財保存学専攻　保存修復彫刻研究室編『年報』（2011・2014・2015・2016-2017・2018-2019年）
籔内佐斗司『壊れた仏像の声を聴く』（角川選書　2015年）
梓澤要『荒仏師　運慶』（新潮文庫　2018年）
熊田由美子監修『仏像の事典』（成美堂出版　2006年）
茂木健一郎『東京藝大物語』（講談社文庫　2017年）
二宮敦人『最後の秘境　東京藝大』（新潮文庫　2019年）
鵜飼秀徳『寺院消滅』（日経BP社　2015年）
籔内佐斗司『ほとけさまの図鑑』（小学館　2015年）
籔内佐斗司『仏像礼讃』（ビジュアルだいわ文庫　2015年）
池上英洋『西洋美術史入門』（ちくまプリマー新書　2012年）
西村公朝『仏像は語る』（新潮文庫　1996年）
西岡常一・小川三夫・塩野米松『木のいのち　木のこころ』（新潮文庫　2005年）

解　説

大矢博子

美大生の青春模様を描いた羽海野《うみの》チカ『ハチミツとクローバー』（集英社）や、美大受験を目指す高校生たちの物語、山口つばさ『ブルーピリオド』（講談社）など、美大・芸大を舞台にしたコミックスには根強い人気がある。また、東京藝術大学の学生たちのインタビューを通してその生活を綴《つづ》った二宮敦人『最後の秘境　東京藝大――天才たちのカオスな日常』（新潮文庫）はコミカライズもされ、大きな注目を集めた。

美大もの・芸大ものの魅力のひとつは（物語の面白さは当然として）、多くの人にとっては触れる機会のない「業界もの」としての興味深さだ。しかもその業界は、アート、芸術、才能、天才などの言葉で表現されるような、いわば「選ばれた人々」の世界というイメージが強い。己のセンスひとつを恃《たの》みに何もないところから芸術作品を「創造」する……凡人から見れば異界の才能であり、それゆえの苦しみや喜びの特殊性が、多くの作家たちに美大もの・芸大ものを書かせてきた所以《ゆえん》だろう。

本書もまた、東京藝術大学を舞台にした物語である。だが本書に登場する若者たちは、

「創造」とは少々趣を異にする。むしろ「創造」する者たちが集うはずの藝大にこんな専攻があったのかと驚かされた。

樹原アンミツが本書で取り上げたのは、自分のセンスで「創造」するのではなく、先人たちの作品を「模倣」し「修復」する若者たちだ。

舞台は東京藝術大学大学院美術研究科・文化財保存学専攻保存修復彫刻研究室。通称「仏さま研究室」である。

先に説明しておこう。この保存修復彫刻研究室は東京藝大に実在する研究室である。登場人物や個別のエピソードはフィクションだが、ここに描かれる研究や実作業はすべて現実に即したものばかりだ。

通常、実在の学校や企業などを取材して小説にする場合、たとえモデルが明確であったとしても作中では架空の学校名・企業名が使われることが多い。あくまでその場所は背景であり、そこにいる人物の物語を描くのが主眼だからだ。事件や不幸なエピソードが作中に登場したとき、現実と混同されないよう配慮するわけである。

だが本書では敢《あ》えて──というかむしろ積極的に実在の大学名・研究室名を出した。なぜか。著者・樹原アンミツにとってこの物語は、架空の美大ではなく東京藝大の保存修復彫刻研究室を描くことこそが目的だったから、と言える。その理由を考えてみたい。

物語の中心にいるのは、同研究室修士二年を迎える四人の若者たちである。

本編にもあるように、この研究室では修士二年になると仏像の模刻を始める。模刻とは、対象の仏像が当時どのように制作されたかを調査・研究し、当時の古典技法を用いて再現するというものだ。簡単に言えば、出来る限り当時と同じ材料・技法で同じ仏像を自分で作ってみるわけである。対象に近づけるため、X線撮影や三次元計測などを使い、構造を明らかにしていく。

この物語は、四人の学生が模刻に向き合う一年間を描いているわけだが、まず目を引くのは、彼らを追うことによって模刻の手順が読者にわかるようになっているという点だ。

第1章は三月、川名まひるの視点で対象にする仏像探しの苦労が綴られる。自分が好きなものを何でも選べるというわけではない。模刻するためには対象を詳しく調査・研究せねばならないが、お寺側としては学生相手に軽々と触らせるわけにはいかないからだ。協力してくれるお寺探しがこんなにたいへんだとは！

第2章は五月、波多野繁が材料となる材木を調達する様子が描かれる。木を使った仏像の工法にもいろいろな種類やその歴史があることが説明され、これまで「木像」と一《ひと》括《くく》りにしていた浅学の身には驚くことばかりだ。

第3章は九月、不動明王がどうしても思ったように彫れない弓削愛凜の苦悩の章だ。

木を使う彫像ならではの技術の紹介もある。またこの章では模刻の途中経過を発表する講評会の様子も描かれる。

そして第4章は十二月。仕上げ近くまで作ってきた仏像が対象に「似てない」と悩み、作業の手が止まってしまった斎藤壮介。見本がありデータがあり基本的な技術があるからといって、同じものが彫れるわけではない。何が足りないのか。

彼ら四人の工程を見ることで、仏像とはこんな手順で作られているのか、こんな工夫がなされているのかというのがわかってとても刺戟的《しげきてき》だ。他にも、この研究室が請け負っている仏像の修復の様子や、修士一年が何をするかなど、研究室のさまざまな仕事や役割が本書では紹介される。

特に、随所に挟まれる仏像製作史に興味を惹《ひ》かれた。どのような経緯で木で仏像が作られるようになったのか、時代ごとにスポンサーが変わった話、昔の技術、仏師の変遷、焼き討ちの歴史などなど。

それらを通して浮かび上がるのは、遥《はる》か昔から人々が仏像に託してきた「祈り」である。目の前にあるこの仏像は、誰が、何を思って作ったものなのか。当時の人はこの仏像に何を仮託したのか。平安貴族の栄華、鎌倉武士の戦い、江戸の庶民の暮らし。時代が変わっても、この仏像を大切に守り続けた人の思いが連綿と受け継がれ、今の私たちの前にその姿をとどめている。歴史の積み重ねが今なのだという実感。何というロマンだろう。

歴史は受け継がなければ途絶えてしまう。平安時代や鎌倉時代の制作マニュアルが残っているわけでもないし、すでに失われてしまった技術もあるだろう。だからといって3Dプリンターなど現代技術を使ったのでは受け継ぐことにならない。保存修復彫刻研究室は現存する仏像を研究し、当時の工法を推理する。そして可能な限り同じ工法で作ることで、その古《いにしえ》の技術と思いを——そこに込められた「祈り」を汲《く》み取り、甦《よみがえ》らせ、次の代に伝えているのである。

汲み取り、甦らせ、守り、伝える。それが保存修復彫刻研究室が担う「芸術」なのだ。なんと地道な、そしてなんと崇高な芸術だろう。芸術は爆発だ、という派手なイメージを持っていたが、こんな地道で崇高な作業に向き合う若者たちがいたのか。その事実に圧倒された。なるほど、これを「架空」にしてしまっては台無しだ。著者が敢えて実在の大学・研究室の名前を使った理由はそこにある。歴史に向き合い、それを甦らせるため研鑽《けんさん》を積む人々が現実に、ここに、この場所に実在するのだと伝えたかったからに他ならない。

だとしたら——敢えて小説にせずとも、この研究室を追ったノンフィクションでもいいのではないか、という疑問を持たれる方もいるだろう。実際、著者の樹原アンミツはもともと編集者として多くのノンフィクション書籍の刊行に携わってきた人物である。取材してまとめる、という作業のプロだ。ノンフィクションにしても素晴らしいものが出来ただろう。だが「小説」を選んだ。そこに意味がある。

技術的なことや歴史など、そのまま書けば専門的で小難しくなってしまうようなことも、身近で親しみやすい且つ個性的な登場人物のおかげですんなり入ってくる、という効果ももちろんある。だがそれだけではない。

四人の修士二年はそれぞれ悩みを抱えている。地方の美大から東京藝大の院に来たという劣等感。芸術家志向の親との確執。進みたい道がわからない焦燥。才能がないという残酷な現実。彼らは模刻と同時に自分の悩みとも正面から向き合うことになる。

何世代もの「祈り」が積み重ねられた仏像を模刻しながら、いつしか彼らは自分の悩みをそこに重ね合わせる。遠い昔にこれを彫った仏師の祈りや、それを守り続けた多くの人々の祈りに自分を重ねる。そして仏像とは何なのかという究極の問いに対する自分なりの答を見出《みいだ》したとき、悩みに対する答もそこに浮かび上がるのだ。これは、保存修復彫刻研究室が伝えようとしている古からの「祈り」が、確実に彼らに「伝わった」様子が描かれているのである。

四人の悩みは決して芸術家特有のものではないことに気づかれたい。劣等感も親との確執も進路の迷いも才能の悩みも、多くの人が味わっている普遍的な悩みだ。どこにでもいる普通の若者がこの困難な作業に対峙《たいじ》している、というのが著者が描きたかった構図である。読者は身近な彼らに共感し、感情移入し、彼らの足掻《あが》きを追体験する。その過程で、登場人物に伝えられた古からの祈りの集積が、読者にも伝えられる。芸術を「伝える」とはどういうことか、「伝わる」とはどういうことか、読者が小説を通して実感できるようになっているのだ。

作業の内容や意義を説明するならノンフィクションの方が向いている。だが読者が我がことととして追体験できるような人物やエピソードの構築は小説の特権だ。「伝える」ことがテーマのこの研究室を、読者の心に「伝える」ために、本書は小説でなくてはならなかったのである。

誰かが思いを込めて作ったものを、その思いを、他の誰かに伝える。それが保存修復彫刻研究室であり、この物語なのだ。この解説もまた、著者の思いをあなたに伝えるものであれと願っている。

（おおや・ひろこ　書評家）

この作品はフィクションであり、実在の個人・団体・事件などとは関係ありません。

本書は、集英社文庫のために書き下ろされた作品です。

本文デザイン　篠田直樹（ｂｒｉｇｈｔ　ｌｉｇｈｔ）
本文イラスト　浦上和久

集英社文庫　目録（日本文学）

集英社文庫　目録（日本文学）

集英社文庫

東京藝大《とうきょうげいだい》　仏《ほとけ》さま研究室《けんきゅうしつ》

2020年10月30日　第1刷
2021年8月11日　第5刷

定価はカバーに表示してあります。

著　者　樹原《きはら》アンミツ

発行者　徳永　真

発行所　株式会社 集英社
東京都千代田区一ツ橋2-5-10　〒101-8050
電話　【編集部】03-3230-6095
【読者係】03-3230-6080
【販売部】03-3230-6393（書店専用）

印　刷　株式会社 廣済堂

製　本　株式会社 廣済堂

フォーマットデザイン　アリヤマデザインストア　　マークデザイン　居山浩二

ISBN978-4-08-744172-7 C0193